Jan Schomburg

Die Möglichkeit eines Wunders

Roman

dtv

MIX
Papier | Fördert gute Waldnutzung
FSC® C083411
FSC www.fsc.org

Gesetzt aus der Garamond
Satz: Fotosatz Amann, Memmingen
Druck und Bindung: CPI books GmbH, Leck
Printed in Germany · ISBN 978-3-423-29018-0

Um über alle geheime Sympathie oder gar magische Wirkung vorweg zu lächeln, muss man die Welt gar sehr, ja ganz und gar begreiflich finden. Das kann man aber nur, wenn man mit überaus flachem Blick in sie hineinschaut.

Arthur Schopenhauer

Weißt du, was den Okkultismus angeht,
bin ich kein Gläubiger, aber ich möchte in einer Welt leben,
in der das Wunder zumindest eine Möglichkeit ist.

Thomas Knoefel

ERSTER TEIL

DER PROZESS

»Vraiment! Da müsste ich doch verrückt gewesen sein!«, rief durchaus verzweifelt der arme Ceslav Lubicz Czynski in den holzvertäfelten Gerichtssaal des Oberbayerischen Schwurgerichts hinein.

In der darauf folgenden Stille war nun aber deutlich ein schweres Seufzen zu vernehmen, voll tief empfundenem Mitleid für den Angeklagten. Das Seufzen kam indes nicht von irgendjemandem. Es kam befremdlicherweise von der Baronin Hedwig von Zedlitz, und befremdlich war es deswegen, weil die Baronin als Zeugin der Anklage maßgeblich verantwortlich für die missliche Lage war, in welcher der Czynski sich befand. Man schrieb das Jahr 1895.

Was nun war geschehen?

Ceslav Lubicz Czynski und die Baronin Hedwig von Zedlitz waren in den heiligen Bund der Ehe getreten. Darüber waren sich alle Beteiligten des Prozesses einig. Über die Rechtmäßigkeit dieser Eheschließung jedoch sowie überhaupt über die Umstände, unter denen die unwahrscheinliche Liebesbeziehung zwischen dem ehemaligen Französischlehrer aus Russisch-Polen und der Adeligen aus bester Familie zustande gekommen war, herrschte umfassende Uneinigkeit.

Für Czynski war die Eheschließung die logische Folge einer vollkommen normalen Liebesbeziehung.

»Ich möchte wissen«, rief er aufgebracht in den Saal, »wer von den Anwesenden hier durch Heirat seine Zukunft *nicht* zu verbessern suchte!«

Es sei aber vor allem um die Verbesserung seiner materiellen Zukunft gegangen, trug auf der anderen Seite die Anklage vor, namentlich vertreten durch den Bruder der Geschädigten, Clemens von Zedlitz, Premierlieutenant der Reserve im 1. Garderegiment, derzeit Hilfsarbeiter beim Heroldsamt in Berlin. Dieser sah in Czynski einen gemeingefährlichen Hochstapler, der die Baronin zunächst im Zuge einer ominösen »medizinischen« Behandlung mithilfe hypnotischer Suggestion in sich verliebt gemacht und sie dann in einer illegitimen Scheinheirat mit falschem Pastor geehelicht habe, um sich so an ihrem nicht eben kleinen Vermögen zu bereichern.

Eine der zentralen Fragen, die es bei diesem Prozess zu klären galt, bestand also darin, inwiefern hypnotische Suggestion einen Menschen dauerhaft zu Handlungen animieren konnte, die dessen eigentlichem Willen zuwiderliefen. Ließ sich Liebe einflüstern? Zur Klärung dieser Frage bedurfte es Sachverständiger, die sich auf dem Gebiet der Hypnose auskannten.

Der Mann, dem seine zwar adeligen, jedoch verarmten Eltern den Namen Albert gegeben hatten, verfügte ohne Zweifel über diese Kenntnis. Mehrere Publikationen trugen seinen Namen, und seit beinahe fünf Jahren unterhielt er eine kleine, aber sehr gut besuchte Praxis. Er hatte Hysterikerinnen und Neurastheniker geheilt, hatte die Zitternden beruhigt und die Niedergeschlagenen aufgerichtet, sogar Störungen in den monatlichen Blutungen der Frauen vermochte er durch Suggestionen zu lindern.

Sein Talent zur hypnotischen Suggestion hatte Albert eher zufällig auf dem Geburtstagsfest eines Schriftstellers entdeckt. Halb Schwabing war damals versammelt gewesen und die Luft drückend schwül. Viele der Gäste waren Albert bekannt, den jungen Freiherrn aber kannte niemand. Nur mit halbem Ohr hörte er, dass jemand von einer Hypnose-Schau erzählte, wie sie zu der damaligen Zeit beliebt waren. Hiervon inspiriert drängte man unter Führung des *Zeus von Schwabing*, wie der Gastgeber gern genannt wurde, in ein großes Hinterzimmer, wo die schweren Perserteppiche an den Wänden ungerührt den fruchtlosen Versuchen gegenseitiger Hypnotisierung beiwohnten. Albert stand etwas abseits im Türrahmen und beobachtete die Bemühungen, anscheinend mit einem etwas spöttischen Lächeln, denn plötzlich rief der Gastgeber ihm zu:

»Probieren Sie es doch selbst, bevor Sie hier solche Blicke werfen!«

Albert wurde in die Mitte des Raumes geschoben und stand plötzlich vor der Chaiselongue, auf der ein Student zuvor schon von verschiedenen selbsterklärten Hypnotiseuren ohne jeden Erfolg bearbeitet worden war.

Er trat auf den Studenten zu, sah ihn an, der Student schaute zurück, noch den Schalk in den Augen, und dann, plötzlich – rasteten ihre Blicke ein. Albert bemerkte überrascht, dass es dem Studenten nicht mehr möglich war, seinen Blick zu lösen. Er wusste es mit völliger Sicherheit, als wäre eine Tür ins Schloss gefallen.

Dem Studenten wurden die Lider schwer. Er will, wusste Albert plötzlich, dass ich ihm *erlaube* einzuschlafen.

Und so tat er ihm den Gefallen.

»Schlaf«, sagte er schlicht, und noch bevor das Wort verklungen war, fiel dem Studenten der Kopf nach vorn auf die Brust. Die Zuschauer standen mit offenen Mündern da, aus unbeschreiblichem Grund war allen klar, dass dies nicht gespielt sein konnte. Verwundert betrachtete Albert den schlafenden Studenten.

Was für eine eigentümliche und mysteriöse Spezies doch der Mensch war.

Kurz erfüllte eine beinahe religiöse Stille den Raum, dann löste sich mit einem Mal die Sprachlosigkeit. Wild rief und lachte man durcheinander. Albert verspürte den Impuls, den Studenten umgehend wieder zu erlösen, ihn aufwachen zu lassen, wieder zur Normalität zurückzukehren.

Aber eine Sache musste er noch wissen.

»Dein rechter Arm …«, sagte er leise zu dem Studenten und spürte, wie sich dessen Aufmerksamkeit auf den rechten Arm richtete.

»Dein rechter Arm … wird jetzt so schwer, dass es dir unmöglich ist, ihn zu heben.«

Der Student schwieg, sein Kopf bewegte sich leicht.

»Versuch jetzt, deinen Arm zu heben.«

Der Körper des Studenten spannte sich, der Arm bewegte sich keinen Millimeter.

»Ich kann es nicht«, flüsterte der Student.

Albert nahm es den Atem.

Etwas war ihm ohne sein Zutun in die Hand gegeben worden – ein besonderes Talent, eine magische Begabung, die Macht der Suggestion. Er hatte nicht darum gebeten, aber nun war es so. Der Jubel der Umstehenden kam von weit weg. Das Wissen, dass in seinem Leben nach diesem Abend nichts mehr sein würde wie zuvor, erfüllte ihn kurz mit Melancholie. Um dem Lärm ein Ende zu bereiten, hob er die Hand.

»Ich zähle jetzt bis drei, dann wachst du auf.«

Er zählte, berührte die Stirn des Studenten und klatschte in die Hände, woraufhin der Student den Kopf hob, die Augen öffnete und sich verwundert umsah. Ein Schaudern durchfuhr ihn, als wollte er etwas abschütteln. Dann stand er von der Chaiselongue auf und ließ sich, immer noch sprachlos, von seinen Freunden auf die Schulter hauen.

Das verschämte Lächeln wollte indes nicht aus seinem Gesicht weichen, auch nicht, als er Albert noch einmal anblickte und diesen ebenfalls eine unerklärliche Scham überkam; sie waren wie zwei Kinder, die sich geküsst haben und dabei von den Erwachsenen entdeckt worden sind.

Nach Lektüre der Prozessakten war der Fall für Albert zunächst vollkommen eindeutig erschienen. Es war ja leicht nachzuvollziehen, dass der mittellose Kleinbürger Czynski seine aristokratische Herkunft aus litauischer Linie sowie den akademischen Lebenslauf erfunden hatte, um Eindruck auf die Baronin zu machen und durch Eheschließung an ihr Vermögen zu gelangen.

Und in der Tat: Der italienische Generalkonsul Ritter von Oldenburg nahm am zweiten Tag Stellung zu Czynskis angeblichen Diplomen und Adelstiteln und stellte fest, dass der von der »Reale Academia di medicina« verliehene Doktortitel keinesfalls real sei, insofern nämlich, als diese Institution überhaupt nicht existierte, ebenso wie es weder in Rom noch im restlichen Italien jemals eine »Società della croce bianca« gegeben habe, die Czynski laut einer vorliegenden Urkunde als »Ritter des Ordens vom Weißen Kreuz« auswies. Czynskis klägliche Versuche, sich herauszureden, ließen selbst seinen Verteidiger Bernheim deprimiert den Kopf schütteln.

Dann allerdings tauchte ein notariell beglaubigter Vertrag auf, der noch vor der Hochzeit auf Czynskis Initiative hin geschlossen worden war. Darin erklärte er seinen Verzicht auf das gesamte Vermögen der Baronin. Und kurz darauf gab die Baronin zu Protokoll, dass sie ihrem Ehemann wenigstens für ihren Todesfall sechstausend Mark Rente hatte vermachen wollen, der Czynski aber selbst diesen Passus aus dem Vertrag hatte streichen lassen. Und dann bestätigte die Baronin noch, Czynski habe erst am Morgen der Hochzeit, der sie zu diesem Zeitpunkt ja längst zugestimmt hatte, die Titel und Diplome überhaupt erwähnt – seine Herkunft sei vorher gar nicht zur Sprache gekommen und habe auch keinerlei Einfluss auf ihre Entscheidung gehabt.

Wenn aber Czynski seine erlogene Herkunft nicht dazu benutzt hatte, um sein Ziel – die Heirat mit der Baronin – zu erreichen, warum um alles in der Welt hatte er sie sich dann in so aufwändiger Weise erschlichen? Und wenn seine Lügen für die Zuneigung der Frau von Zedlitz nicht von Bedeutung waren, wodurch waren ihre Empfindungen hervorgerufen worden?

Ursprünglich hatte die Baronin Czynski wegen eines Magenleidens aufgesucht, woraufhin dieser ihr eine Reihe hypnotischer Sitzungen verschrieben hatte. Bei einer dieser Sitzungen war es dann dazu gekommen, dass der Pole ihr seine Liebe gestanden hatte. Sie war augenblicklich von starkem Mitleid übermannt worden und hatte in der Sitzung lange geweint, woraufhin er ihr eröffnet hatte, er wolle zum Protestantismus übertreten und sie heiraten.

»Ich glaubte«, sagte die Baronin mit zitternder Stimme, »ein gutes Werk tun zu müssen. Seine Liebe habe ich so richtig nicht erwidert. Weil aber etwas Trauriges geschehen war, fragte ich mich, ob ich ihn liebe und ihm ein besseres Leben verschaffen solle.«

Albert verstand zunächst nicht, was die Baronin mit dem Ausdruck *etwas Trauriges* meinte, und erst während der darauf folgenden Befragung durch den von der Verteidigung bestellten Professor Hirt ging ihm auf, dass sie so den ersten Geschlechtsverkehr mit dem Polen bezeichnete. Albert fand diese Ausdrucksweise befremdlich, noch eigentümlicher wurde die Angelegenheit aber dadurch, dass Professor Hirt die Terminologie übernahm.

»War das Traurige, was vorgekommen ist, auch eine Folge eines solchen Halbschlafes?«, hörte er den Professor fragen.

»Das kann ich nicht sagen. Aber er tat mir leid in seinem Elend«, antwortete die Baronin leise.

Albert betrachtete die etwa vierzig Journalisten, die die Aussagen der Baronin mitstenografierten und dadurch ein vielstimmiges Geräusch erzeugten, das dem Zischen einer Schlange ähnelte.

»Besser als im Roman«, raunte ein Mann Albert ins Ohr, als dieser erschöpft den Gerichtssaal verließ, »absolut fabelhaft.«

Albert murmelte eine Erwiderung und wollte schnell weiter, wurde jedoch am Ärmel festgehalten. Jetzt erinnerte er sich, dass er den Mann vom Fasching her kannte, wo dieser stets als Cäsar verkleidet gewesen war. Er war wohl Schriftsteller, hatte allerdings noch nie ein Buch veröffentlicht, sein Name war Alfred Schuler.

»Dann heute Abend? Am See?«

»Am See?«

»Das Gartenfest.«

Schuler zählte umständlich eine Reihe von Gästen auf, die auf einem *enormen* Gartenfest erwartet wurden.

»Ich würde ja gern«, sagte Albert, »aber der Prozess, die Akten, Sie verstehen …? Es ist für mich nicht der Abend für Enormes.«

»Sicher?«, fragte Schuler.

»Ganz sicher.«

Später, als er sich in einem Birkenwäldchen am Starnberger See wiederfand, auf dem Weg zu dem Fest, zu dem er ganz sicher nicht gehen würde, dachte er bei sich, wie unsagbar wankelmütig doch der Mensch war. Aus der Ferne war das schrille Kreischen einer Pavianherde zu hören, die sich ein exzentrischer Maler im Park seiner Villa hielt.

Die festlich gekleideten Gäste des Gartenfestes standen im Schein bunter Lampions auf der Wiese, die an den See grenzte, es mochten wohl um die hundert Menschen sein. Ein beleibter Mann, dessen dünne Stimme in verwirrendem Widerspruch zu seiner Statur stand, sang aus Gründen, die Albert nicht ersichtlich waren, *Es geht ein dunkle Wolk herein*, was nach Alberts Ansicht das traurigste Volkslied überhaupt war.

Und kommst du, liebe Sonn, nit bald,
so weset alls im grünen Wald,
und all die müden Blumen,
die haben müden Tod.

Albert ließ seinen Blick über die Gäste schweifen, von denen die meisten in heitere Gespräche vertieft waren und dem Sänger keinerlei Beachtung schenkten. Dann aber blieben seine Augen an einer Frau hängen, die dem Sänger aufmerksam zuhörte. Er betrachtete sie eine Weile und stellte fest, dass das Lied sie in der Tat ganz in seinen Bann gezogen hatte. Ihr Mund stand leicht offen, als sei sie von feierlichem Staunen erfasst.

Wer war bloß diese versunkene Frau?

Spärlicher Applaus war der Lohn für den Gesang. Der Sänger verbeugte sich, und die Frau wandte sich einem Kreis von Menschen neben ihr zu, schien aber noch leicht benommen, als müsste sie erst ins Hier und Jetzt zurückfinden. Sie drehte den Kopf, und für einen kurzen Moment traf ihr Blick den von Albert, der instinktiv wegsah.

Als hätte er hinter seinem Rücken auf ihn gewartet, stand Schuler vor ihm.

»Ich wusste, dass Sie kommen würden.«

»Dann können Sie in die Zukunft sehen?«, fragte Albert. Schuler ging nicht darauf ein und begann stattdessen, über den Prozess zu sprechen. Seine Beobachtungen waren zunächst erstaunlich genau, dann aber verlor er sich in verworrenen historischen Assoziationen über das heilige Blut der Urväter, dessen Potenz seiner Ansicht nach nur Rassen mit kraftvoller *Blutleuchte* zugänglich sei.

»Die blutleeren Völker dagegen, und dazu zähle ich vor allem die Preußen mit ihrer seelenlosen Naturwissenschaft und auch die Juden, sind gezwungen, sich mit der Ratio zu behelfen. Damit aber zerstören sie jeden wahren Glauben!«

Albert blickte unauffällig zu der Gruppe hinüber, in der die Frau, gemeinsam mit einer anderen jungen Dame, wohl ihrer Schwester, den Mittelpunkt eines lebhaften Gesprächs bildete. Nun gut, dachte er, ich habe morgen einen wichtigen Beitrag zu einem Prozess zu leisten, den man nicht nur in ganz München, sondern sogar über die Grenzen des Deutschen Reichs hinaus verfolgt.

»Ich könnte Ihren Ausführungen ewig zuhören«, sagte er zu Schuler, »aber leider zwingt der Prozess mich zu ausreichender Nachtruhe, bitte nehmen Sie es mir nicht übel.«

Albert betrat die Villa, um wenigstens noch dem Gastgeber Adieu zu sagen. Alle Türen und Fenster standen offen. Die sanft sich bewegenden Vorhänge gaben einem das Gefühl, nicht allein zu sein. In der Küche war die Haushälterin damit beschäftigt, kalte Hühnerschenkel auf einer Porzellanplatte anzurichten, auch sie hatte den Gastgeber nicht gesehen.

»Vielleicht in der Bibliothek?«, schlug sie vor und zupfte für die Dekoration einige Salatblätter ab.

In der Bibliothek standen drei große braune Ledersessel um einen etwas zu klein geratenen Tisch, auf dem ein einzelnes Buch lag. Alle Regale waren bis unter die Decke mit Büchern gefüllt, jedoch standen sie so ordentlich aufgereiht, dass Albert sich fragte, ob je eines davon gelesen worden war. Das Buch auf dem Tisch trug den Titel *Die Welt als Wille und Vorstellung.* Er schlug es auf, aber bevor er noch den ersten Satz gelesen hatte, glaubte er sich plötzlich beobachtet, und als er sich umwandte, stand da die Frau aus dem Garten. Sie musterte Albert mit einem leicht spöttischen Lächeln und sagte: »So, so.«

Mit dem aufgeschlagenen Buch in der Hand fühlte er sich aus irgendeinem Grund ertappt.

»Und Sie sind also der große Magnetiseur«, sagte die Frau.

»Wer sagt das?«, fragte er zurück, bemüht, ihren spöttischen Tonfall zu imitieren. Die Frau zuckte mit den Schultern.

»Das erzählt man sich wohl so.«

Albert legte das Buch zurück auf den Tisch.

»Haben Sie mich etwa in dem kurzen Augenblick, in dem sich unsere Blicke getroffen haben, suggestiv dazu aufgefordert, Ihnen in die Bibliothek zu folgen?«

»Ich dachte, Sie merken es nicht«, sagte Albert lächelnd.

»Haben Sie sich das von Ihrem falschen polnischen Baron abgeschaut?«

»Sie haben den Prozess verfolgt?«

»Es war nicht möglich, ihn nicht zu verfolgen.«

»Morgen ist der letzte Tag.«

»Und«, sagte die Frau und kam mit langsamen Schritten auf ihn zu, »wird der falsche Baron die gerechte Strafe dafür erhalten, dass er die Baronin in sich verliebt gemacht hat?«

»Was wäre denn wohl die gerechte Strafe für ein solches Vergehen?«, fragte Albert.

»Lebenslang. Ins Kittchen.«

Von draußen hörte man Gelächter und dann ein lautes Platschen, als wäre jemand in den See gesprungen oder hineingeworfen worden.

»Was hat der Czynski denn nur genau getan, um die arme Baronin in ihn verliebt zu machen? Hat er ihr tief in die Augen geschaut?«

»Das wohl auch«, antwortete Albert.

»Pfui, was für ein garstiger Mensch.«

»Bei den Sitzungen haben sich ihre Knie berührt, und dann hat er angefangen, ihr seine Hände aufzulegen und ihr über die Arme und auch über die Beine zu streichen.«

Die Frau schüttelte in gespielter Empörung den Kopf.

»Nein! Was hat er denn bloß noch getan?«

»Es ist dann allem Anschein nach auch zu zarten Küssen gekommen.«

»Und wohin küsste dieser Unhold sie?«

»Zunächst auf die Unterarme, dann auf die Stirn und schließlich berührten seine Lippen wohl sogar ihren entblößten Hals.«

»Skandalös«, flüsterte die Frau mit weit aufgerissenen Augen.

Albert fand sie hinreißend.

»Es ist gestern schon von der Verteidigung hervorgehoben worden«, begann der Obermedizinalrat Grashey sein Plädoyer, »dass ein ganz gewöhnliches Liebesverhältnis vorliege und von einer abnormen Liebe nichts zu erkennen sei, weil die Liebenden Briefe gewechselt und sich bald dahin, bald dorthin zusammenbestellt hätten, wie hundert andere verliebte Paare.«

Die Echtheit von Liebe zeige sich aber eben nicht am Vorhandensein oder Fehlen von Liebesbriefen und gegenseitigen heimlichen Zusammenkünften, sondern vor allem durch ihre Motivierung und Entstehung. Die Baronin sei zu einem willenlosen Opfer, einem Werkzeug in den Händen Czynskis geworden, dieser sei deshalb des Verbrechens gegen die Sittlichkeit nach § 176 Abs. 2 des Strafgesetzbuches für das Deutsche Reich schuldig zu sprechen.

Albert nickte dem Obermedizinalrat freundlich zu, sie waren beide von der Anklage als Gutachter benannt worden und standen somit auf derselben Seite. Dazu allerdings hatte Albert durchaus ein eigenes Interesse am Ausgang des Prozesses. Er empfand es als seine Pflicht, die Hypnose als wirksame Methode im allgemeinen Bewusstsein zu verankern, die in den falschen Händen großes Unheil anrichten konnte, in den *richtigen* aber auch viel Gutes. Der Breslauer Professor Hirt erhob sich, um als erster Gutachter im Auftrage der Verteidigung zu sprechen. Albert spürte eine erregte Überspanntheit, wie sie jemanden überkommt, der in der Nacht kein Auge zugetan hat.

Am Abend zuvor hatte er nach der Begegnung in der Bibliothek zunächst eine ganze Weile regungslos dagestanden, was ihm erst aufgefallen war, als die Haushälterin so plötzlich vor ihm auftauchte, dass er zusammenfuhr. Draußen im Garten lag das Fest in seinen letzten Zügen, ein voll bekleideter junger Mann stieg gerade aus dem Wasser. Niemand schenkte ihm Beachtung, und auch er selbst schien nichts Ungewöhnliches daran zu finden, im triefenden Anzug und schwappenden Stiefeln über die Wiese zu schlendern. Die Frau aus der Bibliothek war nirgends zu sehen. Albert hatte es verpasst, sie nach ihrem Namen zu fragen, und hätte sich dafür ohrfeigen mögen.

»Der Tod, das wollte ich vorhin noch sagen«, sagte Schuler, der unvermittelt wieder neben ihm stand, »ist die Saite, die zwischen Diesseits und Jenseits gespannt ist. Die Geburten kommen von dort, wohin die Toten gehen. Nur die Jugend vermag es, den Lebenden Seligkeitsschauer zu bringen, denn sie ist dem Jenseits noch zart verbunden.«

Schuler hob die Hand und ließ sie wieder sinken. Albert wusste nicht, ob es sich um ein Geheimzeichen oder eine Zuckung handelte. Er sah sich noch einmal um, ob er die Frau aus der Bibliothek nicht doch irgendwo erblickte.

»Aber es gibt kein Verständnis bei der Jugend! Diese Ignoranz! Ich suchte vorhin das Gespräch mit zwei jungen Frauen, Schwestern, Schaumgeborene, Nymphen und …«

»Zwei Schwestern?«, fragte Albert.

»… ich stieß auf reines Unverständnis.«

»Kennen Sie ihre Namen?«

»Natürlich kenne ich ihre Namen.«

»Wie *sind* ihre Namen?«

»Dora und Gabriele Siegle. Gabriele wird von allen nur Ella genannt.«

Aus irgendeinem Grund wusste Albert gleich, dass Ella die Frau aus der Bibliothek war.

»Sie wollten mit mir über die Oper reden, die sie am Freitag besuchen wollen, bevor sie am Samstag wieder nach Stuttgart abreisen«, fuhr Schuler fort, »doch fehlt ihnen jedes Verständnis für die dionysisch-kultische Dimension des Singspiels. Wie soll man da unser Zeitalter nicht verloren geben?«

Auf dem Heimweg hatte Albert erst auf dem Fahrrad durch den dunklen Wald, danach im Zug und später noch im Bett den Namen *Ella* in seinem Mund bewegt wie ein niemals schmelzendes Zuckerstück. Dabei war ihm aufgefallen, dass Ella rückwärts gelesen *alle* ergab, und er war von diesem Umstand so berauscht, dass er bis in die frühen Morgenstunden wach lag und, obwohl er kaum geschlafen hatte, in immer noch begeisterter Stimmung erwachte.

»Was nun die sogenannte pathologische Liebe anbelangt«, hörte Albert Professor Hirt sagen, »so frage ich, wodurch unterscheidet sie sich von der alltäglichen, physiologischen? Wenn Sie die Art der Entstehung der Liebe, wie sie hier vorliegt, als etwas vom juristischen Standpunkt aus Strafbares ansehen, dann ist jede Handlung, die bezweckt, ein Mädchen und überhaupt ein Weib verliebt zu machen, unerlaubt und strafbar. Denken wir einmal daran, was das gute Gretchen singt, nachdem sie dem Faust begegnet ist: ›Mein armer Kopf ist mir verrückt, Mein armer Sinn ist mir zerstückt!‹ und ›Nach ihm nur schau ich zum Fenster hinaus. Nach ihm nur geh' ich aus dem Haus‹ – hat sie da nicht genau die gleichen Gefühle wie die Baronin gegenüber Czynski?«

Die Küsse, die Czynski der Baronin teils in hypnotisiertem, teils in wachem Zustande gegeben habe, seien ein allgemein übliches und keinesfalls juristisch relevantes Mittel, eine Frau sinnlich zu erregen und dem Koitus geneigt zu machen. Der Czynski müsse freigesprochen werden.

Nachdem der Professor sich wieder gesetzt hatte, hörte Albert, wie sein Name aufgerufen wurde. Alle Augen richteten sich auf ihn. Er stand auf, räusperte sich und holte tief Luft.

»Es ist bereits ausführlich von der Liebe gesprochen worden. Sie ist und bleibt ein Rätsel. Wie sie entsteht, ist unerklärlich, ebenso, warum sie bleibt oder bisweilen auch verschwindet. Ein Rätsel, ja, aber unterdessen wissen wir, welcher Bereich der menschlichen Seele uns dieses Rätsel stellt.

Bereits Augustinus wusste von einem Versteck des Geistes. Ein Verborgenes, das in uns ohne Unterlass denkt, ohne dass wir davon wissen. Seit einigen Jahren finden wir neue Begriffe für diese eigentümliche Zweiheit der menschlichen Seele. Wir verstehen, dass wir Doppelwesen sind, geteilt in zwei Sphären.

Der Hypnosearzt nun ist in der Lage, eine dieser Sphären vorübergehend stillzulegen – diejenige Sphäre nämlich, die wir das Oberbewusste oder schlicht das *Ich* nennen. Hinter dieser Rüstung erwartet uns ein Gebilde, das wir als das Unterbewusste bezeichnen: weich, nackt, schutzlos, offen für vielgestaltige Beeinflussung.«

Die Worte flossen gleichmäßig aus ihm heraus, und er sprach beinahe doppelt so lang wie die anderen Gutachter. Er redete über die Bedingungen der hypnotischen Suggestion im Allgemeinen, berichtete von Erfahrungen aus seiner eigenen Praxis und widmete sich dann ausführlich der Betrachtung des vorliegenden Falles.

»Kommen wir nun zurück zur Frage der Liebe. Wir alle wissen: Bisweilen geben sich andere Empfindungen als Liebe aus – wie zum Beispiel das Mitleid. Hätte die Baronin dem Czynski gegenüber eine tiefe Abneigung empfunden, wäre es ihm unmöglich gewesen, sie in eine Liebende zu verwandeln. Einem Menschen lässt sich nichts suggerieren, das dessen tiefsten Überzeugungen zuwiderläuft. Die vielleicht ohnehin poröse Begrenzung in der Seele der Baronin aber, die ihr Mitleid von der Liebe abtrennt, könnte ohne Zweifel durch geschickte Suggestion entfernt worden sein.«

Am Ende wurde der Czynski zwar der Urkundenfälschung sowie der Anstiftung zum Vergehen wider die öffentliche Ordnung für schuldig befunden und zu einer Gesamtgefängnisstrafe von drei Jahren sowie fünf Jahren Ehrverlust verurteilt, vom Verbrechen wider die Sittlichkeit jedoch freigesprochen. Die Geschworenen waren der Argumentation seines Gutachtens in den zentralen Punkten zwar nicht gefolgt, Albert aber dennoch in seltsam heiterer Verfassung. Es war ihm gelungen, eine Opernkarte für den morgigen Abend zu erwerben, und er fühlte das Billett in der Brusttasche seines Jacketts knistern wie einen notariell beglaubigten Vertrag mit der Zukunft.

WILLENLOS

In einem Zustand, der einer somnambulen Trance nicht unähnlich war, bemühte sich Albert, das Programmheft der bevorstehenden Oper zu studieren. Alles, was er bezüglich der Handlung schließlich erinnerte, als die ersten Klänge aus dem Orchestergraben emporstiegen, war, dass wohl eine Gänsemagd von einer Hexe gezwungen wurde, ein Brot zu backen, das dem, der es *hälften isst, den ganzen Tod* bringen sollte. Irgendwann wurde noch ein Spielmann in einen Turm geworfen, und am Ende starb ein Paar und wurde von Schnee bedeckt.

Während die ihn umgebenden älteren Herrschaften in das Geschehen auf der Bühne und den vollen Klang des Orchesters versanken, wurde Alberts Blick immer wieder von einem Hals in der siebten Reihe angezogen, genauer gesagt: vom eigentümlich unsauberen Haaransatz unter den hochgesteckten Haaren, gezackt wie eine kleine Bergkette.

Er hatte sich fest vorgenommen, Ella Siegle in der Pause zufällig zu begegnen. Sie wurde von ihrer Schwester und einem hageren jungen Mann mit dünnem Schnurrbart begleitet. Jedes Mal jedoch, wenn er den Entschluss gefasst hatte, auf sie zuzugehen, blieb er im letzten Moment stehen, verbarg sich hinter einer Säule oder wandte sich ab; es war zum Verzweifeln. Neben ihm rief jemand *schwülstig, schwülstig, schwülstig das Libretto!*, woraufhin eine uralte Frau keuchend anmerkte, die Bernstein sei jetzt auch über ihrem Zenit.

Die zweite Hälfte der Oper verbrachte Albert ganz im träumerischen Anblick der zunehmend unerreichbar scheinenden Bergkette. Dann war es vorbei, elf Vorhänge waren zu ertragen, elf Mal wuchs mit dem Abschwellen des Applauses die Hoffnung auf eine Begegnung mit Ella im Foyer, doch elf Mal wurde der Vorhang wieder geöffnet, und dann ging es von vorn los mit Verbeugungen, Handküssen, Knicksen und gegenseitigen Ehrerbietungen.

Im Foyer konnte Albert Ella nicht entdecken, schnell drängte er nach draußen. Beschwerde einer dicken Frau im Hermelin ignoriert, Max-Joseph-Platz aber noch fast menschenleer. Also wieder hinein, wieder am Hermelin vorbei, *Trottel* zischte ihm der dazugehörige Mann zu, im Foyer hatten sich Trauben vor den Toiletten und den Garderoben gebildet, wenn man jetzt systematisch vorging, *musste* man ihr begegnen, es ging ja nicht anders.

Aber dann – ging es eben doch anders. Ella, ihre Schwester und der schnurrbärtige Mann waren wie vom Erdboden verschluckt. Fiebrig lief Albert von der Garderobe ins Foyer durch die Gänge und noch einmal ins Parkett, dann sogar auf die Ränge und wieder zurück.

Unterdessen hatte sich das Nationaltheater beinahe vollständig geleert. Eine kleine Gruppe stand noch im Foyer zusammen, ansonsten waren nur uniformierte Mitarbeiter des Theaters zu sehen. Ein letztes Mal schaute Albert in den Zuschauersaal, auch wenn er eigentlich wusste, dass Ella dort nicht sein konnte, und als sich seine Ahnung bestätigte, ließ er sich in einen der rot bespannten Stühle sinken und haderte mit seinem Schicksal.

Der Vorhang öffnete sich. Das helle Arbeitslicht der Bühne wurde angeschaltet; der Schnee, unter dem am Ende die Liebenden begraben worden waren, leuchtete hell. Von mehreren Seiten kamen Bühnenarbeiter in grauen Kitteln auf die Bühne und begannen, den Schnee, bei dem es sich in Wahrheit um eine Vielzahl winziger Schnipsel aus Papier handelte, mit großen Besen zu Haufen zusammenzukehren, die andere dann in große grüne Säcke stopften. Albert sah dem Reinemachen, das von scherzhaftem Rufen begleitet war, eine Weile zu, und im gleichen Maße, in dem sich die Schneelandschaft auf der Bühne auflöste, kehrte langsam die Vernunft zu ihm zurück. Auf der großen Freitreppe vor dem Nationaltheater begegnete er noch einmal dem Hermelin.

»Wie haben Sie mich geheißen?«, fragte Albert den Mann, der zusammenzuckte und instinktiv nach dem Arm seiner Frau griff.

»Ich … ich weiß nicht«, sagte der Mann stotternd, »ich …«

»Sie hatten ganz recht«, sagte Albert, »ich *war* ein Trottel.«

Festlich lag der Max-Joseph-Platz da, Opernbesucher standen in Grüppchen und wie von unsichtbarer Hand gleichmäßig verteilt im Schein der Gaslaternen. Albert durchschritt die Gruppen mit einem Gefühl der Befreiung; ein Schlummertrunk im Luitpold war jetzt genau das Richtige, nach zwölf wurde es da immer lustig. Er reihte sich in die Schlange bei den Droschken ein. Ein tiefer Atemzug frischer Nachtluft ließ ihn geradezu körperlich spüren, wie die pathologische Fixierung auf Ella Siegle aus seinem Körper wich. Das Schnalzen der Gerte, die Rufe der Kutscher, dampfende Pferdeäpfel.

Sein Blick blieb an zwei Menschen weiter vorn in der Schlange hängen. Erst als er deren Rücken eine Weile angeschaut hatte, bemerkte er, dass es sich um Ellas Schwester und den blonden Mann mit dem dünnen Schnurrbart handelte. Und kaum hatte er das realisiert, trat auch schon Ella zwischen zwei Droschken hervor. Wieso um alles in der Welt kam sie denn jetzt zwischen zwei Droschken hervor? Schon waren die drei an der Reihe. Ella und ihre Schwester stiegen ein, der dünne Schnurrbart rief dem Kutscher etwas zu, der Kutscher erwiderte etwas, worauf beide laut lachten und der Mann beim Einsteigen rief, *das wollen wir gern auf uns nehmen!*, und im nächsten Moment rollte die Droschke in den Abend hinaus.

Jetzt musste es sich zeigen, dachte Albert. Seine Beine stürmten an der Reihe der Wartenden vorbei, vorn baute sein Körper sich vor zwei jungen Herren auf, von denen der erste bereits den Fuß aufs Trittbrett der nächsten Droschke gesetzt hatte, und seine Lippen riefen:

»Es geht um eine Angelegenheit von Leben und Tod!«

Ohne eine Reaktion abzuwarten, sprang er in die Droschke und rief dem Kutscher zu, er möge schnellstens dem Fuhrwerk vor ihnen folgen. Empörte Rufe der Wartenden verfolgten ihn und den Kutscher, der sich von einer Angelegenheit auf Leben und Tod ein besonderes Trinkgeld erwartete.

Über die nun einsetzende Verfolgung lässt sich sagen, dass Albert zum ersten Mal in seinem Leben drei Ave Maria betete, von denen das erste die Funktion hatte, einer die Fahrt blockierenden Tram zu zügiger Weiterfahrt zu verhelfen, das zweite die Muskeln des Schwarzbraunen unterstützen sollte, während das dritte erfolgreich verhinderte, dass sich Ella oder ihre Schwester umdrehten, als es sich einmal nicht vermeiden ließ, direkt hinter der verfolgten Droschke zum Stehen zu kommen.

Nach bald einer halben Stunde endete die Fahrt, da hatte man Giesing bereits hinter sich gelassen und Harlaching erreicht. Der Kutscher hielt in angemessener Entfernung, sodass Albert nicht gesehen werden, aber seinerseits beobachten konnte, wie die drei in der *Harlachinger Restauration* verschwanden. Im Hintergrund wurde das St.-Anna-Kircherl schon vom Vollmond beschienen.

Er brauchte eine Weile, um Ella im lebhaften Durcheinander des Biergartens mit den uralten Kastanien auszumachen. Sie stand inmitten einer Gruppe von ihr offensichtlich bekannten

Menschen. Erleichtert registrierte Albert halb verborgen hinter dem Stamm einer Kastanie, dass mit keinem Mann besondere Vertraulichkeit bestand.

Er wurde auf einen Jungen mit strohblondem wildem Haar aufmerksam, der zwei Schäferhunde mit zerschnittenen Pansen fütterte. Als der Junge plötzlich den Kopf hob und ihn durchdringend musterte, wie es für ein Kind seines Alters durchaus ungewöhnlich war, kam Albert ein Einfall. Er ließ sich von der Bedienung einen Notizblock und einen Füllfederhalter bringen und schrieb einige Zeilen.

»Möchtest du dir vielleicht zehn Pfennige verdienen?«, fragte er dann den Jungen, der zusah, wie die Hunde die nun leeren Näpfe ausleckten.

»Sicher«, sagte er in breitem bayerischen Dialekt. Albert beugte sich zu dem Jungen hinunter.

»Siehst du die Frau im hellen Kleide, mit den dunklen Haaren und der silbernen Kette? Die, die jetzt gerade aus ihrem Glas trinkt?«

Albert zeigte ihm den zusammengefalteten Notizzettel und die zehn Pfennige. Der Junge schaute ihn skeptisch an.

»Warum bringen Sie ihr den Zettel nicht selbst?«

»Möchtest du dir nun die zehn Pfennige verdienen oder nicht?«

»Schon«, sagte der Junge und nahm die Nachricht und die zehn Pfennige.

»Und sag ihr nicht, wer die Nachricht geschrieben hat«, flüsterte Albert ihm noch hinterher. Er verbarg sich eilig hinter einer Kastanie und beobachtete, wie der Junge zu Ella ging. Überrascht, aber freundlich sah Ella ihn an, und er streckte die Hand aus und übergab ihr die Nachricht. Ella schien ihn etwas zu fragen, wie Albert aus der Entfernung sehen konnte, und als der Junge nur mit den Schultern zuckte, blickte sie auf und begann, sich umzusehen. Albert drehte sich weg, und als er vorsichtig wieder um die Kastanie herumschaute, faltete Ella gerade die Nachricht auseinander und begann zu lesen. Er glaubte, hoffte, ein Lächeln auf ihren Lippen zu sehen.

Die Nachricht lautete wie folgt:

Sie werden sehr müde. Ihre Augenlider werden schwer. Konzentrieren Sie sich ganz auf diesen Punkt: (an diese Stelle hatte Albert einen schwarzen Punkt gezeichnet). *Wehren Sie sich nicht gegen die somnambule Trance, in die Sie nun fallen. Lassen Sie es einfach geschehen. Trinken Sie Ihr Glas aus und entschuldigen Sie sich bei Ihren Gesprächspartnern. Treten Sie dann nach draußen, wenden Sie sich nach links, gehen Sie den kleinen Weg entlang, bis Sie an eine Ulme kommen. Vor der Ulme steht eine Bank, von wo aus man hinunter auf die Isaraue blicken kann, setzen Sie sich dort hin und lassen Sie sich von dem Mann, der ebenfalls dort sitzen wird, nicht weiter stören. Er wird Ihnen keinen Harm zufügen.*

Kaum hatte Albert den Biergarten hinter sich gelassen, wandte er sich nach links und ging den kleinen Weg entlang, bis er an eine Bank kam, die er von einer Wanderung erinnerte und von wo aus man über die gesamte im Mondlicht liegende Aue sehen konnte.

Ein Ast knackte. Sofort raste sein Herz, waren da nicht Schritte zu hören?

Aber am Ende des Weges erschien nicht Ella, sondern der Junge in der Krachledernen. Mit der gleichgültigsten Miene trat er auf Albert zu und streckte ihm einen zusammengefalteten Zettel hin. Kaum hatte er ihn genommen, drehte sich der Junge um und war schon beinahe wieder um die Wegbiegung verschwunden, als Albert rief:

»Warte, was …?«

Der Junge zuckte wie schon zuvor nur im Gehen mit den Schultern. Dann hörte Albert noch ein Klimpern und wie er zufrieden etwas zu sich sagte, das sehr nach *Zwanzig Pfennige an einem Tag* klang. Albert atmete einmal tief durch, dann faltete er mit zitternden Fingern die Nachricht auseinander.

Werter Herr Magnetiseur,
nun haben Sie mich bereits zum zweiten Mal magnetisiert, und langsam frage ich mich, ob das wohl zur Regel werden wird? Genau wie beim letzten Mal fühle ich mich meines Willens beraubt, ja, ich fühle mich ganz und gar willenlos. Sie schrieben nun von einem Mann, der mir keinen Harm antut.
Ich aber wiederum fühle mich in meinem derzeitigen somnambulen Zustand nicht in der Lage zu garantieren, dass ich dem Mann keinen Harm antun würde – weiß man denn, was das vorlaute Unterbewusste sich herausnimmt? Man ist ja nicht mehr Herrin seiner eigenen Sinne!
Morgen in aller Frühe fahre ich zurück nach Stuttgart, doch schon in einer Woche bin ich wieder in München, und ich schlage vor, dass wir uns dann am helllichten Tag zur Mittagszeit im Café Luitpold treffen – da bestünde die Chance, dass ich zumindest halbwegs bei Sinnen wäre.
Es grüßt Sie in somnambuler Ehrerbietung:
E. S.

ECHTE LIEBE

Nun liefen dem Patienten F. die Tränen herunter.

»Entschuldigung«, flüsterte er.

»Sie müssen sich nicht entschuldigen«, sagte Albert mit sanfter Stimme. Beinahe eine Viertelstunde dauerte es, bis der Tränenfluss des F. zum Erliegen kam. Dann sagte er leise:

»Ich lebe niemandem zur Freude, aber mir selbst zur höchsten Qual.«

Der Patient F. war des *Verführungsversuches zu mutueller Onanie an einem öffentlichen Orte* angeklagt, nach dem 1872 in Kraft getretenen § 175 des Reichsstrafgesetzes ein Vergehen gegen die Sittlichkeit. Aus Verzweiflung und in der Hoffnung auf Heilung hatte sich der F. in Alberts Hände begeben.

Vor einem Jahr hatte Albert einen verheirateten Mann behandelt, der wegen seines wiederkehrenden conträrsexualen Verlangens bereits mehrfach versucht hatte, aus dem Leben zu scheiden. Auf dessen Wunsch hin hatte Albert sich bereit erklärt, ihm eine Abneigung gegenüber dem mann-männlichen Verlangen zu suggerieren sowie seine heterosexuelle Lust zu verstärken. Seitdem kamen immer mehr Menschen zu ihm, deren sexuelle Sehnsüchte sich nicht in Einklang mit den sittlichen Vorstellungen des Kaiserreichs bringen ließen und die sich nichts mehr wünschten, als dass ihr Verlangen in geregelte Bahnen gebracht werde.

In seinem zwölften Lebensjahre wurde der F. laut eigener Angabe durch einen Mitschüler auf die Erektion des männlichen

Glieds aufmerksam gemacht. Neugierig ergriff der noch ahnungslose F. das Glied des Spielgenossen und empfand zum ersten Male dunkel geschlechtliche Erregung. Er versuchte auch sein eigenes Glied zu manipulieren und vertraute sich auf diese Weise mit der Onanie, der er sich in der Folge eifrig hingab. Über die Beziehung der Geschlechter wurde der F. erst mit achtzehn aufgeklärt, kurz darauf versuchte er den Beischlaf im Bordell. Eine Erektion wollte sich indes nicht einstellen, von der mit Müh und Not gelungenen Masturbation durch die Prostituierte war der F. so angewidert, dass er sich mehrere Tage lang unwohl fühlte. Mit neunzehn Jahren entbrannte er in heftiger Liebe zu einem Trambahnkondukteur, fuhr stundenlang mit ihm auf der Pferdebahn herum und erlitt alle Qualen der Eifersucht, wenn jener mit anderen Menschen oder weiblichen Personen freundlich war. Mit der sogenannten Wechselonanie wurde der F. erst in seinem sechsundzwanzigsten Lebensjahre in Wien durch einen Burggendarmen bekannt.

»Ein Wonneschauer ging durch meinen Körper, als er mich in seine Arme schloss«, sagte F. wiederum mit Tränen in den Augen, »und ich zitterte am ganzen Leibe, als der Erguss eintrat.«

»Bestand jemals ein sexuelles Interesse am weiblichen Geschlecht?«, fragte Albert.

»Niemals. Ich mag es auch nicht, wenn ich ein Interesse von einer Frau bemerke, ich fühle mich davon direkt abgestoßen.«

Horror feminae, notierte Albert.

»Bestehen Neigungen zur Knabenliebe?«

F. verzog angeekelt das Gesicht und schüttelte den Kopf. Er habe auch kein Interesse am Umgang mit anderen Conträrsexualen.

»Ich bevorzuge richtige Männer. Soldaten sind mir die Liebsten, Uniformierte generell. Sie begleiten mich bis in meine

Träume, ich kann ihnen nicht widerstehen. Ich kann es einfach nicht.«

Zur Verhaftung des F. war es gekommen, als dieser nach monatelanger sexueller Abstinenz das Varietétheater Kolosseum besucht hatte, wo ihn *die Produktionen eines Athleten geschlechtlich aufgeregt hatten,* wie er zu Protokoll gab. Auf dem Heimweg hatte er in der Bayerstraße die Bekanntschaft eines Soldaten gemacht. Es kam zu einem gemeinsamen Spaziergang, der über den Maximiliansplatz, den Salvatorplatz und wieder zurück über den Maximiliansplatz führte. Schließlich war F. in einen finsteren Hof eingebogen und hatte dort unter dem Vorwand des Urinierens seine Kleider geöffnet, in der wahren Absicht allerdings, sich von dem Soldaten masturbieren zu lassen. Dieser aber zeigte sich unzufrieden mit der gebotenen Bezahlung, zog sein Seitengewehr, erklärte den F. für verhaftet und veranlasste dann die Anzeige desselben.

»Glauben Sie, dass Sie mich heilen können? Es wäre ein Wunder, wenn es Ihnen gelänge …«

Bereits bei den ersten Strichen über den Brustkorb verlor F. das Bewusstsein und fiel in einen tiefen, schlafähnlichen Zustand. Albert hatte die Erfahrung gemacht, dass es dem Unterbewussten erheblich schwerer fiel, eine negative Suggestion anzunehmen als eine positive, es ähnelte darin einem bockigen Kind, bei dem das Verbot immer auch die Lust zu dessen Übertretung erzeugt. Er suggerierte daher nicht, den männlichen Körper nicht mehr zu begehren, sondern einen diesbezüglichen tiefen Ekel und weiterhin die Fähigkeit zu ruhigem und störungsfreiem Schlaf sowie über mehrere Minuten die Lust am heterosexuellen Verkehr.

»Wie fühlen Sie sich?«, fragte er den F., nachdem dieser erwacht war. Der F. sprang auf und klatschte in die Hände.

»Als könnte ich Bäume ausreißen oder vielleicht sogar einen ganzen Wald!«

»Ich empfehle Ihnen, die Suggestionen so schnell als möglich in die Tat umzusetzen«, sagte Albert, »idealerweise durch den Geschlechtsakt mit einem Weibe. Ich habe Ihnen die Adresse eines Bordells in der Falkenturmstraße aufgeschrieben, dort arbeiten einfühlsame Damen, die Ihnen dabei behilflich sein können.«

Kurz darauf sah Albert seinen Patienten die Straße vor dem Haus überqueren, der Tatendrang war selbst von oben nicht zu übersehen. Albert sah auf die Uhr. Bis zu seinem Wiedersehen mit Ella hatte er noch gute vier Stunden Zeit; er sah sich außerstande, in dieser Zeit noch einen vernünftigen Gedanken zu fassen, weswegen er die Praxis schloss und die folgenden Stunden damit verbrachte, unnütze Verrichtungen halb auszuführen.

Das Wiedersehen im Café Luitpold verlief zu Anfang noch ein wenig steif, nach ein paar Momenten der Verlegenheit unterhielten sich Ella und Albert aber so angeregt, dass sie nicht merkten, wie es draußen dämmerte, wie im Luitpold die Kerzenleuchter angezündet wurden, wie erst die Abendgäste und dann die Theaterbesucher den großen Saal füllten und die Geräuschkulisse sich dergestalt veränderte, dass sie näher aneinanderrücken mussten, um sich überhaupt noch verstehen zu können. Wie es schließlich wieder leerer und stiller wurde und sie trotzdem nah beieinander sitzen blieben und erst durch die diskrete Anmerkung des Kellners bemerkten, dass das Café bereits seit einer Viertelstunde geschlossen hatte. Als sie aus dem Café heraustraten, verbeugte sich die spätsommerliche Nacht vor ihnen und lud sie zu einem Spaziergang ein; Albert und Ella nahmen an.

Sie folgten keinem besonderen Ziel, sondern ließen sich durch die Straßen spülen, die noch von anderen Spaziergängern und einigen Dienstboten bevölkert waren. Ella erzählte Albert von ihrer Kindheit; in den Sommern hatte sie diese vor allem auf der Schwäbischen Alb verbracht und war ansonsten mit ihren Eltern durch die ganze Welt gereist, in die deutsche Kolonie Tsingtau, nach Ceylon und sogar bis auf die karibische Insel Hispaniola. Das »du« mussten sie sich nicht erst anbieten, denn es war ganz von selbst zu ihnen gekommen.

Sie blieben vor der Salvatorkirche stehen und sahen hinauf zu den Tauben, die um den Kirchturm flatterten. Plötzlich wurde Albert bewusst, dass er und Ella exakt denselben Weg genommen hatten, den auch sein Patient mit dem Soldaten gegangen war. Er blickte in einen Hinterhof und fragte sich, ob es wohl jener Hof gewesen war, den der F. in der Hoffnung angesteuert hatte, der Soldat möge ihn in einer verschwiegenen Ecke masturbieren.

Vor dem Bayerischen Hof, wo Ella ein Zimmer bezogen hatte, sahen sie sich bei der Verabschiedung tief in die Augen und verabredeten sich für ein Wiedersehen in der nächsten Woche. Er hätte es darauf ankommen lassen können, ob sie sich von ihm küssen ließe, aber er wollte es gar nicht, nicht so, nicht auf der Straße und nicht als Spekulation.

Am nächsten Tag sandte er Ella eine Einladung, ihn am Freitag zu einem Ball zu begleiten, und schon einige Stunden später erhielt er ihre Zusage. Als Albert dann am Freitag gemeinsam mit Ella die Freitreppe zum Ballsaal emporstieg, registrierte er durchaus die bewundernden Blicke und das aufgeregte Getuschel der anderen Besucher, versuchte aber den Eindruck zu vermitteln, als bemerkte er es nicht.

Der Abend verging, wie Albert und Ella übereinstimmend befanden, zu schnell. Albert hatte den Widerspruch zwischen der intimen körperlichen Nähe beim Tanzen, diesem absoluten Zuviel an Berührungen, Gerüchen, Blicken und kleinen Versprechen, das aber an einem vollkommen öffentlichen Ort stattfand, nie so stark empfunden wie an diesem Abend.

Gegen Mitternacht begann der Saal sich ohne Erbarmen zu leeren, und schließlich gingen sie, noch erhitzt vom letzten Tanz, zur Garderobe, um ihre Mäntel zu holen. Draußen war die Luft der Nacht auf wunderbare Weise erfrischend, so entschieden sie sich, den Weg zu Ellas Hotel zu Fuß zu gehen.

»Dieser Abend war …«, setzte Albert an, wurde jedoch jäh davon unterbrochen, dass jemand hinter ihm seinen Namen rief. Ein Mann in abgewetztem Mantel und mit einem Blick, der zwischen Irrsinn und Verzweiflung flackerte, kam eilig auf ihn zu. Es handelte sich um den Patienten F.

»Was für ein Glück, was für ein Geschenk des Schicksals, dass ich Ihnen begegne, dass Sie gerade jetzt meinen Weg kreuzen, das kann kein Zufall sein! Doktor! Vor Ihnen steht ein Mann am Rande des Abgrunds!«

Albert war über diesen Überfall so überrascht, dass er zu keiner Entgegnung fähig war.

»Es wäre mir beinahe gelungen. Um ein Haar wäre es geglückt. Ich war in der Falkenturmstraße, und ich fand dort auch eine nette Dame, sie manipulierte mich sehr freundlich, aber …«

»Mäßigen Sie sich«, rief Albert. »Sehen Sie nicht, dass eine Dame anwesend ist?«

»Ich sehe es durchaus«, rief der Patient. »Und ich entschuldige mich bei Ihnen, werte Dame, für meine Verzweiflung, die ich Ihnen so unverfroren vor die Füße werfe, allein ich weiß keinen Ausweg mehr!«

Es liefen ihm nun wieder die Tränen die Wangen herunter.

»Es ist mir nicht gelungen, den geregelten Verkehr zu vollziehen, obwohl ich es doch so sehr wollte«, flüsterte er.

»Genug«, sagte Albert streng, »besuchen Sie mich in meiner Praxis. Ich kann Ihnen helfen, aber nicht auf der Straße.«

Nur durch weitere und immer strengere Worte gelang es ihm, den F. dazu zu bewegen, sich in die Nacht zu entfernen. Er wandte sich wieder Ella zu und lächelte beruhigend. Der Patient F. verschwand um eine Ecke.

»Nur ein Patient.«

»Was ist mit ihm?«

»Seine Behandlung ist noch nicht abgeschlossen.«

Er versuchte, seinen Geist wieder ganz auf Ella zu richten, auf die laue Sommernacht, auf seinen Puls, der jedes Mal schneller ging, wenn er ihr in die Augen sah, jedoch: es gelang nicht.

»Es tut mir leid«, brach es aus ihm heraus, »es tut mir wirklich leid. Ich kann ihn so nicht der Nacht überlassen.«

Er zuckte hilflos mit den Schultern, dann drehte er sich um und rannte dem Patienten hinterher. Er verfluchte den F., verfluchte die Natur, die dem F. seine Neigung eingepflanzt hatte, und verfluchte den Paragraphen 175 des Reichsstrafgesetzbuchs, der den F. zu einem Straftäter machte.

Sehr viel später erzählte Ella ihm, dass sie sich genau in dem Moment, als er dem Patienten F. hinterhergelaufen war, in ihn verliebt habe.

Noch am nächsten Morgen war Albert überzeugt davon, dass Ella ihm das überstürzte Ende des verheißungsvollen Abends nicht verzeihen und er sie nicht wiedersehen werde. Umso überraschter war er, als am Nachmittag die Vorzimmerdame in sein Büro kam und eine Frau mit Namen Siegle anmeldete, die keinen Termin habe, ihn aber unbedingt sprechen wolle.

»Ich weiß nicht, wie ich mein Verhalten wiedergutmachen kann«, sagte er zu ihr, als sie ins Büro geführt wurde.

»Das musst du doch gar nicht«, sagte Ella, »konntest du ihn denn noch finden?«

Albert stöhnte auf.

»Schon, aber es ging ihm viel besser, als ich es befürchtet hatte.«

»Das freut mich«, sagte Ella lächelnd.

»Vor einem halben Jahr musste ich einen Patienten aus Termingründen zurückweisen. Zwei Tage später wurde er tot aus der Isar geborgen. Das sitzt mir noch in den Knochen.«

»War das auch ein … ein Urning? Ein Conträrsexualer?«

Albert sah sie überrascht an.

»Ich habe dein Buch gelesen«, sagte Ella.

»Ich hoffe, es hat dich nicht unangenehm berührt, über diese verzweifelten Seelen zu lesen.«

»Nein«, sagte sie, »es war … es war nur ungewohnt, von so vielen unterschiedlichen Verirrungen zu erfahren.«

»Der Geschlechtssinn«, sagte Albert, »kann sich in viele abgelegene Gebiete verlieren. Für manche ist er ein beängstigendes und düsteres Labyrinth, und sie sehnen sich danach, ein ruhiges Leben zu führen, ein Leben frei von einem ruhelosen Trieb, den sie nicht in geordnete Bahnen überführen können.«

Es zeigte sich, dass Ella nicht unangenehm berührt, sondern im Gegenteil interessiert daran war, mehr über Alberts Arbeit zu erfahren. Schließlich sagte sie beinahe schüchtern:

»Und könntest du mich auch hypnotisieren?«

»Wenn du es möchtest.«

»Ich würde es gern einmal erfahren. Wie es sich anfühlt.«

»Jetzt?«

»Warum nicht?«

Albert nickte. Er war sich unsicher, ob es eine gute Idee war – er hatte ja nicht vor, ihr Arzt zu werden –, aber er wollte auch um keinen Preis, dass sie ging.

Auf dem Weg zum Behandlungszimmer mussten sie den Warteraum durchqueren, wo eine etwas unbeholfene Reproduktion von Caspar David Friedrichs Gemälde *Die Schwestern auf dem Söller am Hafen* hing. Darauf waren zwei schwarz gekleidete

Frauen zu sehen, die in einer traumartigen Lichtstimmung auf einen nur schemenhaft zu erkennenden Hafen hinabsahen. Albert hatte dies Gemälde, das im Arbeitszimmer seines Großvaters gehangen hatte, als Kind stundenlang angestarrt, und es kam nicht selten vor, dass man sonntags zum Kaffee zu den Großeltern ging und erst beim Aufbruch das Fehlen des Jungen bemerkte; er wurde dann stumm vor dem Gemälde stehend gefunden, wo er die Zeit vergessen hatte, versunken in die Rückenansicht der beiden Frauen, von denen die eine der anderen die Hand wie tröstend auf die Schulter legte.

Ella blieb vor dem Gemälde stehen, um es zu betrachten. Albert stand hinter ihr, und plötzlich wollte es ihm vorkommen, als hätte er schon als Kind diesen Moment vorausgeträumt, diese verdoppelte Rückenansicht, und als sei dies der Grund gewesen, warum er sich damals nicht von dem Bild hatte abwenden können. Ella trat näher an die Leinwand heran, um ein Detail genauer anzuschauen, dann wandte sie sich um zu Albert und fragte:

»Du kennst das Bild wahrscheinlich schon ein bisschen länger – hat sich eine von den beiden jemals umgewandt?«

Albert lachte und schüttelte den Kopf.

»Dachte ich's mir doch«, sagte Ella und ging voran in das Behandlungszimmer, als wäre sie hier zu Hause. Ohne auf Alberts Aufforderung zu warten, setzte sie sich auf die Liege und sah ihn erwartungsvoll an.

So kam es, dass die ersten Berührungen zwischen Ella und Albert mesmerische Striche waren, streng nach Lehrbuch ausgeführt: sanft und in gleicher Richtung über einen Teil der Körperfläche, insbesondere das Gesicht, danach gleichmäßige Bewegungen, die man mit den Händen, in geringem Abstand vom Körper, vom Kopfe abwärts vornimmt.

»Mesmer schreibt, dass es in diesem Moment, jetzt gerade,

zur Übertragung des magnetischen Fluidums kommt«, sagte Albert mit einem leichten Zittern in der Stimme. Als er Ella in die Augen sah, war ihr Blick ganz offen und ohne Furcht. Zu seiner Überraschung war ihre Reaktion auf die Striche anders als bei allen anderen Menschen, die er bislang in die hypnotische Trance versetzt hatte. Ihr Geist verweigerte sich nicht, es war eher, als träte er zurück, um sich selbst einen Überblick zu ermöglichen.

»Ich spüre«, sagte Ella und wirkte dabei bereits ein klein wenig schlaftrunken, »dass ich mich an einem Scheideweg befinde. Es ist nicht so, dass ich von deinem Blick willenlos und überwältigt bin, ich müsste selbst etwas dazugeben, damit es funktioniert.«

»So ist es«, sagte Albert, »aber ich habe es noch nie erlebt, dass jemand diese zwei Pfade so eindeutig vor sich sieht. Es gibt Menschen, die ganz automatisch den Weg der Überwältigung nehmen, und andere, denen er zunächst versperrt ist, obwohl sie ihn gehen wollen. Du bist aber die Erste, die sich zu dem einen oder dem anderen frei entscheiden kann.«

»Ich merke aber auch«, fuhr sie fort, »dass es keine besondere Charakterstärke ist, sich der Suggestion zu entziehen. Die Verbindung abzulehnen kommt mir asozial vor, wie jemand, der sich weigert, eine Unterhaltung zu beginnen. Für heute lehne ich das Angebot trotzdem ab, denn die Art von Verbindung, die ich gern mit dir hätte, ist anderer Natur.«

Albert hätte am liebsten jedes einzelne Wort von Ella in Formalin konserviert und in gewaltigen Regalen ausgestellt.

MUTTER DER URMUTTER

Im Nachhinein wusste Albert nicht, ob Ella sich einen Spaß mit ihm erlaubt hatte, als sie den Wohnsitz ihrer Eltern als *ganz normales Haus* bezeichnete. Er hatte in Erfahrung gebracht, dass Ellas Vater Eduard Siegle wohl recht wohlhabend sein musste, und insofern durchaus eine großzügige Villa erwartet, aber auf das, was ihn auf der Karlshöhe erwartete, traf die Bezeichnung *Haus* ebenso wenig zu, wie wenn man einen Zeppelin Luftballon genannt hätte. Die Vorderfront war, wie er später erfuhr, dem Barockschlösschen *Villa Carlotta* am Comer See nachempfunden, der Speisesaal lehnte sich an die römische *Villa Farnese* und die Bibliothek an die *Villa Madama* an.

Der *kleine Kreis*, der zur Verlobungsfeier auf der Karlshöhe geladen war, bestand vorwiegend aus Großindustriellen, dazu dem Privatsekretär des jungen württembergischen Königs Wilhelm, den Spitzen der Nationalliberalen Partei, für die Ellas Vater im Reichstag saß, sowie einem der Gründer der einflussreichen Vereinsbank. Im Laufe des Tages erfuhr Albert, dass Ellas Vater eine eigene große Farbenfabrik sowie Beteiligungen an diversen anderen Firmen und Unternehmen besaß und dazu Mitglied des Aufsichtsrats der Badischen Anilin- und Soda-Fabrik BASF war. Ellas Familie war nicht wohlhabend, sie war märchenhaft reich.

Albert hatte in seinem bisherigen Leben kein besonderes Interesse an materiellen Gütern gehabt, und an sich hatte er nicht vor, dies zu ändern, doch er konnte nicht verhindern, dass die

Opulenz der Karlshöhe ihn in einen Zustand der Verwirrung versetzte.

Immerhin schien Ellas Vater sich für das Gebiet der Hypnose im Allgemeinen und den Prozess gegen den Czynski im Besonderen durchaus zu begeistern. Er stellte interessierte Nachfragen zum Wesen des hypnotischen Schlafs, auf die Albert gern und mit der gebotenen Ausführlichkeit Auskunft erteilte. Es war nur natürlich, dass sich schnell eine kleine Gruppe Zuhörer um ihn scharte. Von somnambulen Entrückungszuständen hatte in diesem Haus noch niemand gesprochen.

Aber während er nun über die dubiosen Methoden des Czynski redete, wurde ihm mit einem Mal bewusst, dass ja vielleicht die Umstehenden eine Parallele zwischen ihm und dem betrügerischen Polen ziehen könnten. Sahen sie in ihm vielleicht ebenfalls einen Heiratsschwindler, dessen Motive gegenüber Ella nicht nur edel waren? Das Lächeln der Zuhörer kam ihm plötzlich nicht mehr wohlwollend, sondern spöttisch vor.

»Er hat sie wirklich geliebt«, hörte Albert sich sagen und wusste nicht mehr, ob er damit sich selbst oder den Czynski meinte. Daraufhin schwieg er so lange, bis jemand der Umstehenden sich erbarmte und das Thema wechselte. Mit halbem Ohr nahm er wahr, dass nun von Otto Lilienthal geredet wurde, der mittels riesiger selbst konstruierter Flügel wie ein Vogel von einem Hügel bei Berlin geflogen war, über fünfzehn Meter weit.

»Es ist eine Revolution«, wurde gesagt, und:

»Lilienthal ist ein Teufelskerl.«

»Der Beginn einer neuen Ära!«

»Er soll die Gleitzeit eines Spatzen erreichen«, sagte Ellas Mutter. Nach einer Weile kam Ella dazu und hakte sich übermütig bei Albert unter.

»Ich möchte Lilienthals Flugversuche unbedingt zu Gesicht bekommen«, sagte sie strahlend zu ihm, »fahren wir doch direkt nächste Woche hin und schauen uns diesen Ikarus mal aus der Nähe an.«

»Bravo«, rief jemand, es wurde sogar applaudiert.

»Wenn Sie ihn vorher in die somnambule Trance versetzen, landet er vielleicht gar nicht mehr!«, rief Ellas Vater Albert zu, und dieser bemühte sich, Lautstärke und Dauer seines Lachens exakt den Umstehenden anzugleichen, bevor er sich entschuldigte.

Als Albert vom Klosett kam, das ihm viel zu kurz Asyl gewährt hatte, spürte er kalten Schweiß auf der Stirn.

»Es muss auch solche geben«, hörte er Ellas Vater sagen und wusste nun mit Gewissheit, dass Eduard Siegle damit ihn meinte. Unvermittelt überkam ihn tiefe Abneigung gegen den Reichtum der Siegles. Ihre reichen Freunde waren ihm plötzlich zuwider, das *einfache* schwäbische Essen und die Ausmaße des Klosetts – es war doppelt so groß wie der Behandlungsraum in seiner Praxis. Ihm war die lächelnde Herablassung zuwider, mit der man ihn offenkundig behandelte, die lässige Großzügigkeit, mit der sie hier *solche wie ihn* akzeptierten. Wie sehr hätte er sich in diesem Moment ehrliche Ablehnung gewünscht, wütende Attacken, dann hätte er wenigstens gewusst, woran er war. Am meisten aber war ihm in diesem Moment die schwäbische Verkleinerungsform zuwider, die beinahe immer von einem verschmitzten Lächeln begleitet wurde.

Siegle. Kleiner Sieg. Von wegen.

Später nahm Ellas Vater ihn freundschaftlich zur Seite.

»Wie ich sehe, haben Sie meine Tochter verzaubert«, sagte Ellas Vater. »Sie scheinen Ihr Handwerk zu verstehen.«

Albert sah Eduard Siegle durchdringend an.

»Ich muss Sie das jetzt fragen, und ich erwarte eine ehrliche Antwort«, sagte Albert mit leicht zitternder Stimme, »aber halten Sie mich für einen Scharlatan?«

»Aber nein«, rief Ellas Vater, »wie kommen Sie darauf? Ich habe größten Respekt vor Ihnen!«

Albert versuchte, im Gesicht seines Gegenübers zu erkennen, ob er wirklich meinte, was er sagte.

»Was wollten Sie mir dann sagen?«, fragte Albert.

»Dass ich Eduard heiße«, sagte Ellas Vater und lächelte verschmitzt. Erst jetzt bemerkte Albert die zwei mit Obstler gefüllten Schnapsgläser, von denen Eduard ihm eines entgegenstreckte. »Darauf ein Schnäpsle?«

Auch Ella beteuerte am nächsten Tag, dass ihre Eltern begeistert von ihm seien und bereits nach einem Termin für die Hochzeit gefragt hatten. Albert war erleichtert. Man hatte ihn nicht aus dem Schloss geworfen. Er hatte sich wacker geschlagen, und mit der Heirat würde er von einem Tag auf den anderen sehr, sehr reich sein. Er nahm sich vor, diesem Umstand so wenig Beachtung wie nur möglich zu schenken, seine Empfindungen gegenüber Ella sollten nicht durch die Vorteile, die ihm dadurch unverhofft erwuchsen, verunreinigt werden.

Der Termin für die Trauung wurde schnell festgesetzt, und ehe Albert es sich versah, lag seine eben noch in vagen Schemen verschwommene Zukunft wie ein präzises Band aus glänzendem Stahl vor ihm. Nicht, dass Albert sich eine andere Zukunft gewünscht hätte, es war ja alles wie im Märchen. Und trotzdem oder gerade deswegen übte der bevorstehende Münchner Fasching, der sein letzter als unverheirateter Mann sein würde, eine eigentümliche Faszination auf ihn aus. Es schien ihm die letzte Möglichkeit, das Gegenteil davon zu tun, was jeder vernünftige Mensch getan hätte: mit einer mittellosen Tänzerin durchzubrennen, dem Alkohol zu verfallen, eine abseitige sexuelle Verirrung zu kultivieren. Die Wucht, mit der ihn die Liebe überrannt hatte, war vollkommen unerwartet in Alberts Leben getreten, und er wollte für ein paar letzte Tage noch einmal vergessen, dass es nun einen Menschen in seinem Leben gab, der ihm wichtiger war als er selbst.

Die Faschingsnächte verbrachte er zunächst als Zugehfrau, dann als Mexikaner und schließlich als der Tod, wobei sich dieser als kontaktfreudigstes Kostüm erwies; kaum ein Mädchen wollte es sich nehmen lassen, mindestens einmal mit dem Tod zu tanzen, um das Leben eifersüchtig zu machen.

Als es schon beinahe wieder hell wurde, sich der Saal merklich geleert hatte und die Bedienungen begannen, die Tische abzuräumen und die Stühle hochzustellen, sah sich Albert plötzlich mitten auf der ausgedünnten Tanzfläche einer Frau gegenüber, die die gleiche Verkleidung wie er gewählt hatte. Amüsiertes Schaudern allenthalben, Blicke, Wispern und Gekicher. *Der Tod steht dem Tod gegenüber!*

Albert umfasste die Taille seines Spiegelbilds. Sie tanzten schweigend, bis die Kapelle ihr letztes Lied ankündigte. Die beiden Tode schmiegten sich in Erwartung dieses ultimativen Endes enger aneinander, dann wurde das Saallicht eingeschaltet, gnadenlose Putzfrauen feudelten, der Tod verbeugte sich vor dem Tod und ging seiner Wege. Der Geruch seiner letzten Tanzpartnerin, lieblich und aufdringlich zugleich, ging Albert die ganze Nacht über nicht mehr aus dem Sinn.

Am nächsten Abend stieg er mit Bogen, Köcher und lockiger Perücke als Liebesgott Amor die Treppen zur Wohnung des Dichters hinauf, in der er vor nun bald einem Jahrzehnt den Studenten in somnambulen Schlaf versetzt hatte. Bereits im zweiten Stock standen die ersten antiken Götter und Göttinnen dichtgedrängt; Togen aus Bettlaken, goldene Bänder in den

Haaren, zu kalt der Februar für passende Sandalen, trotzdem: erhaben-altertümliche Stimmung.

In der Wohnung führte der Gastgeber als Dionysos in purpurnem Gewand mit Weinlaubkranz und goldenem Stab eine Prozession an. Bacchantinnen sowie drei Hermaphroditen umschwirrten ihn und schlugen Becken, Zimbeln, Tamburine. Hinter dem Gastgeber schritten mit feierlicher Miene ein bekränzter Cäsar, ein antiker blonder Priester und daneben Schuler, der entgegen seiner Gewohnheit geschminkt und mit schwarzem Schleier *die Urmutter* darstellte.

Als sich später die Prozession aufgelöst hatte und in allen Zimmern der Wohnung ausgelassen getanzt wurde, sah Albert die Urmutter in einer Ecke sitzen und wollte schon zu dem gelungenen Kostüm gratulieren, aber Schuler sah so missgestimmt und düster aus, dass Albert sich dagegen entschied. Später wurde ihm gesagt, der Gastgeber habe Schulers gebrechliche Mutter, deren einzige Verkleidung in einem winzigen, mit Blumen geschmückten Hut bestand, mit den Worten begrüßt, er habe schon immer mal die Mutter der Urmutter kennenlernen wollen. Diesen harmlosen Scherz wiederum hatte Schuler ausgerechnet seiner eigenen Mutter übel genommen und sich furchtbar mit ihr verkracht.

»Ich habe es dir gesagt, dass du dich besser verkleiden sollst«, hatte Schuler gerufen, »eine Urmutter kann keine Mutter haben, deswegen heißt sie ja Urmutter!«

Albert erinnerte sich daran, dass er vor einigen Jahren in Schulers kleiner Wohnung gewesen war, die dieser gemeinsam mit seiner Mutter bewohnte. Schuler hatte einen ausgedehnten Vortrag über ein Symbol gehalten, das den Zuhörern unbekannt war, von Schuler aber als Vorbote einer neuen Zeit angesehen wurde. Es handelte sich dabei um ein gleichschenkliges Kreuz, an dessen Enden sich kurze Haken befanden. Schuler nannte es *Swastika.* Das christliche Kreuz, so führte er aus, sei das Symbol der Kastration und stehe für den durchgestrichenen Phallus, die Swastika aber bringe das Kreuz endlich wieder in Bewegung – die Wiederbelebung des antiken Eros. Schuler geriet während seines Vortrags in eine Art Ekstase und beendete ihn schließlich mit einem selbst verfassten Gedicht, von welchem Albert lediglich ein kurzer Teil im Gedächtnis geblieben war:

Göttlich ist ihnen die Urne
Eine schwangere Mutter ein erstes Idol.
Auf ihrer Hostie Vulva
Brennt das Swastika das Feuerzeichen Preisgebung.

Während der Deklamation dieser Zeilen hatte er mit schwarzer Farbe eine Swastika an die Wand gemalt und in die offenen Felder des Kreuzes die Buchstaben E-R-O-S geschrieben. Dies war übrigens der einzige Moment, in dem Schulers Mutter, die ansonsten begeisterten Anteil an der Lesung genommen hatte, um den Mund herum eine Ahnung von Missbilligung zeigte, da sie im Kopf vermutlich die Kosten für den Malermeister überschlug, der die Wand würde weißen müssen.

Auf seinem Weg nach Hause durch die klirrend kalte Februarnacht begegnete Albert nur noch wenigen verlorenen Gestalten in ramponierten Kostümen. Er wurde von einem feierlichen Gefühl überkommen, denn er spürte, dass mit dieser Nacht etwas in seinem Leben zu Ende gegangen war und etwas Neues beginnen würde; vom Alkohol furchtlos geworden, rief er einige Worte in die Kälte hinein, an die er sich später nicht mehr erinnerte.

Er hatte bereits den Hausschlüssel in der Hand und war nur noch wenige Meter von seinem Zuhause entfernt, da schwankte ein besoffener Napoleon an ihm vorbei, der von einer Orientalin gestützt wurde. Albert sah ihnen nach, und als die beiden bereits um die nächste Straßenecke gebogen waren, hing plötzlich eine zarte Ahnung vom widersprüchlichen Geruch des Todes in der Luft. Albert schloss die Augen und fühlte sich wie jemand, dem ein Name einfällt, der ihm seit Stunden auf der Zunge lag.

In seiner kleinen Wohnung stand er später vor dem hölzernen Eichenschrank und betrachtete sich im Spiegel der geöffneten Tür: ein Amor mit verwischter Schminke und schiefer Perücke. Er nahm einen Pfeil aus seinem Köcher, spannte den Bogen und richtete ihn gegen sich selbst.

Dann schoss er sich mitten ins Herz und sank auf sein Bett in unvermutet friedlichen Schlaf.

IKARUS LILIENTHAL

Am Aschermittwoch war Albert mit furchtbarem Kopfweh erwacht. Dies war jedoch keineswegs Folge übermäßigen Alkoholkonsums, sondern der Beginn einer hartnäckigen Influenza. Auch als der Tag gekommen war, an dem Ella mit ihm nach Stölln bei Berlin reisen wollte, um Otto Lilienthals Flugversuche zu verfolgen, musste Albert noch das Bett hüten, weswegen sie an seiner statt mit ihrer Schwester reiste.

Als sie zurückkehrte, ging es Albert zwar etwas besser, aber er fieberte immer noch und hatte nicht mitbekommen, dass Lilienthal bei einem seiner Flüge den Tod gefunden hatte. Ella und ihre Schwester hatten sich ausgerechnet an jenem verhängnisvollen Tag gemeinsam mit zwei guten Dutzend weiteren am aeronautischen Experiment Interessierten am Gollenberg eingefunden, wo sie zugesehen hatten, wie Lilienthal die von ihm selbst konstruierten Flügel anlegte. Die Höhe des Hügels betrug einhundertneun und die Spannweite der Flügel fast sieben Meter, der Name der Apparatur: »Normal-Segelapparat«.

Mit kaltem Schweiß auf der Stirn und pochenden Schläfen hörte sich Albert in Decken gehüllt Ellas Bericht an; später war er sich nicht ganz sicher, ob sie überhaupt da gewesen war oder ihr Besuch die Phantasie seines Fiebers.

»Dreimal war Lilienthal bereits erfolgreich mit Hilfe des Apparats in die Tiefe geschwebt. Schönwetterwolken am Himmel und leichter Wind von Nordost. Fulminant die ersten drei Flüge, wirklich fulminant, absolut spektakulär. Über zwanzig

Meter hoch oder mehr, uns stehen die Münder offen vor Staunen. Lilienthal gleitet sanft auf die Erde. Gegen zwei Uhr am Mittag dann der vierte Versuch, alles wie immer zuerst, aber dann sieht es von unten plötzlich so aus, als bliebe die Zeit stehen. Lilienthal schlägt verzweifelt mit den Flügeln, aber sie finden keinen Widerstand in der Luft mehr, und er stürzt zu Boden.«

»Das ist ja alles ganz schrecklich«, flüsterte Albert heiser.

»Alle rennen zum niedergegangenen Flieger, der unter seinen geknickten Flügeln liegt. Lilienthal blickt seinen Assistenten nur etwas verwirrt an und sagt ganz, als wäre nichts, *ich ruhe mich nur kurz aus, dann geht es schon wieder, dann versuche ich es noch einmal.* Es war der Schock, er war nicht bei Sinnen, aber seine Stimme klang, als käme sie schon von der anderen Seite.«

Albert durchfuhr ein Schauer, sein ganzer Körper schmerzte plötzlich, als wäre er selbst abgestürzt.

Später behaupteten Fachkundige, eine Sonnenböe sei schuld am Absturz gewesen; heiße Luft, die sich unvermittelt und grundlos vom Boden löst, Strömungsabriss dann und fehlender Auftrieb, die Empathie der Physik, sagte man, sei störrisch und nicht leicht zu erobern. Mit dem Pferdefuhrwerk wurde Lilienthal zu einem Gasthof geschafft, wo er die Nacht auf eisernem Feldbett noch lebend verbrachte, am folgenden Tag verlor er im Güterwagon nach Berlin das Bewusstsein. Man brachte ihn in eine Klinik, wo er kurz darauf verstarb.

Albert sah zu seinem Erstaunen ein tatendurstiges Funkeln in Ellas Augen.

»Aber wie kann dich denn das tragische Scheitern einer Unternehmung derart begeistern?«

»Es war schlicht erhaben, wie Lilienthal geflogen ist.«

»Und sein Absturz?«

Ella hörte ihn gar nicht richtig.

»Was gäbe ich darum, mich einmal so in die Lüfte zu erheben.«

»Was gäbe ich darum, wenn du es nicht tätest!«, rief Albert und bekam einen Hustenanfall. »Hast du etwa Todessehnsucht in dir? Muss dir die Erdanziehungskraft ihre Existenz erst am eigenen Leibe vorführen?«

»Nein, das muss sie nicht«, rief Ella, »denn ich werde vorführen, dass ich ihr entfliehen kann!«

NACHZEHRER UND AUFHOCKER

Noch im selben Jahr erwarben die frisch vermählten Eheleute ein Grundstück in der Max-Joseph-Straße, und Albert machte sich umgehend daran, ein Stadtpalais zu planen. Durch die Heirat war er über Nacht zu einem der reichsten Menschen Münchens geworden. Er hatte den Architekten Gabriel von Seidl engagiert, nach dessen Plänen das Gärtnerplatztheater und diverse Schlösser errichtet worden waren. Für die imposante Säulenfassade hatten sie sich gemeinsam dazu entschieden, Elemente des römischen Wohnhauses des Malers Raffael zu übernehmen; innen gelangte man über ein hoch gewölbtes Vestibül in eine große Halle, aus der eine breite Freitreppe in den ersten Stock führte, wo sich neben dem privaten Trakt gleich mehrere repräsentative Behandlungsräume befanden. Albert fühlte sich wie der Held eines Märchens, der als Lohn seiner Taten die Königstochter zur Frau und einen Palast zur Wohnstatt erhält. Zwei Jahre darauf gebar die Königstochter ihm einen Sohn, der Gustav genannt wurde.

Gustav wurde von einer uralten Amme großgezogen, die den Namen Gertje-Möh trug und bereits Albert gewickelt hatte, nachdem dieser unweit von Oldenburg zur Welt gekommen war. Kurz nach Gustavs Geburt hatte Albert gehört, dass die nordfriesische Amme ohne Anstellung sei, und er hatte, halb aus Mitleid und halb aus Nostalgie, Gertje-Möh für seinen eigenen Sohn in Dienst genommen.

Ein neues Jahrhundert war angebrochen.

Gustav war schon fast vier, da bemerkten Ella und Albert, dass er regelmäßig von Albträumen heimgesucht wurde, im Schlaf schrie und am Morgen sein Nachthemd nass von Schweiß war. Es stellte sich auf Nachfrage heraus, dass Gertje-Möh dem Jungen jeden Abend detailliert von Geistern, Kobolden und anderen schaurigen Gestalten erzählte, die ihn dann bis in seine Träume verfolgten. Bisweilen kam es sogar vor, dass ihm am Tage grundlos Tränen herunterliefen oder er sich davor fürchtete, aus dem Haus zu gehen.

Wie aus dichtem Nebel tauchten nun auch Albert die Figuren seiner Kindheit auf, denn schon damals hatte Gertje-Möh Geschichten aus der Welt der Geister geliebt und ein besonderes Talent gehabt, sie derart zu erzählen, dass sie wie belegte Tatsachenberichte klangen. Er erinnerte sich an den Meermann *Ekke Nekkepenn*, der gemeinsam mit seiner Frau *Rahn* am Boden der Nordsee lebt, an den *Huckup*, den man in anderen Gegenden auch *Aufhocker* nennt und der Wanderern nachts auf die Schultern springt und mit jedem Schritt, den diese der Heimat näher kommen, schwerer wird, sodass sie schließlich unter der Last zusammenbrechen. Er erinnerte sich an den *Walriderske*, der sich nachts auf die Brust der Schlafenden kniet und Albträume verursacht, und den Drachen *Glûswanz*, der durch den Schornstein zu den Hexen fliegt, die ihn mit süßer Milch anlocken.

Am unheimlichsten hatte er als Kind jedoch die Geschichten der *Nachzehrer* gefunden. Dabei handelte es sich um Personen, die noch über den eigenen Tod hinaus hungrig bleiben und aus diesem Grund ihr Leichentuch und bisweilen auch die eigenen Arme verzehren. Sind ihre Augen nicht ordnungsgemäß geschlossen worden, können sie darüber telepathische Verbindungen herstellen; ihre Opfer sterben dann an Auszehrung oder grauenhaften Seuchen.

Es existierten allerdings zahlreiche Methoden, um das unheilvolle Treiben der Nachzehrer zu unterbinden, wobei Albert vor allem eine im Gedächtnis geblieben war. Man musste dabei den Verstorbenen kleine Kieselsteine oder getrocknete Erbsen in den Sarg legen. Denn alle Leichen müssen ihre Grabbeigaben zählen, kaum dass sie unter der Erde sind, und da die Nachzehrer vom Teufel beseelt sind, vermögen sie die geheiligte Zahl »drei« nicht auszusprechen, sodass sie ihre Zählung immer wieder von vorn beginnen müssen, gefangen bis in alle Ewigkeit in einer Schleife, die nur aus eins und zwei besteht.

Albert ließ Gertje-Möh zu sich rufen.

»Sehen Sie, ich kann bei meiner Arbeit geradezu tagtäglich miterleben, zu welcher Verwirrung und Vernebelung des Gemüts auch im Erwachsenenalter noch diese Art von Aberglaube führt. Ich möchte Sie darum bitten, Abstand davon zu nehmen, dem Kind diese Spökenkiekereien zu vertellen.«

»Dat sind keine Spökenkiekereien nich'«, antwortete die Amme, ohne dabei die zusammengepressten Lippen auseinanderzubewegen.

»Was immer es sei«, sagte Albert, »ich wünsche nicht, dass Sie meinem Jungen von Ekke Nekkepenn und Glûswanz und den Nachzehrern erzählen. Ich bin es leid, jede Nacht von seinen Schreien geweckt zu werden.«

Die Amme nickte. Albert hatte nicht das Gefühl, dass sie sich an sein Verbot halten würde.

Kaum vier Wochen nach dieser Unterredung verstarb die Amme plötzlich. Albert vermutete, dass ein Schlaganfall die Ursache war, genau klären ließ sich der Grund für ihren Tod allerdings nicht. Gustav nahm ihr Dahinscheiden überraschend nüchtern, zumal es seine erste Begegnung mit dem Tod war.

»Gertje-Möh ist nun beim lieben Gott, es ist ein wunderschöner Ort, wo jeden Tag die Sonne scheint. Sie ist sehr glücklich da und lächelt aus dem Himmel freundlich zu dir hinunter«, sagte Ella, und mit dieser Erklärung gab sich der Junge zufrieden. Eine neue Amme wurde engagiert, sie stammte aus dem kleinen Örtchen Ehrwald nah der Zugspitze, sprach breites Bayerisch und war so bodenständig, dass man sich um zu große Nähe zur Geisterwelt keinerlei Sorgen machen musste.

Damit wäre das Thema eigentlich erledigt gewesen, nur dass sowohl der Junge wie auch das restliche Hauspersonal bald steif und fest behaupteten, die tote Amme irre im Haus als Untote umher. Und als zwei Wochen nach der Beerdigung Albert seinen Sohn fragte, ob er denn Gertje-Möh manchmal noch vermisse, schüttelte dieser den Kopf und sagte:

»Sie kommt doch jeden Abend an mein Bett, und dann singen wir zusammen.«

Vor dem Schlafengehen erzählte Albert Ella von dieser Begebenheit. Sie nickte wissend. Albert starrte sie an.

»Du etwa auch?«, fragte er ungläubig.

Ella zuckte verlegen mit den Schultern.

»Gestern Abend in der Dämmerung sah ich eine Frau oben an der Treppe um die Ecke biegen. Dann bin ich hochgegangen, aber es war niemand da. Ich weiß, dass es dir nicht gefällt, und es tut mir leid, aber so war es nun einmal, die Frau sah von hinten genau aus wie Gertje-Möh.«

Albert wusste sich nicht anders zu helfen, als seinen Sohn, Ella und das Personal in sein Büro zu rufen und ihnen einen Vortrag über menschliche Wahnvorstellungen und Sinnestäuschungen zu halten, der anderthalb Stunden dauerte und dessen Ende Gustav sanft schlummernd auf dem Schoß der neuen Amme erlebte.

Alberts Anstrengungen zeigten zu seiner Befriedigung Wirkung, denn nach diesem Abend wurde Gertje-Möh nicht mehr erwähnt, und sein Sohn schien ihm mit jedem Tag lebendiger und fröhlicher zu werden.

»Ich bin froh, dass alle wieder zur Vernunft gekommen sind«, sagte Albert einige Tage später im Bett zu Ella, die ihm lächelnd einen Kuss gab und mit keinem Wort erwähnte, dass sie nach dem Vortrag eine stadtbekannte Exorzistin engagiert hatte, um das Haus vom Geist der Gertje-Möh zu reinigen.

Albert hatte die stärksten Gefühle gegenüber seinem Sohn direkt nach der Geburt empfunden: Es wollte ihm scheinen, als sei in dem trüben, suchenden Blick des Säuglings noch keine Fähigkeit zur Trennung zwischen dem einen und dem anderen zu finden, und er hätte zu gern ein einziges Mal durch die Augen seines Sohnes in die ungetrennte Welt geschaut, in der alles mit allem zusammenhängt. Er versuchte zwar dagegen anzukämpfen, doch je älter Gustav wurde, desto fremder wurde er ihm. Es wollte ihm einfach nicht gelingen, ihn in einer Tiefe zu lieben, wie er Ella liebte. Und da Albert diese Tatsache mit Betrübnis erfüllte, widmete er sich noch mehr als früher seiner medizinischen Arbeit.

Mit seinen Heilungserfolgen war es ihm gelungen, die Suggestionstherapie aus dem Sumpf des Halbseidenen zu ziehen und als anerkannte wissenschaftliche Methode zu etablieren. Er war allseits geschätzt, seine Patienten schwärmten von ihm. Vor dem Palais stand ein schwarzer Horch 18/25, mit dem er gern durch die Stadt oder ins Grüne fuhr, sie unternahmen zu dritt Erholungsreisen nach Nizza ins Negresco und gingen im Herbst auf Bärenjagd bei Brasov. Albert trat dem Bayerischen Automobilclub bei und wurde dessen Vorsitzender, kurz: Er war auf dem besten Weg, das zu werden, was in den Chroniken voller Stolz ein *Sohn der Stadt* genannt wird.

Weder Albert selbst noch die Chronisten konnten voraussehen, dass seine Biographie bald eine überraschende Wendung nehmen sollte. Diese Wendung war in Form eines Briefes bereits auf dem Weg zum Palais, und der Absender war ein gewisser Eugen Schneider, aus Braunau am Inn.

BRAUNAU

»Grüßgott, grüßgott, grüßgott!«, stammelte der Buchdrucker Schneider, dem tatsächlich noch Reste schwarzer Farbe an den Fingerspitzen hafteten. »Maestro! Sie sind es! Sie sind es! Wahrhaftig!«

Von dem kleinen schummerigen Flur aus konnte Albert in die Stube sehen, in der ein kleines Grüppchen beisammenstand und auf ihn wartete. Ein Mann, eher ein Junge noch, sechzehn oder siebzehn Jahre, ein auffallend hübscher Bursche mit vollem blondem Haar, löste sich aus der Gruppe, blieb in der Tür zum langen, schmalen Flur stehen und führte eine Zigarette zu den lächelnden Lippen. Dieser Junge, der in schnell aufeinanderfolgenden Intervallen an seiner Zigarette zog, war also Willi Schneider. Willi Schneider, das Medium.

Wir haben alle Ihre Bücher mit größter Begeisterung und Ehrfurcht gelesen, hatte der Buchdrucker in seinem Brief geschrieben, *und begreifen uns als Sprösslinge, die in die Höhe streben aus der Erde, die Sie mit Ihren Erkenntnissen erschaffen haben. Die unheimlichen Phänomene unseres Sohnes Willi Schneider sind sicher auch für Sie als Hypnotiseur in höchstem Maße faszinierend.*

Eine Gruppe okkulter Kleinbürger, die überall herumerzählten, sie seien seine Sprösslinge – das hatte Albert gerade noch gefehlt. Seit einigen Jahren erreichten ihn regelmäßig Berichte über selbst ernannte Medien, durch die im Zustand der somnambulen Trance angeblich Stimmen aus dem Jenseits sprachen. Während der Séancen kam es vermehrt zu mysteriösen

Klopfgeräuschen und Lichtblitzen. Gegenstände flogen durch die Luft, Tische zitterten und Gläser zersprangen – halbseidener Jahrmarktsspuk.

»Ich bin der Willi.«

»Angenehm«, sagte Albert.

Sie gaben sich die Hand und sahen sich in die Augen.

»Ihre Hände sind nicht so kalt, wie ich gedacht hatte«, sagte der Junge.

»Ich hatte sie in den Manteltaschen vergraben«, sagte Albert zu seiner eigenen Überraschung in einem Ton, als müsste er beweisen, dass er *wirklich* von draußen gekommen war.

Der Junge nickte.

»Dann verstehe ich es.«

Die Wohnstube: kleinbürgerlich überladen, geschmackloses Zeug an den Wänden, kaum Tapete zu erblicken, etwas klein geratenes Fortepiano. Ein Portrait des Kronprinzen Franz Ferdinand, aber nicht besonders prominent.

»Wir haben es durch Zufall entdeckt«, hörte Albert den Buchdrucker sagen, nachdem sich die Anwesenden vorgestellt hatten: Willis Mutter, ein Major a. D., die Witwe des Pastors, der Kinderarzt mit seiner Frau.

»Wir haben Hansen gesehen, im Theater. Und zu Hause haben wir Spaß gemacht, nur Spaß, wie Hansen es gemacht hat. Und Willi, er … wir dachten erst, dass er auch nur Spaß macht, dass er uns … dass er uns an der Nase herumführen möchte. Aber dann hörten wir diese Stimme, und dann kamen die Phänomene.«

»So, so«, sagte Albert.

»Hansen ist ein Hypnotiseur«, sagte Willis Mutter.

»Das weiß der Freiherr«, sagte Willis Vater. »Ich habe Ihnen von *Mina* geschrieben?«

Albert nickte.

»Mina ist … der … Geist, der durch unseren Sohn spricht.«

»Ich sage: eine wesenhafte Entität«, sagte der Major.

Albert wurde von Willi und seinem Vater in die Schlafkammer geführt. Auf dem Federbett lag eine lange Unterhose bereit, sowie ein weißes Unterhemd, beides frisch gebügelt und gestärkt. Willi begann, sich zu entkleiden.

»Damit Sie sich überzeugen können.«

Der Junge zog die Hose aus, faltete sie sorgfältig und legte sie neben die bereits abgelegten Kleidungsstücke, dann rollte er andächtig seine Socken zusammen. Ohne darum mehr Aufhebens zu machen als um die anderen Kleidungsstücke, zog er die Unterhose herunter und faltete sie mit gleicher Andacht. Der Buchdrucker wies mit der offenen Hand auf seinen nackten Sohn.

»Bitte. Überzeugen Sie sich.«

Der Junge öffnete den Mund, offenbar um zu zeigen, dass er darin nichts versteckt hatte. Dann streckte er die Zunge heraus, hob die Arme und drehte sich einmal um die eigene Achse.

»Bitte. Überzeugen Sie sich.«

Willis Vater war neben Albert getreten und hielt ihm die lange Unterhose hin, in der Willi die Sitzung absolvieren würde.

Die Stube vibrierte vor freudiger Erwartung. Albert setzte sich neben Willi auf den noch freien Stuhl der Runde, in deren Mitte ein kleines Tischchen stand, darauf: ein weißes Taschentuch, ein Tambourin sowie drei weiße Kugeln aus Stoff. Willis Mutter legte ein festes rotes Tuch über eine kleine Lampe, der Vater löschte das Deckenlicht.

»Kette bilden«, sagte mit feierlichem Tremor in der Stimme der Major und umfasste Alberts Hand; Willis Hand auf der anderen Seite fühlte sich warm und etwas feucht an. Der Junge begann bereits im nächsten Moment, schnell und stoßartig zu atmen.

»So ermöglicht er der Entität den Eintritt in seinen Körper«, flüsterte der Kinderarzt. Einige Minuten war nichts anderes zu hören als Willis keuchender Atem. Schließlich beschleunigte sich seine Atemfrequenz, sein Körper bäumte sich auf, und dann schien es plötzlich, als würde gleichzeitig eine Person atmen und eine andere Person sprechen.

»Ich wünsche allseits einen guten Abend!«, sagte Willi mit hoher, verstellter Stimme.

»Wir wünschen dir ebenfalls einen recht schönen guten Abend, liebe Mina«, sagte Willis Vater. »Wir freuen uns, dass du uns heute wieder besuchst!«

Mina begann zu kichern.

»Was ist denn so lustig, liebste Mina?«, fragte der Major.

Kaum hatte der Major seine Frage beendet, hörte Willi abrupt auf zu kichern und sah sich um, hielt dabei aber die Augen geschlossen.

»Wer ist das denn?«

Willi blickte bei dieser Frage nicht zu Albert, sondern hatte den Kopf von ihm abgewandt. Willis Vater räusperte sich.

»Ach, das ist nur der Albert, der ist heute zu Besuch. Der ist heute mal vorbeigekommen. Der wollte dich auch mal kennenlernen.«

»Der Albert. Na, das sind ja schöne Geschichten«, sagte Mina in der hohen verstellten Stimme Willis. »Sagt der denn gar nichts? Kann der sich nicht mal vorstellen? Oder ist der stumm?«

Mina begann wieder zu kichern. Albert konnte die auffordernden Blicke der anderen spüren. Er seufzte kaum hörbar.

»Guten Abend, liebe Mina. Ich heiße Albert und freue mich, dich kennenzulernen.«

Das Licht reichte aus, um das zustimmende Kopfnicken der anderen Teilnehmer der Séance zu erkennen.

»Bitte plaudern!«, forderte Mina. Der Major flüsterte Albert zu, dass möglichst absichtslose Gespräche eine entscheidende Bedingung für das Gelingen der Phänomene seien. Am Anfang wurde eine halbe Stunde lang über das Wetter im Allgemeinen und die Beschaffenheit des Schnees im Besonderen gesprochen, es folgten ausgiebige Betrachtungen über die Entwicklung der Stadt Braunau sowie ihrer Umgebung und über den großen Brand von 1874. Wenn das Plaudern zu ersterben drohte, ertönte sofort Minas quengelige Stimme:

»Mehr plaudern!«

Aber so ausgiebig der Stuhlkreis auch plauderte – außer einem kratzenden Geräusch unter dem Tisch, auf das der Kinderarzt begeistert hinwies, sowie einem angeblich zweimaligem Klopfen, das Albert wegen der Plauderei nicht hören konnte, kam es in den quälenden zwei Stunden zu keinerlei okkulten Erscheinungen.

»Ach, ich bin heute gar nicht in Stimmung, ich habe keine Lust. Ich mag nicht heute, ich mag nicht!«, quengelte Mina mit der albern hohen Stimme, und währenddessen rieb Willi seinen Kopf nervös an Alberts Oberarm.

»Was können wir denn tun, liebe Mina, damit du in Stimmung kommst?«, fragte der Major.

Allen Teilnehmern stand die Enttäuschung ins Gesicht geschrieben. Die Frau des Kinderarztes machte einen letzten Versuch; sie hatte in der Zeitung gelesen, dass es nun in Wien eine Versicherung gebe, mit der man seine eigene Beerdigung versichern könne, sie koste zwei Schilling im Monat, und gegen einen Aufpreis könne man sichergehen, dass neben dem Grab ein Gedenkstein aufgestellt werde. Während ihrer Erzählung begann der Junge wieder schneller zu atmen, und sein Körper spannte sich immer wieder an, als würden ihn Stromstöße durchfahren.

Die Frau des Kinderarztes redete über Begräbnisse im Allgemeinen, über die Beschaffenheit von Grabsteinen aus Marmor und Granit, ein sinnloser Monolog, der einen eigentümlichen Sog erzeugte.

Der Junge flüsterte: »Jetzt kommt es gleich …«

»Was kommt, Mina?«, fragte Dr. Geuler.

»Das Taschentuch …«, flüsterte Mina, »jetzt gleich … gleich …«

Alle Augen richteten sich auf das weiße Taschentuch auf dem Tischchen. Willi drückte Alberts Hand in so hoher Frequenz, dass es sich wie ein Zittern anfühlte.

»Das Taschentuch …«, flüsterte auch der Major, obschon das Taschentuch ganz ruhig auf dem Tischchen liegen blieb. Dann aber wollte es Albert scheinen, als würde sich die eine Ecke des Taschentuchs leicht nach oben biegen. Und fuhr jetzt nicht eine Art Zittern durch das Tuch?

»Jetzt … jetzt gleich …«, flüsterte Mina atemlos.

Durch das Taschentuch – Größe: etwa fünfzehn mal fünfzehn Zentimeter – fuhr eine ganz deutliche Bewegung wie durch einen See, in den ein Stein geworfen worden war. Ein Raunen ging durch die Runde.

»Sehr gut, Mina, ganz famos«, flüsterte der Major. Frau Dr. Geuler vergaß vor Begeisterung, weiter über die Grabsteine zu plaudern; ihr Mann stieß sie leicht in die Seite, woraufhin sie fortfuhr.

»Wunderbar, Mina, weiter so!«, flüsterte der Buchdrucker.

Willi stöhnte noch lauter, er schien sich übermenschlich anzustrengen, Albert konnte immer intensiver den pubertären Schweißgeruch des Jungen wahrnehmen. Und dann – löste sich die Mitte des Tuchs vom Tisch, als würde ein unsichtbarer Stab das Tuch nach oben drücken. Nach einigem Zittern löste sich das Taschentuch schließlich ganz vom Tisch und schwebte langsam Richtung Zimmerdecke.

»Jaaa …«, flüsterte der Major.

»Vielen Dank, Mina«, sagte Willis Mutter.

»*Magnifique*, Mina!«

Das Taschentuch schwebte bis unter die Decke und verharrte dort, pulsierend wie ein von zarter Wasserströmung umspülter Rochen. Der Händedruck des Jungen war sanft geworden. Das Tuch fiel etwa dreißig Zentimeter, flog dann mit Geschwindigkeit wieder bis unter die Decke, und dieser Vorgang wiederholte sich fünf Mal.

Albert konnte nicht anders, als sich einzugestehen: Es war das Schönste und Erhabenste, was er seit langer Zeit gesehen hatte.

Als das Taschentuch schließlich sanft zurück auf den Tisch geschwebt war und dort ganz still und unbelebt lag, als wäre nichts gewesen, die Stube wieder von den normalen Lampen erleuchtet und Willi mit einem leicht entrückten Lächeln aus der Trance erwacht war, konnte Albert vorn zwischen Willis Beinen einen großen feuchten Fleck ausmachen. Offenbar hatte der Junge im Laufe der Levitation ejakuliert.

In der Nacht nach der Séance lag Albert lange wach. Schon auf dem Weg ins Hotel, den er zu Fuß zurückgelegt hatte, war er in Grübelei versunken. Das Taschentuch war, darauf hatte er geachtet, nach der Levitation von niemandem mehr berührt worden, bevor er selbst es in die Hand genommen und eingehend untersucht hatte. Es handelte sich um ein vollkommen gewöhnliches weißes Taschentuch. Albert hatte auch den Tisch in Augenschein genommen und das ganze Zimmer sorgfältig nach einer etwaigen Konstruktion abgesucht, an der das Taschentuch durch die Luft hätte gezogen werden können – er hatte nichts Ungewöhnliches entdecken können.

War ein Betrug möglich? War es vorstellbar, dass Willi alles gespielt hatte? Albert wusste, wie Menschen sich unter Hypnose verhielten, es gab wohl auf der Welt nur wenige, die mehr Menschen in Hypnose gesehen hatten; er war sich sicher, dass man diese Art ekstatischer Entrückung nicht simulieren konnte. Und selbst wenn es möglich wäre – zu welchem Zweck sollte dieser schüchterne, höfliche junge Mann das tun?

Bei der zweiten Sitzung schwebte nicht nur das Taschentuch, es bildete sich auch ein seltsamer, diffuser Nebel über dem Körper des Jungen. Die Klopfgeräusche waren eindeutig auszumachen und schienen gleichzeitig aus verschiedenen Ecken des Zimmers zu kommen, und am Ende begann eine Spieluhr auf einer etwa drei Meter entfernten Kommode zu spielen, ohne dass sie von jemandem berührt worden war. Nach der Sitzung verfasste Albert ein Protokoll, in dem er versuchte, die Phänomene so unvoreingenommen wie möglich zu beschreiben und sich gleichzeitig jeder Interpretation zu verweigern, was oder wer sie hervorgerufen haben könnte. Vielleicht war dies, so dachte er beim Lesen des fertigen Protokolls, der erste Schritt dazu, eine noch geheimnisvolle und unbekannte Energie mit den Mitteln der exakten Wissenschaften zu beschreiben und sie aus den verdunkelten Wohnzimmern heraus ins Licht der aufgeklärten Anschauung zu bringen.

In der dritten Sitzung brachte Willi zwar keine Erscheinungen hervor, die Albert nicht bereits gesehen hätte, jedoch hatte er während der Séance ausführlich Gelegenheit, genauer auf mögliche Taschenspielertricks oder andere betrügerische Machenschaften achtzugeben. Nach dieser Sitzung war er davon überzeugt, dass es sich nicht um Betrug im klassischen, also im mechanischen Sinn handeln konnte.

Noch in derselben Nacht formulierte er einen Brief an seinen

Freund Charles Richet in Frankreich, dessen kleines Büchlein *Experimentelle Studien auf dem Gebiete der Gedankenübertragung und des sogenannten Hellsehens* Albert im Jahre 1891 ins Deutsche übertragen hatte. Richets Schaffensdrang war geradezu beängstigend und erstreckte sich auf die unterschiedlichsten Gebiete; er war eigentlich Mediziner, forschte aber auch über die Temperaturregulation durch Zittern und Schwitzen, war seit seiner Teilnahme am Krieg 1870/71 engagierter Pazifist, schrieb Romane und untersuchte den Mechanismus allergischer Reaktionen.

Am Ende benötigte Albert mehrere Stunden und acht Versionen für den Brief. Die erste Fassung hatte er noch in einem Gefühl der Euphorie geschrieben, es fiel ihm jedoch auf, dass die ganze Sache umso unglaubwürdiger klang, je begeisterter er davon schrieb. Schummerig-rote Beleuchtung? Kratzgeräusche unterm Tisch? Mysteriöses Klopfen? Ein wabernder Nebel? Ein Medium mit erigiertem Penis, das im Moment der Ejakulation ein Taschentuch zum Schweben brachte? Wer um alles in der Welt sollte so etwas ernst nehmen? Die letzte Version klang dann so nüchtern, wie es Albert in seinem Zustand möglich war. Unter Umständen sei gar nichts an der Sache, schrieb er abschließend, in jedem Falle aber genug, um sich intensiver mit der Angelegenheit zu beschäftigen, unter *strengster* wissenschaftlicher Aufsicht.

Auf seinem Schreibtisch in München erwartete Albert bei seiner Rückkunft seltsamerweise ein Brief von Richet – er musste ihn zur gleichen Zeit geschrieben haben. Richet berichtete von unerhörten Dingen. Sein Freund Trignetti, einer der angesehensten Physiologen Italiens, habe ihn nach Mailand eingeladen, um an Sitzungen mit der apulischen Bäuerin Eusapia Palladino teilzunehmen. In diesen Sitzungen seien ganz erstaunliche Dinge passiert, zuvorderst unerklärliche Levitationen verschiedener Gegenstände, Materialisationen obskurer Gebilde sowie zahlreiche ebenfalls nicht zu erklärende akustische und visuelle Phänomene, die er hier nicht in allen Einzelheiten beschreiben könne. Er, Richet, wisse noch nicht, was an der Sache dran sei, aber er habe das Gefühl, sie sei es wert, dass man sich intensiver damit beschäftige. Er habe Eusapia Palladino für zwei Wochen auf seine Insel eingeladen und wolle dort gemeinsam mit scharfsinnigen und unbestechlichen Wissenschaftlern die Phänomene unter strengsten wissenschaftlichen Bedingungen untersuchen. Ob Albert sich vorstellen könne, gemeinsam mit seiner Gattin an diesen Sitzungen teilzunehmen?

Während der Lektüre hatte Albert eine gewisse Enttäuschung verspürt, einem Entdecker des Nordpols gleich, der im Packeis einem Bekannten begegnet, aber dann war seine Enttäuschung großer Euphorie gewichen. Er war also nicht der Einzige. Und dass er nicht der Einzige war, bedeutete auch, dass er nicht verrückt war. Man war etwas auf der Spur. Man war etwas Großem auf der Spur, vielleicht, vermutlich, wahrscheinlich gar:

Etwas sehr Großem.

AUF DER ANDEREN SEITE

Türkisblaues Wasser, fast ließ sich der Grund sehen. Stichlingsschwärme stoben auseinander, mediterraner Wind blähte das Segel. Albert und Richet am Steuer sahen sich lächelnd an, während der Fahrtwind ihre Haare in unmögliche Frisuren verwandelte. Im hinteren Teil des Bootes genoss Ella mit geschlossenen Augen die Morgensonne, Gustav verbrachte zur Freude der Großeltern einige Wochen in der Villa Siegle.

Als Charles Richet von *seiner* Insel geschrieben hatte, war Albert von einer sinnbildlichen Übertreibung ausgegangen, doch nun, als die *Ile de Ribeaud* Konturen annahm, zeigte sich, dass sich neben dem kleinen Leuchtturm in der Tat lediglich ein einzelnes Landhaus darauf befand – das Landhaus seines Freundes Richet.

Im Garten ebenjenes Landhauses war Eusapia Palladino gerade dabei, auf der von blühenden alten Rosenstöcken umgebenen Wiese eine Partie *croquet* mit Richets Kindern zu spielen. Das zitronengelbe Kleid von Richets Tochter leuchtete in der Sonne, in weißer Leinenkombination der Sohn, dazwischen wie ein dunkler Schatten die Palladino: hochgeschlossenes schwarzes Kleid, grober Stoff, Holzschläger in der Hand, vertieft ins Spiel. Ihr Schlag gelang, zufriedenes Lächeln auf dem erhitzten Gesicht. Weiter hinten im Garten war der englische Physiker Oliver Lodge in ein Buch vertieft, auf einem Liegestuhl davor döste mit weit geöffnetem Hemd und geschlossenen Augen der Parapsychologe Frederic Myers in der Sonne.

Alberts ruhelose Erregung hatte sich seit seinem Erlebnis in Braunau nicht vermindert. Er hatte in den letzten Wochen alle verfügbaren Veröffentlichungen über okkulte Vorkommnisse studiert, die er kriegen konnte, und dabei vor allem festgestellt, dass deren Dokumentation nicht einmal im Ansatz den Ansprüchen wissenschaftlicher Systematik genügte. Ohne jede empirische Basis wurde von Engeln und Geistern, sogar von Kobolden und Elfen fabuliert, es wurden Verbindungen ins Jenseits herbeiphantasiert, kurz: Das ganze Gebiet war ein einziger schlammiger Sumpf, und Albert wollte lieber gestern als heute damit beginnen, diesen trockenzulegen und urbar zu machen.

»Dies, liebe Eusapia«, sagte Richet zu der bereits den nächsten Schlag abschätzenden Palladino, »ist der deutsche Gelehrte, von dem ich dir berichtet habe. Er ist mit seiner Frau Ella angereist, sie werden an den Sitzungen teilnehmen.«

Albert lächelte Eusapia freundlich an und wollte schon seine Hand ausstrecken, jedoch streifte ihn lediglich ein kurzer, interesseloser Blick, dann stand die Palladino wieder mit leicht gebeugtem Rücken in Position, verbissen konzentriert. *Nehmt es nicht persönlich,* sagte das Augenzwinkern Richets, *so ist sie eben.* Der nächste Schlag ging daneben, gefolgt vom schlimmsten italienischen Fluch *porca di madonna.*

Die Begrüßung mit Lodge und Myers verlief dafür herzlich, beide waren vertraut mit seinen Veröffentlichungen zur Suggestionstherapie, Gratulationen dazu. Albert bekundete sein Interesse an Lodges Forschungen zur elektromagnetischen Strahlung, die dieser sogar noch vor Heinrich Hertz entdeckt hatte, aber unglaublicherweise keine große Sache daraus machte, *not a big deal.*

Auf dem Weg zurück ins Haus kam ihnen Richets Sohn hinterhergelaufen.

»Sie betrügt! Sie betrügt die ganze Zeit! Sie hat das zweite Tor übersprungen! Und Simone sagt, das siebte hat sie auch verpasst!«

Richet strich seinem verschwitzten Sohn zärtlich über das dünne blonde Haar.

»Es ist doch nur ein Spiel.«

Der Junge starrte seinen Vater fassungslos an.

»Glaubst du mir etwa nicht, Papa? Du kannst Simone fragen!«

»Ich glaube dir. Wir spielen später eine Partie.«

»Darum geht es nicht«, rief der Sohn aufgebracht, »es geht nicht um die nächste Partie, es geht um Regeln! Sie weigert sich, nach den Regeln zu spielen!«

»Ich weiß, dass es schmerzhaft ist, dies anzuerkennen, zumal in deinem Alter«, sagte Richet mit leichter Melancholie in der Stimme, »aber zur Definition der Regeln gehört es manchmal eben auch, dass sie gebrochen werden. Du wirst das bald verstehen.«

Beim Abendessen war Eusapia bei bester Laune, woran ihr Abschneiden im Croquetturnier nicht ganz unbedeutenden Anteil hatte. Lodges von allzu sorglosem Sonnenbad gerötete Gesicht ließ sie vor Vergnügen laut quietschen.

»Schön wie eine Mohnblume am Wegesrand! Ach, wie gern würde ich dich pflücken und in eine wunderschöne kleine Vase stellen!«

»Die Vase möchte ich sehen«, brummte Lodge, von nicht eben geringem Körperwuchs.

Ella entging nicht, wie sehr Albert zu kämpfen hatte, Eusapias Desinteresse an ihm nicht persönlich zu nehmen, und so legte sie ihm beruhigend die Hand auf den Arm und lächelte ihn an. Sie hatte Alberts Begeisterung durchaus mit Wohlwollen zur Kenntnis genommen, denn genau diese kindliche Euphorie hatte auch den Mann gekennzeichnet, in den sie sich einmal verliebt hatte.

Nach dem Essen sollte im Wohnzimmer des Landhauses die erste Sitzung stattfinden. Um eine mögliche Präparierung des Zimmers von vornherein auszuschließen, war die Tür seit der Ankunft des Mediums durchgehend verschlossen gewesen, Richet trug den einzigen Schlüssel an einer Kette bei sich. Gemeinsam mit Lodge und Myers hatte er den Raum entsprechend den Wünschen der Palladino eingerichtet: Eine Ecke war mit einem schwarzen Vorhang abgetrennt; davor stand ein Stuhl, auf dem Eusapia sitzen würde.

Aus Gründen des Anstands wurde Ella als einzige teilnehmende Frau mit der Aufgabe betraut, das Medium in einer kleinen Kammer neben dem Sitzungszimmer auf mögliche Hilfsmittel an oder unter der Kleidung zu untersuchen. Einige Minuten vergingen, dann kamen die beiden Frauen ins Wohnzimmer. Albert fiel ein eigentümlich triumphaler Gesichtsausdruck auf dem Gesicht des apulischen Mediums auf, während Ella leicht verstimmt wirkte. Er warf ihr einen fragenden Blick zu, aber sie schüttelte nur den Kopf zum Zeichen, er solle sich keine Sorgen machen.

»Keine erkennbaren Zeichen von Hilfsmitteln«, sagte Ella und setzte sich zu den Wissenschaftlern an den Tisch, das Medium hatte bereits auf dem Stuhl vor dem Vorhang Platz genommen. Um sicherzustellen, dass Eusapia auch wirklich nicht ihre Hände oder Füße, sondern lediglich ihren Geist benutzte, um die Phänomene herzustellen, umfassten Richet und Lodge ihre Handgelenke, ihre Füße stellte Eusapia auf die der beiden Forscher. Albert, der sich bereit erklärt hatte, die erste Sitzung zu protokollieren, hielt den Bleistift bereit, die Petroleumlampe verströmte ein schwaches rotes Licht.

»Wir können beginnen«, sagte Richet und nickte Eusapia zu. Durch ihre jahrzehntelange Erfahrung war der Übergang in den Trancezustand für sie ebenso unspektakulär, wie wenn andere

Menschen durch eine Tür traten. Ihre Augäpfel verdrehten sich, sie stieß einen Seufzer aus und fiel binnen weniger Augenblicke in Schlaf.

Kurz darauf spannte sich Eusapias Körper wie unter einem kurzen Stromschlag. Sie erhob sich, etwas schwankend, wie es schien, aus ihrem Stuhl. Sie sah sich im Raum um, doch wie beim jungen Willi Schneider handelte es sich hier offenbar um eine andere Art des Sehens – ihre Augäpfel waren immer noch nach hinten gedreht, sodass die Pupillen praktisch nicht mehr zu sehen waren. Ihr »Blick«, wenn man denn davon sprechen konnte, blieb an Dingen hängen, die zumindest für die Wissenschaftler nicht sichtbar waren.

Dann aber wandte sie mit einer abrupten Bewegung den Kopf, und Albert sah sich unvermittelt mit dem scharfen Blick der weißen Augäpfel Eusapia Palladinos konfrontiert. Das Medium stieß etwas Ähnliches wie einen tiefen Seufzer aus, der sowohl ein Erkennen wie auch eine gewisse Begierde auszudrücken schien. Sie ging langsam auf Albert zu, dabei murmelte sie leise, zärtliche Wörter, von denen er nur einige wenige wie *tasso sfacciato* verstand, was seines Wissens *kleiner Frechdachs* bedeutete. Sie blieb direkt vor Albert stehen, beugte sich herunter und begann, ihm mit der Unbeholfenheit eines kleinen Kindes über das Gesicht zu streicheln und durch die Haare zu fahren.

»Das macht sie häufiger mit Neuankömmlingen«, flüsterte Richet ihm zu.

»*Mi amore … il bello … entra …*«, raunte das Medium, strich Albert mit dem Daumen über die Lippen und setzte sich auf seinen Schoß.

»Lassen Sie es einfach über sich ergehen«, flüsterte Richet, »bloß nicht unterbrechen, sonst fällt sie aus der Trance.«

Die Palladino begann, sich zu unhörbarer Musik auf Alberts

Schoß zu wiegen und dazu italienische Liebesbekundungen zu flüstern, wobei sie ihren durchaus voluminösen Busen an seinen Brustkorb presste. Albert warf Ella einen entschuldigenden Blick zu, konnte aber im schummerigen Licht nicht erkennen, wie sie darauf reagierte. Er hatte den Eindruck, als seien Eusapias vorherige Nichtbeachtung und jetzige Lüsternheit ihm gegenüber unverständliche Seiten derselben hysterischen Medaille.

Inmitten ihrer Liebesbekundungen ging eine Veränderung mit der Palladino vor sich. Sie begann zu zucken, ihre Stimme veränderte sich, wurde kehliger und rauer, und dann fuhr in einem Aufbäumen die Entität *John King* in den Körper der apulischen Bauerntochter. Die Stimme, die nun aus Eusapias Mund kam, sprach ein seltsam altertümlich gefärbtes Englisch mit starkem italienischem Akzent.

»*Good evening, impudent old fellows*«, rief die Stimme, »*I am enraptured to give you some very impressive phenomenon very soon.*«

Albert bemerkte, wie sich das Becken des Mediums in durchaus sexueller Weise zu bewegen begann. Ein männlicher Geist, der ein weibliches Geschlechtsorgan an seinem Oberschenkel rieb – es begann, unübersichtlich zu werden. Noch lange drei Minuten dauerte die unverhoffte Liebesattacke an, dann endlich setzte sich Eusapia wieder auf ihren Stuhl vor dem Kabinett, und die eigentliche Sitzung konnte beginnen.

»*Let us get to it*«, sagte Eusapia mit der Stimme John Kings. »*Control, please, if you would not mind, my dearest friends.*«

Albert konnte selbst im trüben Licht der roten Petroleumlampe den feuchten Fleck auf seiner hellen Leinenhose sehen.

»Ich halte Eusapias linke Hand, ihr linker Fuß ruht auf meinem Fuß«, sagte Richet laut und deutlich.

»Ich halte Eusapias rechte Hand, ihr rechter Fuß ruht auf meinem Fuß«, sagte Lodge; man hatte sich vor der Séance darauf geeinigt, dass die Kontrolleure in regelmäßigen Abständen laut ihre Kontrolle bestätigen sollten.

Es mochte kaum eine Minute vergangen sein, als eine für alle spürbare Veränderung eintrat. Eusapias Körper spannte sich, dann kratzte es unter dem Tisch, klopfte einmal schwach, ein zweites Mal lauter, und in der Ecke des Raums leuchteten in schneller Folge drei kleine Lichter wie Glühwürmchen. Dann klopfte es vom Klavier und der Anrichte und weiter aus verschiedenen Ecken des Zimmers. Überall leuchteten weiße Punkte auf, kürzer und länger.

Illuminationsphänomene, notierte Albert.

Dann plötzlich war Ella zu hören, die einen Laut der Verblüffung ausstieß:

»Eine Hand berührt mich an der Schulter, jetzt fasst sie mich am Ohr.«

Alle Blicke richteten sich auf Ella. Sie saß etwa anderthalb Meter vom Medium entfernt. Es war vollkommen ausgeschlossen, dass es Eusapias Hand war, die Ella berührte. Dann spürte auch Albert eine Berührung an seinem Knie.

»Etwas hat mich am Knie berührt, ich glaube, ein blasses Gebilde gesehen zu haben.«

Im nächsten Moment nahm er die Erscheinung deutlicher wahr, sie befand sich kaum einen halben Meter von ihm entfernt. Er war sich im schwachen Licht der Petroleumlampe nicht sicher, ob es sich eher um eine Ansammlung winziger Teilchen oder um einen leichten, gazeartigen Stoff handelte. Je länger er auf das Gebilde vor sich starrte, desto mehr glaubte er, einzelne Partikel auszumachen, die sich einem Insektenschwarm ähnlich an manchen Stellen verdichteten, um sich dann wieder aufzulösen und in einer neuen diffusen Formation zusammenzufinden. *Sie proben,* dachte er plötzlich, *sie proben eine Formation, aber sie gelingt noch nicht.* Fast hätte er den Satz aufgeschrieben, doch war er sich im selben Moment bewusst, dass diese Deutung der Geschehnisse vollkommen irrational war und keinerlei wissenschaftliche Relevanz besaß.

Im nächsten Augenblick nahm eine der Verdichtungen ganz eindeutig die Form einer Hand an. Diese blass schimmernde Hand hatte zwar nur vier Finger und die Größe einer Kinderhand, aber es war doch ohne jeden Zweifel eine plastisch ausgebildete Hand. Albert war sich sicher, dass er das Gebilde hätte anfassen können, wenn er sich getraut hätte. Nach einigen Augenblicken verblasste das *Etwas* und schien zu Eusapias Körper zurückzukehren, um sich dort aufzulösen. Aus irgendeinem Grund wusste er plötzlich, dass sein Schicksal mit diesem flüchtigen Stoff eng verbunden war; er spürte sein Herz schneller schlagen, eine Erregung überkam ihn, wie er sie seit langer Zeit nicht mehr empfunden hatte.

»Vor mir hat sich eine Hand aus unbestimmten Partikeln materialisiert«, sagte er mit zitternder Stimme und notierte gleichzeitig seine Beobachtung.

Unterdessen war es vollkommen dunkel geworden, jedoch schien der Mond durch einen Spalt in der Gardine und vereinte sich mit dem gedämpften rötlichen Schein der Petroleumlampe. Etwas veränderte sich im Raum, später herrschte Uneinigkeit darüber, was diese Veränderung ausgelöst hatte: Richet erinnerte sich an einen Windhauch, als sei ein Fenster geöffnet worden; Myers behauptete, der Mond sei in diesem Moment hinter einer Wolke hervorgetreten (was unwahrscheinlich war, denn der Himmel war ganz klar in dieser Nacht); Ella wollte ein tieffrequentes leises Schnurren wie von einem großen Kater wahrgenommen haben; Albert wiederum war es vorgekommen, als sei ein Geräusch verebbt, von dem er nicht sagen konnte, was es gewesen war.

»*Attenzione … attenzione … il tasto …*«, flüsterte Eusapia.

Alle richteten ihre Aufmerksamkeit auf den großen Zimmerschlüssel, der mitten auf dem Tisch lag. Eine Zeitlang geschah nichts, außer dass Eusapia schwer atmete. Dann plötzlich bewegte sich der Schlüssel in einzelnen, stockenden Bewegungen über den Tisch, tat einen kleinen Satz, überschlug sich und schwebte an den offenen Mündern der Sitzungsteilnehmer vorbei frei durch den Raum.

Diesen Vorgang des Schwebens beschrieb Richet als *Bewegungen eines Fisches an der Angel.* Ella wiederum hatte eher eine dem Magnetismus ähnliche Anziehung des Türschlosses auf den Schlüssel festzustellen geglaubt, während Albert hätte schwören können, der Schlüssel werde von einer diffusen dunklen Wolke getragen. Der Schlüssel schwebte, da waren sich in ihrer Wahrnehmung alle einig, durch das Zimmer in Richtung Tür. Vor dem Schloss drehte er sich, schien einen Augenblick zu verharren, und indem sich Eusapia aufbäumte und laut stöhnte, wurde der Schlüssel von unsichtbaren Kräften ins Schloss geschoben.

Myers sprang auf und wollte den Schlüssel untersuchen, wurde jedoch, wie er später zu Protokoll gab, von einer unsichtbaren Kraft dermaßen in den Rücken *geknufft,* dass er sich vor Schreck wieder setzte. Hiernach wartete man etwa eine halbe Stunde auf weitere Erscheinungen, die nicht eintraten, was vermutlich daran lag, dass Eusapia nun tatsächlich eingeschlafen war, wie leises Schnarchen eindeutig bezeugte. Gerade als Richet sie wecken wollte, erwachte sie von selbst, sah sich verwirrt um und sagte:

»Ich bin sehr müde. Die Sitzung war sehr anstrengend. Bitte verzeihen Sie, aber ich werde mich jetzt zu Bett begeben.«

Daraufhin stand sie auf, wankte zur Tür, in der immer noch der Schlüssel steckte, und trat aus dem Zimmer.

Albert schaltete das Deckenlicht an. Die Männer sahen sich entgeistert an. Lodge musste auflachen, zunächst stimmte niemand ein, dann bekam auch Richet einen kurzen Lachanfall, beruhigte sich aber schnell wieder und sagte in ruhigem Ton:

»Meine Freunde, ich bin froh, dass Sie da sind und, wie ich hoffe, dasselbe gesehen haben wie ich, denn wäre ich allein gewesen und hätte all dies gesehen, wäre ich nun sicher, dass ich halluziniert habe und auf dem Weg in den Irrsinn bin.«

Bis in den frühen Morgen hinein saßen Ella und die vier Männer beieinander und versuchten, das Gesehene in unvoreingenommene Worte zu fassen. Man einigte sich darauf, die blassen, nebelartigen Wolken, die Albert so tief berührt hatten, als *Ektoplasma* zu bezeichnen, weil es sich offensichtlich um Gebilde handelte, die von einem Körper erzeugt wurden, aber sich außerhalb dieses Körpers manifestierten.

Später setzten sich Ella und Albert auf zwei Steine und blickten auf das Meer hinaus, das in dieser Nacht im schwachen Schein eines neuen Mondes wie regungslos vor ihnen lag. Albert spürte, dass sein Geist durch die Sitzung mit Eusapia eine ähnliche Ruhe erreicht hatte. Es war die erleichterte Ruhe derer, die wissen, dass sie in einer wichtigen Frage keine Wahl mehr haben. Er berichtete Ella ungewohnt stockend und schüchtern von der schicksalhaften Anziehung, die die ektoplasmatischen Wolken auf ihn ausgeübt hatten. Aus einem plötzlichen Impuls heraus legte er seinen Kopf auf ihren Schoß, und sie streichelte sein Haar, als wäre er ein Kind.

Dann erinnerte er sich an die eigentümliche Stimmung nach Ellas Kontrolle des Mediums, und er fragte sie, was in der Kammer vorgefallen sei.

»Eusapia hat mir von meinen früheren Leben berichtet, die sie ganz genau so klar vor sich sehen könne wie mein jetziges«, sagte Ella. »Sie hat mir dargelegt, dass ich in allen meinen früheren Leben entweder ein Hausmädchen, ein Butler oder eine Sklavin gewesen sei und meine Seele im Kern eine dienende

Funktion habe, während sie selbst in ihren früheren Leben stets eine Hohepriesterin, eine Schamanin oder eine Stammesführerin gewesen sei. Weswegen es nur folgerichtig sei, dass ich ihr nun zu Diensten wäre.«

»Soll ich mit ihr sprechen?«, fragte Albert.

»Aber nein«, sagte Ella. »In meinem Leben bin ich von so vielen Menschen bedient worden, es wird mir nicht schaden, einmal eine andere Person zu bedienen.«

Am nächsten Tag tauchte Eusapia erst kurz nach drei Uhr am Nachmittag in der Küche auf. Ihre Augen waren verquollen, ihre Laune schlecht. Sie ließ sich drei Mal einen Kaffee von der Haushälterin machen, spuckte das Ergebnis jedes Mal wütend aus und verfluchte die Haushälterin und das gesamte französische Volk. Dann verschwand sie wieder in ihrem Zimmer.

Auch beim Abendessen war sie missmutig, aß kaum und stocherte wie ein trotziges Kind in ihrem Kartoffelbrei. Knurrend nahm sie später ihren Platz vor dem Kabinett ein, ließ sich von Albert und Myers, die diesmal die Kontrolle übernehmen sollten, die Hände umfassen, klagte aber umgehend, es sei zu fest, man solle den Griff etwas lockern, ob man ihr vielleicht die Unterarme brechen wolle. Die Trance setzte dann keinesfalls so ruhig und selbstverständlich ein wie am Tage zuvor – Eusapia wand sich wie ein Kind, das sich nichts sehnlicher wünscht, als einzuschlafen, dafür aber bereits zu müde ist.

»*Parlare!*«, rief sie quengelnd, als sie endlich in den somnambulen Zustand übergetreten war. »*Parlare!*«

Man begann umgehend eine Art Unterhaltung, in der unter anderem die Konsistenz des Kartoffelbreis sowie regionale Zungenbrecher zur Sprache kamen. Doch soviel sie auch plauderten – es mochten nun vermutlich bereits an die dreißig Minuten sein –, kein übersinnliches Phänomen stellte sich ein, keine

Lichter tanzten durch den Raum, keine Partikel verdichteten sich. Tisch und Schlüssel blieben unbelebt.

»Es ist zu hell!«, jammerte Eusapia. »Wer soll bei dieser Helligkeit etwas zustande bringen, es blendet ja geradezu!«

Die Intensität des Lichts hatte sich im Vergleich zum Vortag nicht geändert, dennoch drehte Richet die Flamme der Petroleumlampe etwas herunter.

»Es ist immer noch zu hell! So geht es nicht!«, rief Eusapia, woraufhin Richet das Licht weiter dämpfte und das Geschehen nur noch schemenhaft wahrzunehmen war. Dann, endlich, begann der Tisch zu wackeln.

»Ich halte Eusapias Hand, ihr Fuß ruht auf meinem«, hörte Albert Myers sagen und wollte es ihm gerade gleichtun, als er stutzte: Die Hand, die er hielt und von der er glaubte, es sei die von Eusapia – war Myers' Hand! Es musste dem Medium irgendwie gelungen sein, sich zu befreien und die Hände der beiden Kontrolleure ineinanderzulegen. Und jetzt fiel Albert und Myers auch auf, dass Eusapia das Kratzen am Tisch und das Wackeln mit den befreiten Händen erzeugte.

»Kontrolle ist nicht gegeben«, sagte Albert laut und deutlich, »sie hat ihre Hände befreit!«

Eusapia stöhnte auf, als die beiden Kontrolleure nach ihren Händen griffen und diese fester umfassten als vorher. Nach einer schier endlosen Phase des Wartens begann sich dann endlich der Tisch wieder zu bewegen, allerdings erheblich ruckartiger als am Abend zuvor.

Albert bemerkte, dass Eusapia ihren linken Fuß auf eine Weise verdreht hatte, dass er sowohl auf seinem eigenen wie auf Myers' Fuß zu liegen gekommen war – ihr rechter Fuß war auf diese Weise frei und erzeugte die »Levitationen« des Tisches.

»Sie hat ihren Fuß befreit, Kontrolle ist nicht gegeben«, hörte

Albert Myers sagen. Gemeinsam drückten sie Eusapias Bein zurück auf den Boden.

Nach knapp drei Stunden erwachte Eusapia, noch missgestimmter als zu Beginn der Séance.

»So geht es nicht«, jammerte Eusapia, »ich kann nichts hervorbringen, wenn es so ist, nicht an diesen besonderen Tagen.«

Richet begleitete sie zu ihrem Zimmer und kam kurz darauf zurück ins Wohnzimmer, in der Hand eine leicht verstaubte Flasche Wein.

»Es ist die Menses, sagt sie.«

»Das meinte sie mit den *besonderen Tagen*?«, fragte Lodge.

Die Geister fürchten das fließende Blut, hatte Eusapia zu Richet gesagt, und dass John King es nicht mochte, sich während der *besonderen Tage* in ihrem Körper zu manifestieren. Sie bat die Forscher darum, die Experimente zu unterbrechen. In den ersten Tagen nach den Blutungen seien die Phänomene dann nicht nur besonders stark und aussagekräftig, sondern von tiefer seelischer Schönheit.

»Ich habe von meinem Vater gelernt«, sagte Richet, während er den Korkenzieher in die mitgebrachte Flasche drehte, »dass insbesondere nach Misserfolgen und Niederlagen gefeiert werden muss.«

Mit einem saftigen Geräusch entkorkte er die Flasche, roch am Korken, nickte anerkennend und verteilte den Rotwein in die bereitstehenden Gläser. Sie stießen an und tranken, doch wollte sich die verstörte Stimmung so leicht nicht fortwischen lassen.

»Wenn sie einmal betrogen hat«, sagte Lodge nachdenklich, »liegt die Vermutung dann nicht nah, dass sie *immer* betrügt?«

Eusapia ließ sich in der von ihrem weiblichen Zyklus erzwungenen Unterbrechung kaum blicken, sogar die Mahlzeiten nahm sie auf ihrem Zimmer ein. Albert verbrachte die Tage in beklommener Anspannung. Hatte Eusapia vielleicht schon in der ersten Sitzung betrogen? Waren all die Phänomene lediglich sehr überzeugende Zaubertricks? Er nahm mehrmals das Protokoll der ersten Sitzung zur Hand und spielte die abwegigsten Möglichkeiten durch, nur um immer wieder zum selben Ergebnis zu kommen: Was sie in dieser Sitzung erlebt hatten, konnte nicht das Ergebnis eines Betrugs gewesen sein.

Am Morgen des vierten Tages überraschte Eusapia die Gruppe damit, dass sie bereits vor allen anderen am Frühstückstisch saß, wo sie drei Omelettes verspeiste und verkündete, nun sei sie gereinigt und leistungsfähiger als je zuvor.

Die Kontrolle wurde bei der folgenden Sitzung dergestalt verschärft, dass nicht nur Eusapias Hände und Füße gehalten wurden, sondern Richet auch noch vor Eusapia kniete und ihre Beine umklammerte. Albert stand vor dem schwarzen Vorhang des Kabinetts und hielt Eusapias Kopf umfasst.

Zu ihrem Erstaunen hatte die strengere Kontrolle keinerlei negative Auswirkungen – das Gegenteil war der Fall: Die Lichtreflexe funkelten und glitzerten wie winzige elektrische Entladungen. Der Tisch flog mehrmals einen halben Meter hoch, eine Mandoline schwebte anmutig durch den Raum, als hätte Newton nie gelebt. In der Luft materialisierten sich diverse blasse Gebilde, die für alle Beteiligten als menschliche Gliedmaßen zu erkennen waren. Ella kam mit dem Protokollieren der Erscheinungen kaum hinterher.

Anders als bei der ersten Sitzung geriet an diesem Tag auch das Kabinett in Wallungen. Als führen Windstöße in die Vorhänge, bauschten und blähten sie sich auf und fielen wieder zusammen. Dann war es, als würde *etwas* oder *jemand* von innen am Vorhang zupfen und zerren; schattenhafte Umrisse waren an der Öffnung des Vorhangs auszumachen, als könnte ein Schauspieler im Theater es nicht erwarten, dass sich der Vorhang endlich öffnete.

Die nebelartigen Gebilde waren nun immer eindeutiger als Körperteile auszumachen, die sich teilweise eigenständig bewegten, ganz wie menschliche Körperteile dies tun würden. Einige Finger schlossen sich langsam zur Faust und öffneten sich wieder, ein materialisierter Arm beugte sich genau an der Stelle, an der sich der Ellenbogen befand, dazu wurden die Männer an verschiedenen Stellen ihrer eigenen Körper von unsichtbaren Händen berührt.

»Eine Hand umfasst meinen Unterarm.«

»Ein Fuß legt sich auf meinen Fuß und reibt sich daran.«

»Mein Ohr wird gestreichelt.«

»Ich sehe die Hand, die Myers' Ohr berührt.«

»Mir wird der Nacken gekrault.«

Während dieser okkulten Liebkosungen geriet der Vorhang des Kabinetts hinter Albert immer mehr in Wallung; es sah aus, als wollte der schwere Stoff ihn umfließen. Nach einer Weile schien sich etwas auf der anderen Seite des Vorhangs zu verdichten. Eine weiche, teigige Masse, die Alberts Rücken durch den Vorhang hindurch anstupste, wobei jedem Stupser eine Anspannung in Eusapias Körper vorherging. Eusapia lief vor Anstrengung der Schweiß über das Gesicht, ihre Haare unter Alberts Händen fühlten sich nass an, als sei sie gerade dem Meer entstiegen.

Das, was Albert durch den Vorhang hindurch nun immer resoluter anfasste, hatte sich unterdessen verhärtet und konkretisiert wie erkaltende Materie. Albert glaubte zu spüren, wie sich immer klarer ein menschlicher Arm herausbildete.

»Etwas hat mich durch den Vorhang gezwickt«, sagte Albert und zuckte im selben Moment erneut zusammen, weil ihn die Finger in die Seite gepikst hatten.

»*Attention!*«, hörten die Männer dann John King durch Eusapia rufen, »das Kabinett! Es erscheint gleich im Kabinett! Etwas Großes! *Beware!*«

Nacheinander waren die Bestätigungen zu hören, dass Eusapias Hände und Füße und auch ihr Kopf in sicherem Gewahrsam waren. Sehr deutlich dann: starke Kontraktionen der Unterarme, und im selben Rhythmus bewegte sich hinter dem Vorhang etwas. Und dieses Etwas neckte, pikste und kitzelte Albert wie ein übermütiges Kind. Schließlich schien es, als würden ihn zwei komplette menschliche Arme umfassen. Es habe ausgesehen, sagte Ella später, als wollte ein Wesen hinter dem Vorhang Albert durch diesen hindurch auf die andere Seite ziehen.

Albert ließ Eusapias Kopf los. Vorsichtig, als würde er einem wilden oder scheuen Tier gegenübertreten, drehte er sich langsam in Richtung des Kabinetts. Er hob seine Hand und strich mit den Fingerspitzen über den ausgebeulten Stoff. Die oder der andere schien innezuhalten, wie unsicher, was mit der unerwarteten Berührung anzufangen war. Albert strich erneut vorsichtig über die Ausbeulung, ein bisschen fester nun. Was auch immer sich auf der anderen Seite befinden mochte, es begann seinerseits, leichte, streichende Bewegungen auszuführen, als würde es Albert imitieren. Wie von ferne hörte er die Stimmen der anderen Männer, die die Kontrolle Eusapias versicherten. Er konnte nun auf der anderen Seite ganz eindeutig Finger ertasten, und diese Finger reagierten auf seine Berührungen, ertasteten ihrerseits seine Finger und streichelten sie, umfassten sie sanft, getrennt nur durch den groben Stoff des Vorhangs.

Die Hand auf der anderen Seite streckte sich. Albert tat es ihr nach, und nun drückte eine Handfläche auf die andere, ganz so, als wäre der schwarze Vorhang ein Spiegel.

Mit der anderen Hand drückte Albert dort gegen den Vorhang, wo er den Kopf des Wesens vermutete. Seine Finger ertasteten harte Materie, ja, kein Zweifel, das musste eine Stirn sein. Langsam strich er mit seiner Handfläche nach unten, er nahm Augenhöhlen wahr, eine Nase, fuhr noch etwas tiefer und spürte ganz eindeutig Lippen.

Doch als sich die Lippen nun öffneten und Albert von dem ektoplasmatischen Wesen auf der anderen Seite so fest in den Daumen gebissen wurde, dass er die einzelnen Zähne spürte, war er plötzlich davon überzeugt, dass dies einfach Betrug sein *musste*. Und obwohl man Eusapia mehrmals versprochen hatte, das Kabinett unter keinen Umständen zu öffnen, da dies laut ihrer Aussage zu lang anhaltenden Kopfschmerzen und nicht abzusehenden gesundheitlichen Folgen führe, zog er mit einem Mal den Vorhang auf. Während er dies tat, schrie hinter ihm Eusapia wie unter Schmerzen, als hätte man ihr die Haut aufgerissen.

Albert blickte hinter den Vorhang. Das Licht war schummerig, jedoch hell genug, um zweifelsfrei zu zeigen:

Das Kabinett war leer.

DER DRITTE SCHWAN

Vier Skeptiker hatten die Versuche mit Eusapia Palladino begonnen, vier Gläubige hatten sie nach zweieinhalb Wochen beendet. Was nun die fünfte Person anging, so war zumindest für Albert nicht ersichtlich, wie sie im tiefsten Herzen über die Manifestationen dachte. Ja, auch Ella hatte Verblüffung, Begeisterung und ernsthaftes Interesse gezeigt, ganz wie die anderen, aber es wollte Albert scheinen, als freute sie sich eher für ihn als aus sich selbst heraus.

Albert vereinbarte mit Eusapia, dass diese für drei Monate nach München kommen würde, um ihm eine ausführliche Versuchsreihe zu ihren ektoplasmatischen Hervorbringungen zu ermöglichen. Kost und Logis würde Albert selbstredend übernehmen, eine Aufwandsentschädigung lehnte die Palladino empört ab.

»Ich bin weder eine Jahrmarktsattraktion noch ein leichtes Mädchen. Ich stelle meine Fähigkeiten der Wissenschaft zur Verfügung, weil ich mir meiner Verantwortung für den Fortschritt der Menschheit vollends bewusst bin.«

Man dürfe ihr aber von Zeit zu Zeit Ehrerbietung in Form von Geschenken erweisen.

Ella sah der Aussicht, dass die Palladino für drei Monate bei ihnen wohnen sollte, mit gemischten Gefühlen entgegen. Die Herablassung der Palladino ihr gegenüber spielte dabei keine Rolle – das nahm sie eher als Kuriosität und in keiner Weise persönlich. Was aber den eigentlichen Forschungsgegenstand anbetraf, so hatten sich in ihrem Geist zwei Empfindungen quasi neutralisiert: Auf der einen Seite hatte sie all das, was die Männer zu Gläubigen gemacht hatte, ebenfalls gesehen und wollte nicht leugnen, dass hier Dinge geschahen, die sie sich nicht erklären konnte. Auf der anderen Seite kamen ihr die Umstände, unter denen die Phänomene zustande kamen, so offenkundig zwielichtig vor, dass sie die heimliche Überzeugung, die Palladino halte sie alle zum Narren, einfach nicht loswurde.

Nachdem Eusapia und auch die beiden englischen Forscher abgereist waren, schrieben Albert, Ella und Richet im Arbeitszimmer die Protokolle der Sitzungen ab, wobei es zu einer ebenso unerwarteten wie folgenschweren Entdeckung kam: Ella erblickte nämlich eine Vitrine, in der ein filigranes Modell aus unübersichtlichen winzigen Holzverstrebungen stand. Sie betrachtete es eine Weile und versuchte, daraus schlau zu werden, dann fragte sie:

»Was ist das?«

Richet sah auf und lächelte.

»Das, liebe Ella, ist das Modell für den *Gyroplan No. 1*«, sagte er und nahm das Modell vorsichtig aus der Vitrine. »Ich glaubte, beim Betrachten eines trudelnden Blattes einen Geistesblitz zu haben, und habe dann diesen Apparat entworfen.«

»Ja, aber was ist es? Was ist seine Funktion?«

»Es ist ein Fluggerät.«

»Wurde es … gebaut?«, fragte Ella mit nun vor Erregung zitternder Stimme.

»Aber natürlich«, sagte Richet, »wir haben einen Prototyp fertiggestellt, acht Meter im Durchmesser, vier Flugschrauben, angetrieben von einem 45-PS-Motor.«

»Und?«, fragte Ella.

Richet kicherte.

»Acht Sekunden lang hat der Gyroplan No. 1 den Boden nicht berührt und die überwältigende Flughöhe von sechzig Zentimetern erreicht, gehalten und fixiert von vier Stangen. Dann ist er aus der Balance geraten und an mehreren Verstrebungen zerbrochen. Es war kläglich, um ganz ehrlich zu sein. Wahrscheinlich wird die Idee rotierender waagerechter Tragflächen in der Geschichte der Luftfahrt eine Sackgasse bleiben; die Stabilisierung, die Lenkmechanismen, alles ist *unglaublich* kompliziert, ich kann es euch sagen.«

»Wo ist der Gyroplan jetzt?«, fragte Ella.

»Oh, er dürfte wohl in einem Schuppen am Flugfeld von Douai vor sich hin rotten«, sagte Richet. »Vielleicht ist er aber auch schon verfeuert worden.«

»Könnten wir es sehen?«

»Das Flugfeld?«

Ella nickte.

Albert sah in ihren Augen ein spezielles Leuchten, von dem er aus eigener Erfahrung wusste, dass sich ihm nichts entgegensetzen ließ.

So kam es, dass die Zugfahrt aus dem Süden nur für Richets Familie in Paris endete. Am überfüllten Gare d'Austerlitz (die großen Ferien gingen zu Ende) verabschiedete sich Richet im Gedränge von seiner Frau und seinen Kindern, dann zwinkerte er Ella und Albert zu, wies mit der Hand in Richtung eines entfernt liegenden Gleises und sagte flüsternd:

»Folgt mir, meine lieben Freunde des Fortschritts.«

Ein Zug, bestehend nur aus einer uralten Lokomotive und einem einzelnen Wagon, stand einsam auf dem äußeren Gleis des Bahnhofs; ein Schaffner in Uniform betrachtete die drei träge unter fast geschlossenen Lidern. Kaum waren sie in den Wagon geklettert, schlossen sich die Türen.

»Seltsam«, sagte Albert, »als hätte der Zug nur auf uns gewartet.«

»Aber *mon cher*«, erwiderte Richet, »wusstest du denn nicht, dass *alle* Züge nur auf uns warten?«

Ella lachte das fröhliche Lachen einer Frau, der dieser Gedanke keinesfalls fremd war. Der Zug fuhr von Paris aus nach Norden in Richtung Flandern, ein leichter sommerlicher Regen setzte ein.

»Denkt einmal nach«, sagte Richet, als sie eine Weile schweigend auf die vorbeiziehenden Felder im Regen geschaut hatten, »wozu sollten Völker ihre Grenzen sichern, verteidigen, erweitern wollen, wenn sie problemlos mit einem Aeroplan überflogen werden können? Wisst ihr, was der von mir hochgeschätzte Astronom Camille Flammarion dazu gesagt hat?«

Ella und Albert schüttelten den Kopf.

»Wenn die Eroberung der Lüfte einmal gelungen ist, kehrt Brüderlichkeit auf der ganzen Erde ein, wahrer Friede senkt sich vom Himmel, die letzten Reste des Kastenwesens werden verschwinden.«

»Willkommen in der Zukunft«, sagte Richet lächelnd und führte Albert und Ella unter dem großen, kunstvoll gemalten Schild mit der Aufschrift *Champ d'aviation de la Brayelle* hindurch.

Das Flugfeld von Douai war, wie Albert in der Presse verfolgt hatte, im Sommer des vorigen Jahres Schauplatz für den *Concours d'Aviation* gewesen, den ersten offiziell ausgetragenen Flugwettbewerb der Welt, in dem verschiedene Aviatiker mit größtenteils selbst entworfenen und gebauten Aeroplanen in diversen Disziplinen um die Wette geflogen waren. Über zehntausend fassungslose Zuschauer hatten miterlebt, wie Louis Paulhan mit der *Octavie III* über eine Stunde lang in der Luft blieb und sechsundzwanzig Runden um den Parcours flog. Die Fortschritte in der Flugkunst waren seit dem tragischen Tode Lilienthals in geradezu halsbrecherischer Geschwindigkeit vonstatten gegangen.

Der Regen hatte gerade aufgehört, es stieg leichter Dunst auf. Richet führte sie zu mehreren Gebäuden, die wie große Scheunen aussahen. Die Rufe einiger junger Männer waren zu hören, zwei liefen, eine Holzleiter und zwei dünne Stahlbleche tragend, über den Platz in den geöffneten Schuppen, drinnen ein Fluchen, ein kurzes Lachen, Hammerschläge, das nervöse Blubbern eines großen Motors.

Eines der Tore war geöffnet und gab den Blick frei auf eine eigentümliche Konstruktion, an der sich mehrere braun gebrannte Männer zu schaffen machten, als salbten sie ein gewaltiges Tier für eine religiöse Zeremonie. Der genietete blecherne Körper dieses Apparats, auf dem der Schriftzug *Breguet Type R. U. No 40* zu lesen war, ließ Albert an einen Einbaum denken, an dessen vorderem Ende sich ein Propeller befand. Ein Gestell war unter dem genieteten Korpus montiert, drei winzige Räder daran und eine Art gebogener Ski. Große Doppelflügel, mit zahllosen Drahtseilen verschnürt wie bei einer komplizierten Variante des Gummitwist – nicht mehr im Grunde als eine kolossal instabile Seifenkiste mit Flügeln, befand Albert; das traurige Imitat eines Vogels.

»*Un aéroplan!*«

Ella war errötet, was selten vorkam.

»Wir nennen ihn Biplan. Wegen der zwei Tragflächen«, sagte Richet lächelnd zu Ella, die flüsternd auf Französisch antwortete, es handele sich hier aus ihrer Sicht um einen sehr, sehr beeindruckenden Apparat. Etwas abseits stand der Flugpionier Louis Breguet, noch keine dreißig und von eigentümlicher Melancholie umweht. Neben den kräftigen, braun gebrannten

Technikern mit ihren ölbeschmierten Leinenhosen wirkte er wie ein blasser und zu früh gealterter Junge.

»Es mag durch die Flügel vom Aussehen her wohl einem Vogel ähneln«, sagte er leise, »aber physikalisch sind die Ähnlichkeiten minimal. Denn während der Vogel durch geschicktes Bewegen der Schwingen seinen Auftrieb erreicht, sind unsere Flügel starr und unbeweglich. Unser Apparat wird durch eine Luftschraube am Bug quasi durch die Luft gezogen, und die Flügel sowie das Höhenruder bestimmen nur, in welche Richtung wir den Apparat lenken wollen und ob wir nach oben steigen oder nach unten sinken.«

Ella hing in geradezu religiöser Verzückung an Breguets Lippen, auf Albert wirkte er unseriös. Luft*schraube?* Höhen*ruder?* Glaubte dieser trübselige Junge etwa, dass es sich bei Wasser und Luft um ein und dasselbe Element handelte?

»Wie sind eure Versuche mit Mademoiselle Palladino verlaufen? Habt ihr endlich herausbekommen, wie sie betrügt?«, fragte Breguet.

»Du solltest einmal mitkommen zu einer Séance, mein lieber Louis, es sind dieses Mal wieder erstaunliche Dinge passiert.«

»Jeder, der einen unvoreingenommenen Blick auf die Welt hat«, sagte Albert, »muss das anerkennen.«

»Tja«, sagte Breguet, »die Geister lassen die Tücher und die Mandolinen fliegen, wir Menschen den Stahl und das Aluminium. Die Geister brauchen die Medien, wir das Benzin.«

»Es sind nicht die Geister«, sagte Albert, »wir glauben eher, dass die Psyche des Menschen Kräfte hervorbringen kann, von denen wir noch nichts wissen.«

»Es mag durchaus sein«, sagte Breguet und lächelte zum ersten Mal, seit sie ihm begegnet waren, »dass die Psyche des Menschen Dinge hervorbringen wird, von denen wir jetzt noch nichts wissen und darum weder fürchten noch ersehnen. Wollen wir fliegen?«

»Wie meinen Sie das?«, fragte Albert.

»Sie meinen, wir können … mitfliegen?«, fragte Ella begeistert.

»Glaubt mir, wenn ihr einmal da oben wart«, sagte Richet, »wird euer Blick auf die menschliche Existenz nicht mehr derselbe sein.«

»Aber das Wetter …«

Albert hob die Hand, um auf die Wolken zu zeigen, merkte aber, dass er wie wild zitterte, und nahm seine Hand wieder herunter. Er wusste ja selbst nicht, was in ihn gefahren war. Er verspürte ein seltsames Engegefühl in der Brust, sein Herz raste, ihn überkam Schwindel.

Schon im nächsten Moment schoben die Burschen den Flugapparat mit vereinten Kräften auf den Platz hinaus, begleitet von Rufen und Flüchen, wenn sich der Aeroplan widerspenstig in die falsche Richtung bewegte. Mit schreckgeweiteten Augen verfolgte Albert, wie Ruder geölt, der Motor mit Benzin befüllt, ein lockeres Blech befestigt wurde. Eilig begründete Albert sich seine Beklemmung mit der furchtbaren Erzählung von Lilienthals Tod. Er umklammerte Ellas Handgelenk.

»Ich glaube, ich habe mir vielleicht den Magen verdorben«, sagte er auf ihren fragenden Blick hin und musste übermenschliche Kräfte einsetzen, damit seine Stimme ihm nicht versagte.

»Soll ich Charles nach einem Pfefferminztee fragen?«

»Nein, frag ihn nicht nach einem Pfefferminztee. Ich kann nur nicht fliegen.«

»Du Armer, vielleicht können wir bis morgen bleiben, bis du dich wieder besser fühlst, bestimmt wird es dir morgen besser gehen, dann fliegst du morgen.«

»Steig nicht in den Apparat.«

Ella sah ihn verwirrt an.

»Was?«

Er schluckte.

»Bitte steig nicht in den Apparat.«

»Warum nicht?«

»Ich verbiete es dir.«

»Was?«

»Es schickt sich nicht für eine Baronin«, hörte sich Albert sagen. Hätte er die Wahrheit gesagt, es wäre Ella nicht im Traum in den Sinn gekommen, den Aeroplan zu besteigen. Aber dieser Weg war ihr nun verstellt, da Albert sie nicht um etwas bat, sondern es forderte.

»Das kann ich nicht akzeptieren.«

Sie beobachteten beide in dumpfer Missstimmung, wie versucht wurde, den Aeroplan zu starten. Lange Zeit schien es so, als hätte sich der Motor mit dem Namen *Gnome Omega* von Alberts Sorge anstecken lassen, denn sooft der Propeller auch mit immer neuem Schwung angeworfen wurde, der Motor machte lediglich ein Geräusch wie ein sich räuspernder älterer Herr, um dann zu schweigen. Nach jedem missglückten Versuch wurden einige Schrauben festgezogen, mit der Ölkanne Öl in verschiedene Abschnitte des Motors getropft sowie Schläge mit dem Hammer ausgeführt. Schließlich sollte ein Verbindungsstück ausgetauscht werden, einer der Burschen rannte in die Scheune und kam mit einem Ersatzteil wieder, das jedoch nicht passte, woraufhin ein anderer es zwischen die Knie nahm und mit dem Hammer und der Feile bearbeitete.

Schon keimte in Albert die Hoffnung, der Flug möge nicht stattfinden können. Als jedoch das zurechtgehauene Ersatzteil eingesetzt war, kam der Motor doch noch in Gang. Die Stahlkonstruktion zitterte wie unter Schmerzen, hustend spuckte der Apparat schwarze Wolken. Die Mechaniker jubelten, während der Wind der Luftschraube ihnen die Haare zerzauste und es einem gar die *Casquette* vom Kopf wehte.

»Wer fliegt nun?«, rief Breguet über das Dröhnen des Motors hinweg, und mit etwas zu fester Stimme rief Ella:

»Ich fliege!«

»Und Albert?«, fragte Breguet.

»Es ist ihm unwohl«, sagte Ella, »der Magen anscheinend, er fühlt sich nicht recht.«

Breguet zuckte bedauernd mit den Schultern, drehte die Schiebermütze um, sodass der Schirm nach hinten zeigte, und bot Ella seinen Arm an. Richet entschied sich, aus Solidarität mit dem magenschwachen Albert am Boden zu bleiben.

»Sie bekommen den Platz ganz vorn«, hörte Albert Breguet zu Ella sagen, »direkt hinter der Luftschraube – dort werden Sie glauben, Sie seien ein Vogel!«

Er führte Ella zum Aeroplan, eine Trittleiter ermöglichte ihr den Einstieg in die Öffnung des stählernen Korpus. Breguet nahm einen guten Meter hinter ihr am Steuerrad Platz, und dann kletterten noch fünf von den Burschen auf den Apparat und hielten sich an den Stahlseilen fest. Das war offensichtlich kein Todesmut mehr, dachte Albert bei sich, das war Todessehnsucht.

Breguet testete die verschiedenen Ruder und schob seine Fliegerbrille nach unten. Kurz darauf setzte sich das Gefährt ächzend in Bewegung und Ella warf Albert einen Blick zu. Es war einer dieser Blicke über die Schulter, von denen man unvermittelt sicher weiß, dass sie der letzte Blick eines geliebten Menschen sind.

Der Aeroplan holperte über den Acker an den Beginn der Startbahn, drehte sich ungelenk und nahm dann schnell an Fahrt auf. Die Jungen hatten aufgehört zu grölen und waren nun ganz darauf konzentriert, sich an den Drähten festzuklammern.

Albert hatte noch nie gesehen, wie ein Aeroplan abhob. Als er aus der Ferne sah, wie das Zittern und Beben und Schaudern der Bleche und Drahtseile mit einem Mal verstummte und der Aeroplan die Verbindung zur Welt zunächst für einen Augenblick nur verlor, musste er zugeben, dass es ein Moment vollkommener Poesie war.

Der Aeroplan berührte noch einmal den Boden, wie zur Verabschiedung, als letzter freiwilliger Gruß, nicht als Notwendigkeit. Und dann flog er wirklich. Gegen jeden gesunden Menschenverstand fiel das Ungetüm nicht zu Boden, sondern stieg immer höher. Richet schlug Albert auf die Schulter, er merkte es gar nicht, sondern starrte mit rasendem Herzen den schwarzen Flecken an, der hinter dem kleinen Wäldchen verschwand.

Endlich, nach unbeschreiblich langen sieben Minuten, tauchte der Aeroplan wieder hinter den Baumwipfeln auf und näherte sich dem Flugfeld. Albert überkam Erleichterung, da flogen plötzlich drei Schwäne aus dem Wald auf. *Drei Schwäne und ein Motor, der Gnom heißt, bin ich denn jetzt Teil eines Märchens*, dachte Albert noch, und während dieses Gedankens waren die ersten beiden Schwäne bereits unbehelligt am Aeroplan vorbeigeflogen. Der dritte jedoch, kaum zwei Meter neben den anderen, flog, als wäre das vereinbart, direkt in die Flugbahn des Aeroplans. All dies war eine Sache von Augenblicken, an ein Reagieren, Ausweichen von Schwan oder Aeroplan nicht mehr zu denken, denn beide Absichten waren getroffen und deren Kreuzung, also die Kollision, unvermeidbar.

Der Zusammenstoß selbst ging eigentümlich unspektakulär vonstatten. Kein Todesschrei war zu hören, kein dumpfer Stoß, nur ein leises Geräusch wie das Brechen eines kleinen Astes. Dann war es auch schon wieder vorbei, nur ein kurzes, blutrotes Aufleuchten am Bug des Aeroplans zeugte vom Vogelkörper, der in den Propeller geraten war.

Der Aeroplan aber kam durch die Karambolage ins Taumeln, das Heck schlug unkontrolliert in beide Richtungen aus. Es schien für einige Momente, als habe Breguet den Aeroplan stabilisieren können, doch kurz darauf sackte das Flugzeug einige Meter ab, geriet erneut ins Trudeln, senkte einige Meter über dem Boden unvermittelt die Schnauze, berührte damit nur kurz den Acker, und diese Berührung reichte als Hebel für einen Überschlag, wie wenn ein übermütiges Mädchen Rad schlägt. Ein kurzes Aufbäumen noch, schon schraubte sich der Propeller ins Erdreich, der Aeroplan brach krachend entzwei. Der auseinanderberstende Stahl erzeugte ein Geräusch, das an ein lautes Pfeifen erinnerte.

Dann herrschte gespenstische Stille. Albert konnte einige menschliche Leiber ausmachen, die aus dem Aeroplan geschleudert worden waren und bewegungslos um das bemitleidenswerte Wrack herumlagen.

Wie von Sinnen rannte er los, bemerkte aus dem Augenwinkel auch bei den Hangars panische Betriebsamkeit, eine Sirene heulte Gefahr, zwei Automobile setzten sich in Bewegung. Auf dem unebenen Acker verknackste er sich den Knöchel, spürte es aber nicht einmal, hinter ihm rief Richet Unverständliches. Albert erreichte die Unglücksstelle. Um den zerschellten Aeroplan herum hatte sich eine Staubwolke gebildet; es war unmöglich, aus dem unübersichtlichen Haufen geborstenen Stahls, menschlicher Leiber und verhedderter Drahtseile schlau zu werden, und mit zitternder Stimme murmelte er immerfort *ich hab's ja gewusst.*

Langsam begannen sich menschliche Körper zu bewegen, die Luft erfüllt von Stöhnen und Keuchen. Panik stieg in Albert auf, doch bevor das Hormon Adrenalin ihm eine Handlung diktieren konnte, geschah Folgendes:

Als wäre sie die Überraschung eines Festakts und befände

sich im Innern einer großen Geburtstagstorte, steckte Ella den Kopf aus dem vorderen Teil des zerbrochenen Einbaums und sah sich mit einem Gesichtsausdruck um, der sich am ehesten mit *Verwunderung* beschreiben ließe. Ihr Gesicht war voller Blut, ebenso ihr beigefarbenes Sommerkleid, doch erstaunlicherweise und ganz ohne Hilfe gelang es ihr problemlos, aus dem Torso herauszusteigen, wobei das verbogene Steuerrad als perfekter Tritt fungierte. Ihr Ausstieg strahlte sogar eine gewisse Eleganz aus und wirkte auf Albert durch und durch unwirklich.

Sie hatte den Absturz vollkommen unversehrt überstanden, und die vermeintlichen Wunden waren lediglich das Blut des unglücklichen Schwans. Dieser war, wie man später rekonstruierte, von der Luftschraube des Aeroplans quasi enthauptet worden. Der Schwanenhals hatte dabei das Kreuzruder getroffen, sich gleichsam halb darum verwickelt und das Ruder so sehr verformt, dass der Flugapparat manövrierunfähig geworden war.

Leicht schwankend kam Ella einige Schritte auf Albert und Richet zu und blieb dann stehen. Sie sah von einem zum anderen, über die Schulter auf das Wrack des Aeroplans und wieder zu ihrem Ehemann. Dann bellte irgendwo ein Hund, ein Windstoß ließ die Blätter der Pappeln rascheln, ein Tropfen Schwanenblut löste sich von Ellas Nase und fiel ins staubige Gras. Albert erwachte aus seiner Erstarrung und begann von einem Moment auf den anderen, am ganzen Körper zu zittern.

Er war nahe daran, seiner Frau eine Ohrfeige zu geben, entschied sich dann aber dagegen, weil es ihm ungebührlich erschien, sie ins blutende Gesicht zu schlagen. Ella wiederum spürte in sich etwas aufsteigen, gegen das sie nur kurz Widerstand zu leisten in der Lage war; ein erstes Glucksen konnte sie noch zurückdrängen, doch als ihr Blick auf Richet fiel und sie bemerkte, dass er mit denselben inneren Brandungen zu kämpfen hatte, da konnte sie nicht mehr an sich halten, und praktisch synchron begannen die beiden, wie hysterisch zu kichern und dann immer lauter zu lachen.

Als sei dies ein Signal, stimmten nach und nach die anderen Absturzopfer in das Gelächter ein, denn wie durch ein Wunder war bei dem grauenhaften Absturz niemand ums Leben gekommen. Nach und nach erhoben sich alle Beteiligten, kletterten über die Trümmer auf den Acker, und obschon sich einer übel das Knie verdreht hatte und ein anderer sich den ausgekugelten Arm hielt, wurden alle von dem seltsamen Lachen angesteckt. Man klopfte sich gegenseitig auf die Schulter, beglückwünschte und umarmte sich.

»Haha!«, lachte der mit dem ausgekugelten Arm, »beinahe hätte ein Schwan uns den Garaus gemacht!«

»Was für ein Glück, dass ich noch das elektrische Zündkabel abreißen konnte! Sonst wären wir alle in Flammen aufgegangen!«, schrie ein anderer über das Gelächter hinweg und deutete auf den zertrümmerten Motor, aus dem das Benzin sickerte, woraufhin alle erneut in irres Gelächter ausbrachen.

Sie sind, das war Albert jetzt vollkommen klar, wahnsinnig geworden. Fassungslos, immer noch zitternd vor Wut und Angst, stand er da, während die Burschen lachend an ihm vorbeihumpelten, ohne ihn weiter zu beachten.

»Tja, mit den Vögeln, da werden wir uns noch etwas überlegen müssen«, hörte er Breguet murmeln, während er im Kreis seiner Mechaniker und Helfer zurück zum Hangar ging.

Ein Teil des Flügels gab, letzter und finaler Kommentar, der Schwerkraft nach und sank mit einem Seufzer zu Boden. Oben kreisten die beiden Schwäne und schienen nach dem verschwundenen Gefährten Ausschau zu halten. Auch Ella und Richet wandten sich nun zum Gehen, Richet drückte Albert im

Vorbeigehen die Schulter. Ella, die sich das Schwanenblut aus dem Gesicht gewischt hatte, sah ihn kurz mit funkelnden Augen an und sagte:

»Trotzdem.«

In diesem Augenblick hasste Albert seine Frau, wie er noch nie zuvor einen Menschen gehasst hatte, weil er noch nie zuvor einen Menschen so geliebt hatte.

EKTOPLASMA

»Schwarz?«, fragte der Malermeister.

»Je dunkler, desto besser«, antwortete Albert.

»Schwärzer als schwarz geht nicht«, sagte der Malermeister und tauchte die weiße Rolle in einen großen Eimer voll glänzender Farbe.

»Den Stuck auch?«

»Und die Decke dazu. Am besten streichen Sie auch gleich die Fenster.«

Albert sah zu, wie der Maler schulterzuckend die schwarz triefende Rolle auf der weißen Wand ansetzte und einen ersten schwarzen Korridor schuf, dann verließ er beschwingt den Raum.

Am nächsten Morgen führte er Ella und Gustav in den noch intensiv nach Farbe duftenden Saal, der das Licht verschluckte wie ein Schlund.

»Ich fürchte mich«, sagte Gustav, »ich will hier nicht sein.«

»Du musst dich nicht fürchten«, sagte Albert und legte seinen Arm um ihn, »es ist für die Wissenschaft.«

»Papa wird hier Patienten behandeln, die man nur im Dunkeln heilen kann«, sagte Ella. Sie hatten entschieden, dass sie dem noch immer leicht zu ängstigenden Jungen die wahre Natur der Experimente verheimlichen würden.

»Ich will hier nicht sein«, sagte Gustav noch einmal, machte sich los und lief aus dem Raum.

Es war Albert bewusst, dass eine Forschungsreihe mit einem somnambulen Medium durchaus dazu angetan war, seinen Ruf als *ernsten Mann der Wissenschaft* umfassend zu ruinieren. Kaum ein anerkannter Wissenschaftler hatte sich bislang daran versucht, dafür umso mehr Spiritisten, Theosophen, Mystiker und andere Scharlatane. Es war Alberts feste Absicht, sich von solcher Phantasterei radikal abzugrenzen.

Da er bereits den Vorwurf vorhersah, er sei einer Taschenspielerin aufgesessen, engagierte er zwei *echte* Taschenspieler sowie einen Zauberkünstler und befragte sie, welche Formen des Betrugs sie bei den geplanten Versuchen für möglich hielten und wie man sie verhindern könne. Nach ausführlicher Beratung ließ er daraufhin nicht nur ein spezielles Gewand für die Palladino anfertigen, sondern beauftragte auch einen Maurer, eine der beiden Türen zuzumauern, durch die man das schwarze Zimmer betreten konnte. Des Weiteren plante er, die Séancen mit modernster Technik zu dokumentieren, weswegen er eine futuristisch anmutende Ganzmetallkamera von Linhof sowie eine obszön große Menge Zirconium-Nitrat als Blitzlichtpulver erwarb, das gerade erst das grauenhaft rauchende Magnesium abgelöst hatte. Bereits zwei Wochen vor Eusapias Eintreffen war alles fertig eingerichtet.

Entgegen seiner Hoffnung, Ellas *trotzdem* möge sich mit der Zeit als gegenstandslos erweisen, verfestigte sich bei ihr die Überzeugung, dass ihre Lebensaufgabe die Bezwingung der Lüfte sei. Sie stellte Erkundigungen über verschiedene Aeroplane und Flugfelder an und entschied schließlich, dass sie im Herbst Flugstunden an einer Schule nehmen würde, die mitten in den Ardennen lag.

»Es wird wunderbar sein, die Gebirgszüge von oben zu sehen«, sagte sie. Albert konnte vor seinem geistigen Auge nichts anderes erkennen als die Trümmer eines Flugzeugs, das an einer Felswand zerschellt war.

Eusapia traf an einem strahlenden Frühlingstag des Jahres 1912 in München ein. Sie hatte lediglich einen kleinen Handkoffer bei sich, in dem schon aufgrund der Größe unmöglich betrügerische Vorrichtungen Platz finden konnten. Plötzlich schämte sich Albert für seine vielfältigen Vorkehrungen und sein Misstrauen.

Ella wurde von der Palladino mit einem gnädigen Nicken begrüßt, das keinen Zweifel daran ließ, dass das apulische Medium die Stuttgarter Industriellentochter auch weiterhin als eine Art Zofe sah. Eusapia ließ sich den schwarzen Saal, die zugemauerten Fenster und das Sitzungsgewand zeigen, dabei trug sie, wie Albert wahrzunehmen glaubte, ein leicht spöttisches Lächeln auf den Lippen. Er fragte Eusapia, wann man mit den Sitzungen beginnen könne; sie zuckte mit den Schultern und sagte, jederzeit.

Zu Alberts Überraschung entstand zwischen seinem Sohn Gustav und der Palladino schnell eine enge Verbindung. Schon als die beiden sich am Esstisch zum ersten Mal begegneten, sah Eusapia dem Jungen tief in die Augen, und der Junge hielt ihrem Blick erstaunlicherweise stand. Bereits während des zweiten gemeinsamen Abendessens setzte sich Gustav, obwohl er nun schon vierzehn war, auf den Schoß der Palladino, die diese körperliche Nähe anscheinend vollkommen normal fand. Sie begann, mit ihrer rauchigen Stimme eindringlich auf Gustav einzureden. Obwohl er kein Wort Italienisch verstand, hörte er aufmerksam zu und lachte von Zeit zu Zeit.

Sie habe ihm, sagte die Palladino später, aus seinem früheren Leben erzählt. Im Zeitalter der Assyrer sei er ein großer Feldherr gewesen, und durch seine Adern fließe *sangue militare*, militärisches Blut.

»Du darfst es nicht zu ernst nehmen, was diese Frau erzählt«, sagte Albert zu seinem Sohn. »Diese Wahnvorstellungen sind Teil der Krankheit, von der ich sie zu heilen gedenke.«

Die eigentlichen Sitzungen mit der Palladino verliefen dann erheblich reibungsloser, als Albert befürchtet hatte. Die wissenschaftliche Nüchternheit, mit er die Sitzungen anleitete, schienen auf das Medium abzustrahlen, und weder in den ersten Sitzungen, die Albert gemeinsam mit Ella abhielt, noch in den darauf folgenden, zu denen er unterschiedliche Menschen aus seinem Bekanntenkreis eingeladen hatte, kam es zu erotischen Annäherungen oder sonstigen größeren Unterbrechungen. Eusapias okkulte Persona John King wirkte auf Albert jetzt eher wie ein britischer Gutsverwalter und nicht mehr wie ein exaltierter Lord. Die ektoplasmatischen Gebilde wurden von Eusapia verlässlich mehrere Male in einer Sitzung produziert, und Albert hatte ausgiebig Gelegenheit, dies mittels seiner fotografischen Apparatur zu dokumentieren.

»Was empfinden Sie, wenn Sie in den Zustand des Somnambulen hinübertreten?«, fragte der Freiherr das Medium nach einer Sitzung.

»Ich höre Sie sprechen, ich höre die Wörter. Dann sehe ich die Wörter, wie auf Spruchbändern. Am Anfang kann ich sie noch lesen, aber dann bewegen sich die Spruchbänder so schnell, dass sie zu einem einzigen grauen Streifen werden, und das ist der Moment, in dem ich die Welt verlasse. Dann bin ich entleert, damit John King in mich eintreten kann.«

»Haben Sie nach dem Aufwachen eine Erinnerung an die Geschehnisse?«

»Nein.«

»Sie erinnern sich an gar nichts? Nicht einmal schemenhaft?«

»Sehen Sie, im normalen Zustand ist ein Erlebnis wie ein

Tropfen, der von einer Schüssel Wasser aufgefangen wird. Der Tropfen wird zu einem Teil des Wassers. Manchmal läuft die Schüssel über, das ist das Vergessen. Wenn ich aber auf der anderen Seite bin, dann fällt ein Tropfen aus dem Nichts heraus, und er fällt auch dorthin zurück.«

Im Verlauf der dritten Sitzung versuchte er, eines der Gebilde anzufassen, doch kaum hatten seine Finger den Stoff berührt, schrie die Palladino vor Schmerzen auf, als habe man ihr einen elektrischen Schlag versetzt. Nach der Sitzung klagte sie über furchtbare Kopfschmerzen und Übelkeit, und es dauerte über eine Woche, bis eine neue Sitzung stattfinden konnte. Albert musste sich eingestehen, dass sein Traum, ein ektoplasmatisches Gebilde außerhalb des Kabinetts auf seine chemische und physikalische Beschaffenheit hin zu untersuchen, so bald nicht zu realisieren sein würde.

Die Reaktionen der Besucher allerdings überstiegen Alberts kühnste Erwartungen. Unabhängig davon, ob es sich um Wissenschaftler oder Künstler, Adelige oder Sozialisten, Militärs oder Romanciers handelte, niemand konnte sich der Faszination durch die schwebenden weißen Erscheinungen entziehen. Albert erstellte minutiöse Protokolle der Sitzungen und ließ sich diese von den Teilnehmern unterzeichnen, denn er dachte bereits über eine Veröffentlichung nach.

Zahlreiche von Alberts Bekannten wurden zu regelmäßigen Besuchern der Séancen, niemand aber war so ausdauernd in seiner Begeisterung wie Alfred Schuler. Da er sich als äußerst präziser Beobachter erwies, wurde er zum permanenten Protokollanten der Sitzungen. Der Preis, den Albert hierfür zu entrichten hatte, waren allerdings regelmäßige Debatten über die Schlüsse, die aus den Phänomenen zu ziehen seien. Schuler war überzeugt, dass John King direkt aus dem Jenseits sprach, die ektoplasmatischen Gebilde hielt er für verschlüsselte Botschaften aus vergangenen Zeitaltern.

»Durch Ihr übertriebenes Misstrauen zerstören Sie jede Poesie der Phänomene«, rief Schuler aufgebracht. »Ihr Fetisch für die seelenlose Wissenschaft und Ihre Ablehnung jeder mythologischen Dimension lassen mich an den erkalteten Samen eines heißblütigen Mannes denken!«

»Alles hat seine Zeit, alles hat seinen Ort«, antwortete daraufhin Albert. »Die Mystik gehört ins Theater, die Poesie zur Liebe, aber beides gehört nicht in ein wissenschaftliches Laboratorium.«

»Warum wehren Sie sich so vehement gegen das Wunder?«

»In meiner Welt gibt es keine Wunder. Es gibt nur weiße Flecken, für die uns noch die Instrumente zur Messung und die Begriffe zur Einordnung fehlen.«

»Warum wollen Sie alles Enorme kastrieren, indem Sie es benennen, kategorisieren, verpacken? Warum verschließen Sie die Ohren so ängstlich gegen die Botschaften von der anderen Seite?«

»Mir ist das Diesseits traumhaft genug. Wenn Sie sich in irgendwelche jenseitigen Welten träumen wollen, tun Sie das außerhalb dieses Hauses, hier ist kein Raum dafür.«

Schuler schwieg eine Weile.

»Ich akzeptiere Ihre Bedingungen. Unter Protest.«

Trotz der ungewöhnlichen Mitbewohnerin und des illustren Besucherstroms hatte sich über die Zeit im Palais eine gewisse Routine eingespielt, die an einem nebligen Tag im April durch eigentümliche Rufe aus dem Innenhof unterbrochen wurde. Albert trat zum Fenster und sah hinaus. Die Palladino stand auf einem Schemel und rief neapolitanische Kommandos in den Nebel hinein. Gustav lief vor ihr auf und ab, und nach einer Weile verstand Albert, dass die beiden wohl Militär spielten.

Albert glaubte, durch den Nebel hindurch eine Verbissenheit auf Gustavs Gesicht zu erkennen, die er nie zuvor gesehen hatte.

»Wer hätte gedacht, dass unser Innenhof noch mal eine Kadettenanstalt wird«, sagte Ella, die neben ihn getreten war, mit einem Seufzen in der Stimme.

Gustav entwickelte in der Folge große Begeisterung für alle Aspekte des Militärischen, er studierte auf Landkarten Schlachtverläufe, kannte alle militärischen Ränge und erfreute sich an den verschiedenen Uniformen. Seine besondere Leidenschaft galt Orden und Abzeichen, die er mittels Stanniolpapier von Seifenverpackungen in beeindruckender Detailtreue nachbildete und unter seinem Bett verwahrte.

»Lass ihn«, sagte Ella, »es ist nur eine Episode. Erinnere dich, welche Seltsamkeiten du als Kind vollführt hast.«

Am nächsten Morgen sagte Gustav in eine längere Stille hinein:

»Ich weiß, dass ihr die Toten anruft.«

»Wer sagt denn so was?«, fragte Albert.

»Meine Mitschüler sagen das. Und Eusapia hat es mir bestätigt.«

»Eusapia spricht unsere Sprache gar nicht.«

»Ich hab es trotzdem verstanden.«

Albert seufzte. Er sah Ella an, und dann entschieden die Eltern, dass es nun an der Zeit sei, den Jungen darüber aufzuklären, was genau im schwarzen Zimmer vorging. Während er einen langen Vortrag über die ganz und gar diesseitigen Sitzungen und deren Phänomene hielt und Gustav diverse Fotografien der ektoplasmatischen Gebilde zeigte, spürte er, wie gern er es gehabt hätte, wenn sich sein Sohn ebenso wie er selbst für die Phänomene begeistert hätte. Angesichts der gelangweilten Miene des Jungen musste er sich schnell eingestehen, dass dies wohl nicht der Fall war.

Im Laufe der einundzwanzigsten Sitzung geschah etwas Unerwartetes. Albert hatte zwei Fotografien von besonders schönen Manifestationen gemacht, Schuler und Ella hatten alles protokolliert. Nachdem der geheimnisvolle Stoff sich zurückgebildet hatte, bemerkte Albert plötzlich einen kleinen weißen Fleck auf Eusapias schwarzem Sitzungskleid. Tatsächlich: Ein winziger Teil der ektoplasmatischen Manifestation hatte sich wohl von dem Gebilde gelöst und war auf dem Kleid zurückgeblieben. Mit zitternden Händen gelang es Albert, den Fetzen mittels einer Pinzette und unbemerkt von Eusapia in ein sterilisiertes Porzellangefäß zu überführen.

Zu dritt beugten sie sich später über Alberts Schreibtisch und betrachteten fasziniert das kleine Stück Stoff. Es war porös, gelblich-weiß glänzend und, wie Albert feststellte, als er sich noch weiter hinunterbeugte, geruchlos. Vorsichtig legte er den Fetzen unter das Mikroskop und betrachtete die Zellstrukturen, die sich ihm enthüllten.

»Was ist es?«, fragte Schuler ungeduldig.

»Sehen Sie selbst«, sagte Albert und gab das Okular frei.

»Der erste dokumentierte materielle Gruß von der anderen Seite«, flüsterte Schuler. Schließlich bekam auch Ella die Gelegenheit, das Ektoplasma zu betrachten. Sie sah lange schweigend ins Mikroskop, dann hob sie den Kopf und sah die beiden Männer an.

»Es sieht aus wie ein feuchtes Stück Hanf«, sagte Ella, »was nicht heißen soll, dass ich denke, es *ist* ein feuchtes Stück Hanf.«

Albert nickte.

»Ja«, sagte er dann, »es ist organischen Ursprungs, ebenso wie Hanf organischen Ursprungs ist. Organische Materie, jedoch geformt vom immateriellen Gedanken.«

Er teilte den Stoff mit einem Skalpell in zwei gleich große Teile. Den einen Teil ließ er zur Analyse an ein Labor schicken, den anderen schloss er im großen Tresor ein, der sich in den Kellerräumen des Palais befand.

Der Bericht des Labors kam nach drei Tagen und ergab, dass es sich bei der Probe in der Tat um ein hanfähnliches Stück Stoff handelte. Dazu habe man menschliche Zellen gefunden sowie eine ungewöhnlich hohe Konzentration an weißen Blutkörperchen.

Albert notierte:

»Wenn wir sicher ausschließen können, dass dieses Stück von hanfähnlichem Material in den Sitzungsraum gebracht wurde und der Beweis seiner Existenz aber vor uns liegt, scheint es mir keine gewagte Hypothese zu sein, dass es im Sitzungsraum erzeugt worden sein muss. Ja, es wurde im Sitzungsraum *erschaffen.* Wie es erschaffen wurde und von wem, darüber können wir keine klare Aussage treffen. Da jedoch die Hervorbringung der Substanz bislang nur in einem speziellen Gemütszustand stattfinden kann, nämlich in dem der somnambulen Trance, können wir vermuten, dass es sich um eine Substanz handelt, die vom Gemüt, also im weitesten Sinne von den Gedanken erzeugt wird. Es handelt sich insofern um einen psychophysikalischen Vorgang.«

Im August des Jahres 1912 kündigten sich schließlich Ellas Eltern zu einem Besuch an und fragten, ob sie Alberts neues Forschungsobjekt in Aktion erleben dürften. *Aber mit dem allergrößten Vergnügen,* ließ Albert sie wissen und fürchtete sich heimlich ein wenig vor ihren Reaktionen. Einige Tage später standen die Eltern in der Abenddämmerung vor der Tür, gekleidet wie für einen Theaterbesuch: Ellas Mutter trug ein glänzendes Abendkleid, der Vater einen eleganten schwarzen Anzug. Albert glaubte, aufmunternde Blicke der Mutter und misstrauische Blicke des Vaters auf sich zu spüren.

»Es hat sich gezeigt«, sagte Albert, während er sie zum schwarzen Zimmer führte, »dass es am besten ist, wenn ich Menschen, die zum ersten Mal an den Sitzungen teilnehmen, auf nichts vorbereite. Alles, was ich euch sagen will, ist, dass es keinesfalls sicher ist, dass wir überhaupt etwas sehen werden.«

Vier Stühle standen um das Kabinett. Albert entzündete die Gaslampen mit dem roten Schirm und löschte das Deckenlicht. Die Skepsis von Ellas Vater lag bleiern im roten Schimmer.

»Die Augen gewöhnen sich schnell an die Dunkelheit«, sagte er leise und ging, um die Palladino zu holen. Sie nickte den Eltern nur kurz zu, setzte sich vor den Vorhang, atmete dreimal tief aus und ein, dann verfiel sie in Trance. Eine lange Weile geschah nichts.

»Es hilft dem Medium, wenn wir absichtslos plaudern«, sagte Albert und begann eine unbeholfene Unterhaltung, die immer wieder ins Stocken geriet. Endlich stöhnte die Palladino auf und flüsterte mit ihrer italienisch gefärbten verstellten Stimme: »*Look to the right corner, my friends!*«

Es knisterte ein wenig, dann manifestierten sich in der rechten Ecke des Raums einige blasse Gebilde, die auf Albert eigentümlich zweidimensional und unästhetisch wirkten. Er schielte unauffällig zu den Schwiegereltern und glaubte, wenigstens auf dem Gesicht von Ellas Mutter eine gewisse Faszination zu sehen. Es herrschte gespannte Stille. Mitten in diese Stille hinein entfuhr Eusapia ein lang gezogener Furz.

»Im Zustand der somnambulen Entrückung ist leider bisweilen auch das schickliche Benehmen von Auflösung betroffen«, flüsterte Albert in Richtung der Schwiegereltern.

Die ektoplasmatischen Gebilde, die das Medium in der Folge produzierte, vermochte Albert kaum wahrzunehmen, da sich der Verdauungstrakt des Mediums nun mehr oder weniger fortwährend Erleichterung verschaffte. Jeder Furz wurde von einem begeisterten Kichern der Palladino begleitet, die Geruchsentwicklung kommentierte sie mit einem Jauchzen sowie dem Ausruf *che puzza meravigliosa,* welch wunderbarer Gestank.

Als es vorüber war, schwitzte Albert nicht weniger als Eusapia, die in ihrem nassen Kleid zu ihrem Zimmer wankte. Niemand sagte ein Wort.

»Ich habe nebenan einen Imbiss vorbereiten lassen«, sagte Albert schließlich mit belegter Stimme.

Niemand rührte das Essen an. Als die Stille unerträglich wurde, räusperte sich Ellas Vater.

»Ich gestehe«, sagte er, »dass die Berichte deiner Sitzungen in mir vor allem Skepsis ausgelöst haben. Aber nun, nachdem ich diese nebelhaften Gebilde gesehen habe, dieses …«

»Ektoplasma«, soufflierte Ella.

»Ja«, sagte der Vater, »das Ektoplasma … es wird die Welt auf den Kopf stellen. Ich bin überwältigt.«

Albert bemerkte, dass Ellas Mutter Tränen über die Wangen liefen.

»Jetzt weiß ich, dass es ein Jenseits gibt«, flüsterte sie ergriffen. Albert verzichtete ausnahmsweise darauf, diese wissenschaftlich unzulässige Schlussfolgerung richtigzustellen.

»Es tut mir wirklich leid wegen der … der Flatulenzen«, sagte Albert, aber Eduard winkte ab.

»Ach, weißt du, bei uns in den Fabriken stinkt es auch. So ist das nun mal, wenn etwas produziert wird. Du solltest mal in unsere Kautschukfabrik kommen. Da wird mit Schwefel vulkanisiert. *Dann* weißt du, was Gestank ist.«

Bevor die Eltern abreisten, bat Ellas Vater Albert um einen Spaziergang. Nachdem sie eine Weile schweigend durch den Englischen Garten gegangen waren, räusperte sich Eduard und sagte:

»Ich habe von einigen Medien gelesen, die des Betrugs überführt wurden.«

»Ja«, sagte Albert, »es gibt leider ein paar schwarze Schafe, die den Ruf des gesamten Forschungsgebiets diskreditiert haben.«

»Kannst du dir erklären, warum es praktisch keine Wissenschaftler gibt, die in dem Gebiet forschen?«

»Es ist«, sagte Albert, »nicht jedermanns Geschmack, im Schlamm nach Goldkörnern zu wühlen.«

»Hältst du es für möglich, dass die Frau betrügt? Dass sie uns alle zum Narren hält?«

»Ich habe großen Respekt vor der Taschenspielerei«, sagte Albert, »es ist eine verblüffende Kunst, aber sie ist nicht allmächtig. Ein Taschenspieler wiederholt nie denselben Trick an einem Abend, er kündigt nie an, was er tun wird, und er sucht sich immer ein großes Publikum, denn viele Menschen sind leichter zu manipulieren als wenige. Eusapia aber wiederholt dasselbe Phänomen auf Wunsch mehrere Male, und sie kündigt genau an, was als Nächstes passieren wird. Es ist leicht möglich, die Sinne ein Mal zu täuschen oder auch zwei oder drei Mal. Die menschliche Sinneswahrnehmung lässt sich, ich weiß es wohl, leicht korrumpieren. Aber die Silberionen auf einer fotografischen Platte sind nicht korrumpierbar. Sie sehen nicht, was sie sehen wollen, sondern zeichnen in vollkommener Objektivität die Lichtwellen auf, die durch die Linse des Apparats fallen.«

»Ein Schwindel ist also ausgeschlossen?«

»Ich halte ihn für sehr, sehr unwahrscheinlich.«

»Unter fünf Prozent?«

»Definitiv unter fünf Prozent.«

»Gibt es noch weitere Menschen mit solchen Fähigkeiten? Die keine Betrüger sind?«

»Davon bin ich überzeugt.«

»Darf ich dir einen Rat geben?«

»Selbstverständlich.«

»Auf einem Bein steht sich nicht gut. Solltest du eine Veröffentlichung planen, schreib noch über einen weiteren Fall. Das wird deine Entdeckung von einem Einzelfall zu einer Regel machen.«

Albert bemerkte, wie sich Eduards Stirn in Falten legte.

»Es ist nur«, sagte Ellas Vater, »dass ich an das Schicksal denke, das fast alle Pioniere ereilt. Zu Lebzeiten bekommen sie im Allgemeinen keine Anerkennung für das, was sie geleistet haben. Entweder sie sterben vergessen und kommen zu posthumem Ruhm, oder sie sterben vergessen und bleiben es auch.«

Einen Tag nach der Abreise ihrer Eltern bestieg Ella einen Zug und fuhr in die Ardennen, um endlich Flugstunden zu nehmen. Vor ihrer Abreise steckte Albert seiner Frau heimlich eine kleine Figur in die Manteltasche. Es handelte sich um eine winzige Statue des heiligen Josef von Copertino, eines Mönchs aus dem 17. Jahrhundert, der angeblich als Kind ekstatische Verzückungen und Levitationen erlebt hatte, bei denen er bis zu sechzig Meter in die Luft geflogen war. Albert hatte in Erfahrung gebracht, dass dieser Mönch der Schutzheilige der Piloten war. Hätte ihn jemand darauf angesprochen, er hätte jegliche Verbindung zu der Figur abgestritten, aber Ella war diskret genug, nie davon zu sprechen.

Sie schrieb überschwängliche Briefe, wie sie nur die schreiben können, die gerade ihre Heimat gefunden haben; bei Ella war diese Heimat die Luft. In Douzy war sie die einzige Frau und schon bald allseits geachtet wegen ihrer Furchtlosigkeit und ihres Wagemuts. Nachdem sie am Anfang *la baronesse* genannt wurde, hieß sie schnell nur noch *l'aironesse*.

Albert wiederum setzte die Sitzungen mit Eusapia erheblich länger fort als geplant, denn vor seiner Veröffentlichung wollte er sicher sein, über genug empirische Evidenz zu verfügen, um möglichen Kritikern von vornherein den Wind aus den Segeln zu nehmen. Er hatte dazu über den Rat von Ellas Vater nachgedacht und begonnen, nach einem zweiten Medium Ausschau zu halten.

Obwohl Ella von nun an in regelmäßigen Abständen zu verschiedenen Flugfeldern reiste und immer ausgedehntere Flüge unternahm, hatte Albert große Schwierigkeit, sich an diesen Zustand zu gewöhnen; in den endlosen Wochen, die Ella erst in Douzy, dann in der Flugschule Mourmelon in der Champagne und schließlich in der Graham-White-School auf dem London Aerodrome verbrachte, befand er sich in einem konstanten Zustand der Nervosität. Er vermochte es in diesen Zeiten kaum, sich auf seine Forschungen zu konzentrieren, bei den Séancen war er fahrig und reizbar, einige Male mussten Sitzungen sogar abgebrochen werden, weil ihm übel vor Sorge war. Wenn Ella dann endlich unversehrt zurückkehrte, bedeckte er sie mit Küssen, kurz darauf kam es stets zu einem furchtbaren Streit.

MATHILDE VON KEMNITZ

Einige Monate nach der Sitzung mit Ellas Eltern saß Albert am Morgen eines Sommertages im Jahr 1913, in dessen Lauf es zu einer schicksalhaften Begegnung kommen sollte, an seinem Schreibtisch und las in den *Münchner Nachrichten* über den Mörder Ernst August Wagner, der in Stuttgart-Degerloch im Laufe eines Tages erst seine Frau und dann seine vier Kinder mit einem Knüppel erschlagen hatte. Obwohl doch Sommer war, wollte es an diesem Tage gar nicht recht hell werden.

»Woran denkst du?«, fragte Ella, und er schrak zusammen, denn er hatte nicht gehört, wie sie ins Zimmer gekommen war.

»An die Wolken, an den Sommer, an die Menschen«, sagte Albert. Ella deutete auf die aufgeschlagene Zeitung, die sie wie üblich schon vor ihm gelesen hatte.

»Schrecklich«, sagte sie.

»Ja«, sagte er, »schrecklich.«

»Unten steht eine Frau, frisch approbiert, wie sie sagt, sie kommt von Kraepelin und möchte dich unbedingt sprechen. Soll ich sie hochkommen lassen?«

Albert nickte. Ach, würde er später noch manches Mal seufzend denken, wenn der vermaledeite Mörder mich nicht so vom Tagesgeschehen abgelenkt hätte, dann hätte ich vielleicht nicht genickt.

Mathilde von Kemnitz kam mit forschem Schritt auf ihn zu, ihre hohen Absätze hallten auf dem gebohnerten Marmor. Noch bevor Albert sich erhoben hatte, stand die Frau vor ihm und streckte ihm ihre Hand mit der Schnelligkeit und Präzision einer Fechterin entgegen.

»Mathilde von Kemnitz, meine Verehrung!«

Albert sah der Frau ins Gesicht und glaubte dabei zum ersten Mal seine Tränensäcke zu spüren.

»Was kann ich für Sie tun?«, fragte er.

»Ich bin eigentlich im Bereich der Gynäkologie approbiert, wende mich nun jedoch immer mehr psychologischen Belangen zu, und als ich Dr. Kraepelin von meinem Interesse für die Suggestionstherapie berichtete, empfahl er mir sofort, Sie aufzusuchen.«

»Hat Ihnen denn Professor Kraepelin auch davon berichtet, dass ich seit längerer Zeit einen neuen Forschungsgegenstand verfolge?«

»Er hat es angedeutet«, sagte Frau von Kemnitz, »wobei ich natürlich schon von verschiedener Seite davon gehört hatte. Ganz München spricht davon.«

»Ganz München kommt mir nun doch etwas übertrieben vor«, sagte Albert lächelnd. Er legte der Frau von Kemnitz verschiedene fotografische Zeugnisse der Materialisationen vor, und nachdem diese einige Male abwechselnd die Worte *faszinierend, hochinteressant* und *beeindruckend* benutzt hatte, lud er sie ein, ihm bei einer seiner nächsten Sitzungen zu assistieren.

Im Frühjahr des Jahres 1913 hatte er begonnen, mit der polnischen Kassiererin Stanislawa P. zu arbeiten. Kurz nach ihrem achtzehnten Geburtstag war dem Mädchen in einer telepathischen Halluzination seine gleichaltrige Freundin Sophie erschienen, die, wie sich kurz darauf herausstellen sollte, in ebenjenem Moment und völlig überraschend verstorben war. Durch dieses Ereignis war das Interesse des polnischen Forschers Liebiedczinsky geweckt worden, der während einer Reihe von Séancen in Warschau vollständig ausgebildete ektoplasmatische Phantome beobachten konnte.

Albert war tief bewegt vom liebenswürdigen und ehrlichen Charakter des Mädchens, und es gelang ihm, sie zu einem mehrwöchigen Aufenthalt in München zu überreden. Ihre Schamhaftigkeit jedoch sowie ihre große Ängstlichkeit erschwerten es, die notwendigen Bedingungen zur wissenschaftlichen Verwertbarkeit der Experimente zu schaffen. Jedes Mal, wenn Albert eine neue Regel einführen wollte, fasste das verunsicherte Mädchen dies als Zweifel an seiner Ehrlichkeit auf und geriet vollkommen aus der Fassung; schlaflose Nächte, Weinkrämpfe und fruchtlose Sitzungen waren die Folge. Ihre strenge katholische Erziehung gestattete es ihr zudem nicht, männliche Personen beim Anlegen des speziell präparierten Sitzungskleides zuzulassen, weswegen im Allgemeinen Ella diese Aufgabe übernahm.

Am Ende der ersten zwei Monate, während derer er täglich mit Stanislawa P. in München gearbeitet hatte, brauchte das Medium immer noch die Intimität des durch den Vorhang abgetrennten Kabinetts, um Ektoplasma hervorzubringen. Sie zog nur kurz den Vorhang auf, wenn die Phantome schon entstanden waren, aber immerhin hatten sowohl das Medium selbst wie auch ihre Materialisationen durch Alberts zarte Bemühungen eine gewisse Stabilität erreicht.

Die unheilvolle Sitzung fand am 13. Juli 1913 statt. Ella konnte nicht teilnehmen, da sie mit Gustav zu ihren Eltern gefahren war, weswegen Albert Frau von Kemnitz bat, Stanislawa beim Anlegen des Sitzungskleides behilflich zu sein und gleichzeitig sicherzustellen, dass das Medium keinerlei Material am Körper mit in das Kabinett nähme. Mehrmals wies er sie darauf hin, dass die Kontrolle äußerst behutsam geschehen müsse.

»Es handelt sich bei den Materialisationen um fragile psychophysikalische Gebilde, für deren Zustandekommen die heitere Gemütsverfassung des Mediums von größter Bedeutung ist.«

Der treue Schuler sollte die Sitzung protokollieren, als Dolmetscher war der polnischstämmige Privatdozent Patschek seit Beginn der Sitzungen mit Stanislawa dabei gewesen. Als die beiden Frauen aus dem Ankleidezimmer kamen, sah Albert sofort, dass Stanislawa verstimmt war.

»Es war mir nicht möglich, das Medium zu untersuchen«, flüsterte das Fräulein von Kemnitz, »es hat angeblich nicht verstanden, was ich von ihm wollte. Es schien mir allerdings, dass das Mädchen durchaus verstehen konnte, allein es *wollte* nicht.«

»Es ist schon gut«, sagte Albert, »wir untersuchen sie ja noch.«

Er tastete das Medium gemeinsam mit Schuler ab und sah an dem leichten Stirnrunzeln der Ärztin, dass sie die Kontrolle für vollkommen ungenügend hielt. Ihr Stirnrunzeln verstärkte sich noch, als Schuler mittels eines Spatels den Mund des Mediums kontrollieren wollte. Denn anders als an anderen Tagen war Stanislawa plötzlich so kitzelig an der Zunge, dass jede Berührung des Spatels zu einem seltsam gekünstelten Kichern führte und die Kontrolle unmöglich machte. Als Außenstehende, das war Albert in diesem Moment klar, konnte man gar nicht anders, als Betrug anzunehmen.

Während die anderen im Vorraum warteten, versetzte er das polnische Mädchen in somnambulen Schlaf, was beinahe doppelt so lang dauerte wie an anderen Tagen. Als das Medium endlich versunken war, schloss Albert den Vorhang zum Kabinett, atmete tief durch und bat die anderen Sitzungsteilnehmer herein.

Für gewöhnlich machte sich Stanislawa nach etwa zwanzig Minuten bemerkbar und kommunizierte dann von hinter dem Vorhang mittels Klopfzeichen. Dies Prozedere war schon an normalen Tagen äußerst mühsam: Man musste ihr das Alphabet vorlesen, und sie klopfte dann bei dem entsprechenden Buchstaben, wodurch sich Worte und Sätze bildeten. An diesem Abend jedoch verpasste Stanislawa andauernd Buchstaben, klopfte zweimal, um zu signalisieren, dass sie den Buchstaben verpasst hatte, und man musste noch einmal mit dem Verlesen des Alphabets beginnen.

Um Stanislawa zu beruhigen, versicherte Albert, dass ausschließlich Freunde im Raum seien, die er einzeln vorstellte. Kurz darauf, endlich, öffnete das Medium den Vorhang. Es war bereits eindeutig eine ektoplasmatische Materialisation zu sehen, wenn auch nur schemenhaft wegen der schlechten Beleuchtung. Der Vorhang schloss sich, und als er sich wieder öffnete, war das Ektoplasma wunderschön zu erkennen, wie es aus dem Mund des Mediums hervortrat und sich sanft in der Luft bewegte.

Die junge Ärztin blieb jedoch argwöhnisch und versuchte nicht einmal, ihr Misstrauen zu verstecken; die wunderbaren Bewegungen der Materialisationen seien nur dadurch zustande gekommen, dass Stanislawa hineingepustet habe, flüsterte sie Albert zu. Nach dem plötzlichen Verschwinden glaubte sie, Reste des Ektoplasmas in Stanislawas Mund erkannt zu haben, was sie als Hinweis darauf deutete, dass das Medium die Erscheinung verschluckt hatte. Und als dann eine voll ausgebildete dritte Hand im Kabinett erschien, war sie nicht davon abzubringen, dass dies in Wirklichkeit der Fuß des Mediums sei, kurz: Sie betrachtete alles mit einem vorgefertigten Blick, der zwanghaft darauf ausgerichtet war, den Betrug zu entlarven, nicht aber darauf, das Außerordentliche wahrzunehmen.

Schließlich kniete sich die Ärztin so nah vor das Kabinett, dass das Medium sich mit Klopfzeichen meldete und buchstabierte: *Die Doktorowa sitzt nicht gut.* Das Fräulein von Kemnitz kehrte daraufhin auf den ihr ursprünglich zugewiesenen Stuhl zurück, jedoch mit einem unverhohlen höhnischen Gesichtsausdruck – für sie war offensichtlich klar, dass Stanislawa dies forderte, um einer genauen Inspektion zu entgehen.

Als es vorbei war, bedankte sich Mathilde von Kemnitz bei Albert für die aufschlussreiche Sitzung. Er bot ihr an, ihm noch bei weiteren Sitzungen zu assistieren, um sich ein vollständigeres Bild zu machen. Die Ärztin wollte es sich überlegen. Schon am nächsten Morgen sprach sie aber bei ihm vor und flehte ihn an, von seiner kurz bevorstehenden Veröffentlichung Abstand zu nehmen.

»Es ist ganz offensichtlich, dass Sie einer Schwindlerin aufsitzen! Sie sind ein Opfer Ihrer Gutgläubigkeit! Ich möchte Sie davor bewahren, einen Fehler zu begehen, den Sie vielleicht Ihr ganzes Leben lang bereuen würden!«

Nach einigen Tagen, in denen er immer wieder an diese rundum ärgerliche Begegnung hatte denken müssen, nutzte sich sein Ärger zusehends ab, und spätestens, als er einige Monate darauf in ganz München Eusapia Palladino und Stanislawa P. überlebensgroß auf allen Litfaßsäulen sah und seinen eigenen Namen in mächtigen Lettern darunter, fieberte er nur noch dem Erscheinen des Buches entgegen, dem er den schlichten Titel *Materialisations-Phänomene* gegeben hatte.

Die Reaktionen auf das Buch waren zwiespältig. Die Okkultisten und Spiritisten, von denen er sich um jeden Preis abgrenzen wollte, feierten ihn und sahen ihre spekulativen Geisterhypothesen bestätigt, während die etablierten Psychologen, Mediziner, Biologen und Physiker seine jahrelange Forschung als methodisch unsauber bezeichneten und trotz der doch offensichtlich erdrückenden Beweislast nicht zu überzeugen waren, dass die ektoplasmatischen Phänomene nicht durch Betrug, sondern eine noch genauer zu untersuchende psychophysikalische Energieform hervorgerufen worden waren.

»Was«, rief Albert verzweifelt in sein Studierzimmer hinein, nachdem ihm eine weitere vernichtende Kritik ins Herz gefahren war, »soll ich denn noch tun?«

»Gedulde dich«, sagte Ella sanft zu ihm, »die Wahrheit setzt sich am Ende immer durch.«

Kaum eine Woche nach der Veröffentlichung des Buchs aber geschah etwas, das er sich in seinen schlimmsten Albträumen nicht hatte ausmalen können. Es erschien eine kleine Broschüre mit dem Titel: *Moderne Mediumforschung – Aus dem Kabinett der Geisterseher.* Der Name der Autorin: Dr. Mathilde von Kemnitz.

Zitternd vor Wut las Albert die achtundsechzig Seiten, in denen er neben vielen anderen beleidigenden Anschuldigungen bezichtigt wurde, trotz langjähriger Erfahrung *plumpe Schwindelmanöver* nicht zu erkennen, und als *sehr leichtgläubig* und *grenzenlos vertrauensselig* beschrieben wurde. Stanislawa P. bezeichnete von Kemnitz ironisch als *Wunderwesen*, das die *Entfaltung seiner wunderbaren Tätigkeit* an bestimmte Bedingungen knüpfe, die *in seiner Gesamtkonstellation zufällig derart sind, dass bei genauer Erfüllung derselben die Entlarvung eines etwaigen Schwindels vollständig unmöglich wird.* Es war nach Ansicht des Fräuleins von Kemnitz vollkommen klar, dass das Medium seine vermeintlichen Materialisationen im Schutz des Kabinetts hervorwürgte; ein Vorgang, den sie als *Rumination* bezeichnete.

Albert ließ Stanislawa umgehend nach München kommen, um mittels einer genau dokumentierten Versuchsreihe den Verdacht der Rumination zu entkräften. Zu diesem Zweck verabreichte er Stanislawa direkt nach der erfolgreichen Materialisation eines ektoplasmatischen Gebildes von fünfzig Zentimetern Länge und zwanzig Zentimetern Breite ein Gramm des Brechmittels Ipecacuanha, woraufhin das Medium in mehreren Stößen etwa einen halben Liter Mageninhalt erbrach. Die anschließende Analyse des unabhängigen medizinischen Laboratoriums ergab, dass der Mageninhalt aus noch unverdautem Fleisch und Früchten sowie Gemüse (vermutlich Weißkohl) bestand. Im Erbrochenen fanden sich keinerlei Spuren von Papier oder Chiffon oder sonst einer verdächtigen Substanz.

Das widerspenstige Fräulein von Kemnitz zeigte sich von dieser wasserdichten Kette an Beweisen vollkommen unbeeindruckt. Sie war nun überzeugt, das zusammengefaltete Papier müsse zunächst in der Speiseröhre verborgen gewesen, nach der »Materialisation« verschluckt worden sein und sich dann im Magen rückstandslos aufgelöst haben. Ein solches Papier, argumentierte daraufhin Albert in einem Artikel für die *Münchner Nachrichten*, existiere aber schlichtweg nicht, und er forderte die von Kemnitz auf, umgehend ein solches Papier vorzulegen.

Über ein halbes Jahr lang währte der zähe Schlagabtausch zwischen den beiden ungleichen Gegnern in den Feuilletons der Münchner Zeitungen. Es bildeten sich Fronten und Allianzen, und vielleicht wäre der Kampf noch eine ganze Weile so weitergegangen, wenn nicht eines Tages der bosnisch-serbische Nationalist Gavrilo Princip im rund neunhundert Kilometer entfernten Sarajevo direkt vor dem Delikatessengeschäft Moritz Schiller eine Pistole der Marke FN Browning 1910 gezogen, damit auf den Wagen des österreichischen Thronfolgers Franz Ferdinand und seiner Gemahlin Sophie Chotek, Herzogin von Hohenberg, gefeuert und so eine Reihe von Ereignissen ausgelöst hätte, die schlussendlich dazu führten, dass die Frage, ob die beobachteten Phänomene auf Betrug oder einer noch unbekannten paraphysikalischen Kraft beruhten, erst in den Hintergrund gedrängt und schließlich für einige Jahre ganz und gar vergessen wurde.

Der auf dem Trittbrett des Doppelphaetons der Firma Gräf &

Stift stehende Graf Harrach hatte sich indes nach den Schüssen zum Thronfolger hinuntergebeugt und gerufen: »Majestät, was ist mit Euch?«, woraufhin Franz Ferdinand die Augen geöffnet und geflüstert hatte: »Es ist nichts …«

Diese Einschätzung sollte sich, wie allgemein bekannt, sowohl was scinen eigenen gesundheitlichen Zustand als auch was dessen Folgen für die Zukunft des gesamten europäischen Kontinents anging, als grundlegend falsch erweisen.

DIE SCHWARZE SCHMACH

»Ich kann diesen Krieg gerade überhaupt nicht gebrauchen«, sagte Albert kopfschüttelnd beim Blick in die Zeitung. »Wie soll ich weiterforschen in Paris und anderswo? Wie soll ich andere Medien besuchen, und wie sollen sie hierhergelangen? Das Reisen wird durch den Krieg gewiss für eine ganze Weile ordentlich verkompliziert.«

Als er den Kopf hob, sah er, dass Ella Tränen in den Augen hatte.

»Gustav hat den Musterungsbescheid erhalten«, sagte sie tonlos.

Albert stand auf, ging um den Tisch herum und strich ihr über Kopf und Schultern.

»Es wird schon nicht so arg werden«, sagte er in beruhigendem Ton. »In ein paar Wochen wird alles vorbei sein, und wir lachen darüber, wie wir uns gesorgt haben.«

Obschon Albert aufgrund seines Alters die Einberufung nicht zu fürchten hatte, zeigte sich bereits an einem Novembermorgen des Jahres 1914, dass der Krieg einen unvorhergesehenen Nebeneffekt auf sein Leben haben würde: An diesem Morgen, es war diesig, blickte er nach dem Aufstehen aus dem Fenster und sah in der trüben Luft eine schwarz gekleidete Gestalt in seinem Garten stehen. Es handelte sich um eine alte Frau, wie Albert kurz darauf im Morgenmantel feststellte, und das Einzige, was sich an ihr bewegte, waren die Tränen, die ihr über die Wangen liefen.

»Was haben Sie denn?«, fragte Albert. »Kann man Ihnen irgendwie helfen?«

Das einsetzende Schluchzen machte ihre Antwort unverständlich, erst nach wiederholter Nachfrage verstand Albert, dass ihr Sohn in der Schlacht um Ypern gefallen war.

»Ich möchte doch nur ein einziges Mal noch mit meinem Jungen sprechen. Bitte, nur einige Worte, nur ein Lebenszeichen.«

»Gute Frau«, sagte Albert, »ich sehe ja, dass Sie verzweifelt sind und sich nichts mehr wünschen, als noch einmal mit Ihrem Sohn zu sprechen, jedoch kann ich Ihnen, selbst wenn ich es wollte, nicht dazu verhelfen.«

»Haben Sie doch Mitleid mit einer alten, armen Frau, die ihren einzigen Sohn so früh verloren hat, er war noch ein Kind im Grunde!«, rief die Frau und hielt Albert all ihren Schmuck entgegen.

»Bitte«, sagte Albert, »es ist doch keine Frage des Geldes. Die Medien, mit denen ich meine Forschungen betreibe, können keine Kontakte ins Reich der Toten herstellen, und ich glaube auch nicht, dass es überhaupt Medien gibt, die das vermögen!«

»Aber was soll ich denn jetzt tun?«, rief die Frau. »Sagen Sie es mir, was soll ich jetzt tun?«

Ihre Augen waren vom tagelangen Weinen so geschwollen, dass sie kaum mehr hindurchsehen konnte.

»Ich weiß es auch nicht«, sagte er leise und wusste sich nicht anders mehr zu helfen, als sie in den Arm zu nehmen, was sie ganz so, als hätte sie darauf gewartet, geschehen ließ. Er konnte spüren, wie sein Morgenmantel feucht von ihren Tränen wurde.

Von diesem Tag an wurden die verzweifelten Angehörigen gefallener Soldaten, die Albert um Verbindungen ins Jenseits baten, täglich zahlreicher. Es kamen Väter, es kamen Mütter; weinend, schreiend, in sich gekehrt. Es kamen Schwestern und

Brüder, Ehefrauen und Verlobte. Es kam ein Ehepaar, das vor dem Krieg drei Söhne gehabt hatte; nach zwei Kriegsjahren war ihnen nicht ein einziger geblieben. Jeden Tag lagen neue Bittbriefe aus dem ganzen Reich auf seinem Schreibtisch, und jeden Tag forderten mehrmals Menschen Einlass in sein Haus.

Sein Sohn Gustav überlebte den Krieg. Sein Regiment, die 1. Bayerischen Schweren Reiter, waren erst an die lothringische Grenze und von dort an die Ostfront verlegt worden, wo der anfängliche Vormarsch am Swirki-See im Oktober 1915 zum Erliegen gekommen war. Von siebenhundertsechzig Pferden waren danach kaum zweihundert übrig geblieben. Während der späteren Brussilow-Offensive hatte das Regiment schwere Verluste hinnehmen müssen, 1917 verfügten die Reiter über kein einziges Pferd mehr. Erst im Januar des Jahres 1919 kehrte Gustav heim nach München, denn sein Regiment war nach dem Friedensschluss von Brest-Litowsk noch als Besatzungstruppe in der Ukraine eingesetzt worden.

Am Bahnhof musterte Albert seinen Sohn, der noch in seiner abgewetzten Uniform steckte. Er hatte das Gefühl, nie so alt und erschöpft gewesen zu sein, wie Gustav in diesem Moment aussah. Sein Sohn war als Jugendlicher in den Krieg gefahren und als alter Mann zurückgekehrt. Gustav zog in sein altes Zimmer, dessen Einrichtung die Eltern nicht angetastet hatten, zwischen seinen alten Möbeln und seiner alten Kleidung wirkte er wie ein Fremder.

Auf dem großen Fest, das zu Ellas fünfzigstem Geburtstag gegeben wurde, berichtete Gustav von einer Wintersonnenwendefeier, wo er mit hundert anderen jungen Männern feierlich die Symbole der *neudeutschen, unfreien Zeit* verbrannt habe, zuvorderst mehrere schwarze Hüte, die *Judenzylinder* genannt wurden.

Im Anschluss hatten die jungen Männer glühende Scheite aus dem Feuer genommen und nach einer eingeübten Choreografie durch die Luft geschwungen.

»Wir alle wissen jetzt«, sagte Gustav feierlich am Ende seines Berichts, »dass es keine größere Sünde gibt denn die Sünde wider das Licht und die Sünde wider das Blut.«

Albert verstand nicht, was sein Sohn damit sagen wollte, er hielt seine Worte für ein Symptom seiner durch den Krieg erworbenen psychischen Störungen. Später stand Gustav plötzlich neben ihm, als er gerade ein Gespräch mit Ellas mittlerweile schwerhöriger Mutter versuchte.

»Es ist eine Schande«, rief Gustav in das Gespräch hinein und hatte dabei Tränen in den Augen, »dass eine Kulturnation, wie wir es sind, dass das Land von Kant und Goethe und Schiller nun von wilden Kaffern geknechtet wird!«

»Was meint der Junge?«, rief Ellas Mutter. »Wovon spricht er?«

»Von der Besetzung des Rheinlands!«, rief Albert.

»Ich spreche von der schwarzen Schmach!«, rief Gustav, woraufhin Ellas Mutter die Stirn runzelte und scharf nachzudenken schien.

»Er meint die Soldaten aus den französischen Kolonien, die *tirailleurs sénégalais* und die *tirailleurs algériens*!«

Im ganzen deutschen Reich hatten sich zu dieser Zeit Vereine gebildet, die gegen den Einsatz der sogenannten *force noire* bei der französischen Besetzung des Rheinlands protestierten; rund ein Drittel der Besatzungsarmee bestand aus Soldaten kolonialer Herkunft. Selbst im fernen New York hatten die deutschstämmigen Einwanderer Kenntnis von den skandalösen Vorgängen erlangt; dort protestierten zwölftausend Menschen auf einem Demonstrationszug.

Gustav zog eine kleine rote Schachtel aus der Tasche. Darin befand sich eine satirisch gestaltete Medaille, die auf der Vorderseite einen afrikanischen Soldaten mit enormen Lippen, großem Kreolenohrring und einem Helm der französischen Armee zeigte, darunter stand: *Die Wacht am Rhein*, versehen mit zwei Ausrufezeichen. Gustav drehte die Medaille um, dort war ein mannshoher Phallus zu sehen, an den eine nackte Frau gekettet war, die die gebrochene Loreley darstellen sollte; auf dieser Seite waren die Worte *Die schwarze Schmach* zu lesen. Es stellte sich heraus, dass Gustav selbst die Medaille gemeinsam mit einem Regimentskameraden entworfen hatte und nun Finanziers für die massenhafte Herstellung suchte.

»Was ist das?«, rief Ellas Mutter. »Eine Tapferkeitsmedaille?«

Albert drückte die Schachtel eilig zu, um der alten Frau den obszönen Anblick zu ersparen.

»Wie findest du sie?«, fragte Gustav.

»Vulgär«, antwortete Albert.

»Und dass deutsche Frauen vergewaltigt und ihre Säuglinge ermordet werden, ist das nicht vulgär?«

Albert schwieg.

»Ist es so schwer?«

»Was?«

»Einmal in deinem Leben anzuerkennen, dass ich etwas gut gemacht habe?«

»Ach, was für ein herrlicher Abend!«, rief Ellas Mutter, und diesmal war sich Albert nicht sicher, ob sie Gustavs Worte gar nicht oder ganz genau verstanden hatte.

Von diesem Tag an verließ Gustav das Elternhaus stets in der Morgendämmerung, kam erst spätabends zurück und ging dann wortlos ins Bett. Einmal folgte Albert seinem Sohn heimlich. Stundenlang ging Gustav anscheinend ohne Ziel durch die Stadt, den Blick vor sich auf den Bürgersteig gerichtet. Als es Abend wurde, landete er wie zufällig auf einem Platz nahe dem alten Schlachthof, wo er einer Gruppe von Männern in seinem Alter begegnete, die er zu kennen schien, mutmaßlich ehemalige Mitglieder seines Regiments. Albert beobachtete die Männer aus der Ferne und sah leere Hosenbeine, herabbaumelnde Ärmel, halb zerschossene Gesichter. Eine Flasche Wein machte die Runde, jemand rief ein paar Worte. Daraufhin geschah etwas, das Albert seit der Rückkehr seines Sohnes nicht mehr gesehen hatte: Gustav lachte.

»Er braucht«, sagte Albert zu Ella, »den Austausch mit Gleichaltrigen.«

»Du meinst Männer, die dasselbe gesehen haben wie er.«

»Ja«, sagte Albert nach einer Weile, »das meine ich wohl.«

»Ich meine«, sagte Ella, »dass er ein Ziel braucht, eine eigene Unternehmung, ein Erfolgserlebnis. Wir sollten ihm einen Teil seines Erbes ausbezahlen, um ihm das Kapital für einen neuen Anfang zu geben.«

FRANZ SERAPH TAUSEND

Obwohl Albert davon verschont geblieben war, den Dienst am Vaterland im Schützengraben abzuleisten, und insofern weder unter seelischer noch körperlicher Versehrtheit litt, befand er sich in der Nachkriegszeit in einem seltsamen Vakuum; seine leidenschaftlichen Versuche, Anerkennung für seine Forschungen zu erlangen, kamen ihm plötzlich albern und kindisch vor. Halbherzig versuchte er, Kontakt zu den Medien aufzunehmen, mit denen er gearbeitet hatte, aber von Eusapia Palladino erhielt er keine Antwort, Stanislawa P. hatte die Spanische Grippe dahingerafft, und Willi Schneider wurde vermisst, er galt als gefallen.

Einige Wochen später lud Gustav seine Eltern zu deren Überraschung zu einem sonntäglichen Ausflug an den Tegernsee ein. Die Sicht war klar, der See spiegelglatt, mit ein paar kräftigen Schlägen war das Ruderboot schon mitten auf dem See, die Alpen leuchteten in der Ferne. Gustav eröffnete den Eltern, dass er mit dem Startkapital, das sie ihm zur Verfügung gestellt hatten, eine Firma mit dem Namen *Gesellschaft 164* gegründet habe.

»Das ist wunderbar, wir gratulieren!«, sagte Ella, die in Gustav plötzlich den Unternehmergeist ihres Vaters zu erkennen glaubte.

Über ein Inserat in den *Münchner Neusten Nachrichten* hatte Gustav einen Erfinder kennengelernt, der auf den klangvollen

Namen Franz Seraph Tausend hörte und laut Gustav nichts weniger war als ein Jahrhundertgenie auf dem Gebiet der Chemie. Tausend habe eine neue Ordnung für alle chemischen Elemente entwickelt, die er das *harmonische Periodensystem der Elemente* nannte. Tausend habe erkannt, dass sich alle Elemente ähnlich wie musikalische Harmonien aus drei verschiedenen Stoffarten zusammensetzten. Wenn man die jeweilige Zusammensetzung kannte, ließ sich mit diesem Wissen jedes beliebige Element industriell herstellen – sogar Gold.

»Ich habe es mit eigenen Augen gesehen«, sagte Gustav, »er hat in einem chemischen Prozess Gold hergestellt. Ich habe die Kügelchen in meiner Hand gehalten. Es ist von handelsüblichem Gold nicht zu unterscheiden!«

»Hm«, sagte Albert stirnrunzelnd.

Gustav war nun auf die Idee gekommen, dass sich auf diese Art die hundertzweiunddreißig Milliarden Goldmark, zu deren Zahlung das deutsche Volk im *Schandfrieden von Versailles* verpflichtet worden war, problemlos innerhalb weniger Jahre zurückzahlen ließen. Beim Büro von Hindenburg hatte man ihn abgewiesen und sogar ausgelacht, aber Ludendorff hatte einen Chemiker geschickt, und nachdem dieser sich mit eigenen Augen davon überzeugt hatte, dass der Tausend tatsächlich Gold herstellen konnte, hatte Ludendorff seine Unterstützung zugesagt.

»Ludendorff? Der *General* Ludendorff?«, fragte Ella.

»Natürlich der General Ludendorff«, sagte Gustav lächelnd, »unser Oberbefehlshaber im Kriege persönlich. Und ihr könnt euch vorstellen, dass eine Unternehmung, die von ihm unterstützt wird, Investoren anzieht wie das Licht die Motten. Alfred Mannesmann hat investiert. Ja, der Stahlfabrikant. Leopold Osthoff, Bankier. Von Schoeller, Direktor der Hamburg-Amerika-Linie. Johannes Küchenmeister, Textilfabrikant.«

Küchenmeister hatte, wie allgemein bekannt war, vor drei Jahren das Mercedes-Cabriolet zur Verfügung gestellt, aus dem heraus der Außenminister Rathenau erschossen worden war.

»Im harmonischen Periodensystem ist die 164 die Ordnungsnummer für Gold, daher der Name unserer Firma: Gesellschaft 164.«

»Und auf welchem Prinzip *genau* beruht dieses harmonische Periodensystem?«, fragte Albert. Er hatte durch sein Medizinstudium ein solides chemisches Grundwissen, und das von Gustav vorgestellte Periodensystem war für seinen Geschmack etwas *zu* harmonisch. Er spürte Ellas kritischen Blick auf sich. Gustav begann prompt zu stottern und verhedderte sich in chemischen Ausführungen, woraufhin ihm Ella beruhigend die Hand auf den Unterarm legte.

»Wenn all diese Industriellen investieren, muss es ja Hand und Fuß haben.«

Unter anderen Umständen wäre es Albert im Leben nicht eingefallen, eine Investition in eine völkisch-alchemistische Unternehmung auch nur in Erwägung zu ziehen, aber als Gustav ihn kurz darauf genau danach fragte, sah ihn Ella so flehend an, dass er sich bereit erklärte, wenigstens an der Vorstellung des Verfahrens teilzunehmen.

Der General Ludendorff war etwas größer, als Albert von den Fotografien her gedacht hatte, seine Mundwinkel waren wie von dauerndem Ekel ständig leicht nach unten gezogen. Er trug seine offizielle Uniform, die Orden klimperten an der Brust. Um ihn herum hatte sich ein gutes Dutzend Männer in einem dunkel getäfelten Laboratorium versammelt.

Der Versuch war bereits aufgebaut, verschiedene Lösungen, Schmelztiegel, Ampullen und Reagenzgläser standen bereit. Ein Mann in Nadelstreifen, jedoch mit weißem Kittel darüber, prüfte die Temperatur des Brennofens, dies also war Franz Seraph Tausend. Albert bemerkte einige nervöse rote Flecken an Gustavs Hals und legte ihm beruhigend die Hand auf die Schulter, was sein Sohn dankbar zu registrieren schien.

Er wollte sich gerade dem General Ludendorff vorstellen, doch als hätte sie sich in diesem Moment und ausschließlich für Albert materialisiert, trat hinter dem General eine Frau hervor. Er traute erst seinen Augen nicht, doch es bestand kein Zweifel: Es handelte sich um Mathilde von Kemnitz.

Albert drehte sich wie mechanisch zu Gustav um und hörte sich sagen:

»Aha, so, so, das ist nun also das Laboratorium?«

Gustav erklärte ihm daraufhin eine komplizierte Redoxreaktion mit Kalium oder Natrium, Tausend begrüßte ihn, mehrmals hörte Albert jemanden *harmonische Schwingungen* sagen. Aus dem Augenwinkel schielte er zum General und zur von Kemnitz. Sie war, wie ihm später jemand mitteilte, als Ärztin zuständig für die Behandlung von Ludendorffs morphiumsüchtiger Ehefrau, doch die Art und Weise, in der die von Kemnitz gerade den Unterarm des Generals berührte, erweckte bei Albert den Verdacht, dass die beiden ein Liebespaar waren. Er fühlte sich wie in einem Albtraum gefangen, in dem Dinge zusammengeführt werden, die nicht zusammengehören.

»Komm, ich stelle dir den General vor«, sagte Gustav und ging bereits vor, ohne die Zustimmung seines Vaters abzuwarten. Jetzt war die Begegnung nicht mehr aufzuhalten. Albert musste ihm folgen, schon stand er vor dem General, sie reichten sich die Hände, während Gustav ihre Namen sagte.

»Hab ja schon viel von Ihnen gehört«, sagte Ludendorff mit einer seltsam knurrenden Stimme.

»Und ich von Ihnen«, sagte Albert.

Ludendorff sah ihn an, rümpfte kurz die Nase, dann lachte er dröhnend.

»Humor hat er ja, was?«, sagte er zu der von Kemnitz gewandt, die daraufhin ein vielsagendes Gesicht machte.

»Sie beide kennen sich, wie ich gehört habe«, sagte Ludendorff.

»Flüchtig«, sagte Albert und nahm so kurz wie möglich die Hand der von Kemnitz.

»Schön, Sie mal wieder zu sehen, Freiherr. Was machen die Materialisationsphänomene?«

Fiebrig suchte Albert nach einer geeigneten Replik, doch bevor ihm etwas einfallen wollte, klatschte Tausend in die Hände und kündigte den Beginn des Experiments an.

Ludendorff hielt eine kurze Ansprache, bedankte sich bei allen Beteiligten für ihr Kommen und verlieh seiner Hoffnung Ausdruck, dass man mit dem Verfahren der Gesellschaft 164 nicht nur die Reparationen begleichen könne, sondern auch das internationale ans Gold gekoppelte Währungssystem zum Einsturz bringen und so die *goldene Lebensader des Weltjudentums* kappen könne. Euphorischer Applaus folgte seiner Ansprache. Auch Albert applaudierte, obwohl er kaum einem Wort hatte folgen können, denn er konnte es nicht verhindern, dass Wut und Empörung in ihm aufstiegen, als sei der Disput mit der von Kemnitz gerade erst geschehen.

Tausend sagte einige Worte über die chemische Beschaffenheit des Elements 164, dann begann er mit der aufwändigen Herstellung. Nach einigen Stunden, in denen sich Albert nicht zu beruhigen vermochte, präsentierte der Tausend einen schwarz glitzernden Metallklumpen. Er bearbeitete ihn mit Hammer und Meißel, der Klumpen zerbrach in mehrere Teile, und in deren Mitte waren tatsächlich mehrere schimmernde Kügelchen Gold zu sehen. Ein Raunen ging durch die Zuschauer, und während nun alle nach vorn drängten, dachte Albert immer noch darüber nach, was er dem Fräulein von Kemnitz gleich ins Gesicht sagen wollte. Die Goldkügelchen wurden herumgereicht, auch Albert wurde eines gegeben, er tat so, als betrachtete er es interessiert auf der Handfläche.

»Was sagst du?«, fragte Gustav atemlos seinen Vater. »Ist es nicht unglaublich? Bahnbrechend?«

»Interessant«, sagte Albert, »wirklich sehr beeindruckend.«

»Es ist ein Wunder, oder etwa nicht?«

»Ja, durchaus, ein Wunder«, sagte Albert nachdenklich.

Sein Sohn strahlte. Albert bemerkte aus dem Augenwinkel, dass der General und die von Kemnitz über etwas lachten, dann wurde Ludendorff von Mannesmann vertraulich am Arm genommen und weggezogen, was dazu führte, dass die von Kemnitz allein zurückblieb. Albert reichte das Goldkügelchen weiter an den Bankier Osthoff und ging dann zum Fräulein von Kemnitz.

»Die Geschichte wird zeigen«, sagte er, leider mit etwas zitternder Stimme, »dass parapsychologische Kräfte durchaus existieren.«

»Ach, das ist doch alles so lange her«, sagte die von Kemnitz und sah ihn aus erschöpften Augen an, »sollen wir uns nicht wieder vertragen? Unser Streit war rein wissenschaftlich, wir wollen ihn nicht persönlich nehmen, gell? Wir müssen jetzt alle zusammenstehen in der nationalen Erweckung. Halten wir es doch wie die Fechter: Nach einem Kampf, mag er noch so verbissen geführt worden sein, geben sie sich die Hand, und danach trinkt man vielleicht noch ein Glaserl und stößt an auf die guten Treffer, die man einander versetzt hat.«

»Das Glaserl, das wir gemeinsam trinken, muss erst noch geblasen werden«, sagte Albert, nun mit festerer Stimme.

Die von Kemnitz zuckte mit den Schultern.

»Ganz wie Sie meinen«, sagte sie, da hatte sich Albert bereits umgedreht und verließ noch immer erregt das Laboratorium.

Als er schon fast am Ende des Ganges angelangt war, hörte er jemanden seinen Namen rufen. Franz Tausend kam ihm hinterhergelaufen. Seinen weißen Kittel hatte er abgelegt, der dunkle Anzug mit den fein vernähten Nadelstreifen saß wirklich exzellent, der Krawattenknoten tadellos fest und gleichzeitig leger.

»Warten Sie einen Augenblick«, sagte Tausend, als er ihn bereits erreicht hatte, mit weicher Stimme.

»Was ist?«

»Ich habe mich intensiv mit all Ihren Forschungen und Experimenten beschäftigt und bin ein großer, wenn nicht der größte Bewunderer Ihrer Arbeit.«

Albert sah ihn überrascht an.

»Vielen Dank. Das freut mich«, sagte er und wollte die Tür nach draußen öffnen, wurde aber von Tausend sanft am Arm gehalten.

»Ich verstehe nicht«, sagte Tausend und sah Albert dabei fest in die Augen, »wieso Ihnen bislang noch nicht die Anerkennung zuteilwurde, die Sie mit diesen Entdeckungen verdienen – Ihr Name sollte in einem Atemzug mit Becquerel, Hertz, Freud, Newton, Einstein genannt werden. Für welche Banalitäten heutzutage ein Nobelpreis verliehen wird, ist wirklich zum Lachen, doch wenn jemand etwas *wahrhaft* Weltbewegendes entdeckt, scheint das Komitee blind zu sein! Oder gibt es da etwas, das ich nicht weiß, gibt es da Intrigen oder andere geheime Machenschaften? Verschwörungen? Anders vermag ich es mir beim besten Willen nicht zu erklären, wieso Sie Jahr für Jahr übergangen werden!«

Albert schaute den Tausend traurig an. Ein kleiner Teil in ihm mahnte schüchtern zur Vorsicht.

»Ich vermag es mir ebenfalls nicht zu erklären«, sagte er schließlich. »Aber Einstein ist vielleicht etwas zu hoch gegriffen.«

»Hören Sie«, sagte Tausend, »ich weiß ja nicht, was Sie von der völkischen Idee halten, ich selbst bin eher moderat eingestellt. Dem leidenden Volk jedoch, den Hungernden auf den Straßen wird es auf jeden Fall helfen, wenn das Deutsche Reich diese astronomischen Reparationen in Jahresfrist zurückzahlen kann.«

Hinter Tausend kam Gustav auf die beiden zu.

»Was ich Ihnen nur sagen wollte«, sagte Franz Tausend, »es würde mir das Herz bluten, sollte es denen gelingen, Sie von dieser Unternehmung abzuschrecken. Mit dem Geld, das Sie hier verdienen werden, mit dieser *unvorstellbaren* Rendite, sollten Sie ein internationales Netz von Instituten aufbauen, damit Ihre Forschungen endlich im Bewusstsein der exakten Wissenschaften verankert werden! Ich sage das nicht, weil ich Sie oder Ihren Sohn persönlich mag oder weil Sie mir besonders wichtig sind, ich bin nur jemand, der es nicht gern sieht, wenn eine bahnbrechende Idee nicht zu ihrer Blüte findet.«

Albert nickte, denn es stimmte ja, was der Tausend sagte. Gustav stand jetzt neben ihm, Hoffnung im Blick. Tausend atmete tief ein, was dem nun folgenden Satz eine schöne Bedeutsamkeit verlieh.

»Sie sind es nicht sich selbst schuldig, Ihre Forschung in alle Welt zu tragen. Sie sind es der Welt schuldig.«

GOLD

Ohne dass dies Anstrengung gekostet hätte, kamen sich Albert und sein Sohn näher. Gemeinsam besuchten sie mehrere Versammlungen der Gesellschaft, in denen Tausend zwar langsame, aber doch stetige Fortschritte bei der industriellen Fertigung des Elements 164 vorstellte. Albert investierte schließlich rund ein Viertel des gesamten familiären Vermögens. In der Unbedingtheit, mit der sich Gustav in diese Mission stürzte, erkannte er sich selbst wieder, und sie erinnerte ihn daran, dass er ja ebenfalls noch eine Mission zu erfüllen hatte. Die Begegnung mit der von Kemnitz hatte ihn angespornt, durch neue Versuchsreihen zu beweisen, dass ihre Kritik haltlos und übertrieben gewesen war.

Er unternahm einen weiteren Versuch, Kontakt zu Willi Schneider aufzunehmen, und tatsächlich: Willi war keinesfalls gefallen, stattdessen hatte er nach dem Krieg eine Lehre abgeschlossen und arbeitete nun wenige Minuten vom Palais entfernt als Zahntechniker in München-Sendling. Und er erklärte sich bereit, seine Fähigkeiten für eine neue systematische Versuchsreihe zur Verfügung zu stellen. Die intensiven Vorbereitungen und Umbauten des paraphysikalischen Laboratoriums, die einen Betrug nun wirklich und für jeden ersichtlich unmöglich machen sollten, nahmen Albert in den nächsten Monaten so sehr in Anspruch, dass er die Geschicke der Gesellschaft 164 aus den Augen verlor.

Dem freundschaftlichen Verhältnis zwischen Vater und Sohn tat dies keinen Abbruch, und so wurde Ella an einem Wintertag des Jahres 1923, vertieft in die technischen Details des ersten freitragenden Ganzmetallflugzeugs der Welt, vom Anblick zweier Männer überrascht, die in schwarz-weiß-karierten Anzügen, spitzen Hüten und geschminkten Gesichtern vor ihr standen; bei diesen zwei Harlekins handelte es sich um Gustav und seinen Vater. Drei Abende am Stück besuchten sie in unterschiedlichen Kostümierungen mehrere Künstlerbälle und berauschten sich an den Verkleidungen ebenso sehr wie an ihrer neu gewonnenen Verbindung.

Am Faschingsmontag aber erhielt Albert überraschenden Besuch. Ein Dr. Kranz wurde gemeldet, es sei dringend. Kranz stellte sich als Freund von Ellas Vater und Investor der Gesellschaft 164 vor. Albert erinnerte sich dunkel, den Mann auf einer von Tausends Präsentationen gesehen zu haben.

»Sind Sie über die aktuellen Entwicklungen der Gesellschaft 164 im Bilde?«, fragte Kranz.

»Nicht en détail.«

»Ist es Ihnen denn nicht«, fragte Kranz weiter, »etwas komisch vorgekommen, dass auch nach zwei Jahren kein nennenswerter Fortschritt zu verzeichnen ist außer dem, dass der Tausend immer mehr Schlösser und andere Immobilien erwirbt?«

»Worauf wollen Sie hinaus?«

»Wir halten Tausend für einen Scharlatan. Er hat uns alle an der Nase herumgeführt. Wir gehen davon aus, dass seine Experimente manipuliert waren und er überhaupt nicht in der Lage ist, Gold herzustellen.«

»Ich verstehe«, sagte Albert.

»Ich habe mich mit sieben anderen Investoren zusammengetan, gemeinsam haben wir eine Sitzung der Gesellschaft einberufen, um Tausend zur Rede zu stellen. Er ist nicht erschienen. Wir haben eine neue Sitzung einberufen, Tausend ist wieder nicht erschienen. Wir haben daraufhin drei Wochen erfolglos versucht, Kontakt zu ihm aufzunehmen, dann haben wir Anzeige erstattet. Heute Morgen ist er festgenommen worden, auf dem Weg nach Italien. Jetzt wird ihm der Prozess gemacht.«

»Vielen Dank, dass Sie mich informiert haben.«

»Ich tat es aus Verbundenheit zu Ihrem Schwiegervater«, sagte Kranz und musterte Albert. »Sie scheinen nicht sehr erstaunt zu sein.«

Albert sah eine Weile seine Hände an. Am Handrücken traten die Adern stärker hervor als gewohnt.

»Ich habe es nicht kommen sehen, aber nun merke ich, dass ich darauf gewartet habe.«

Nachdem Kranz gegangen war, befiel Albert ein Gefühl tiefer Leere. Er starrte lange auf eine raue Stelle in der dunklen Holzvertäfelung, unfähig, sich zu einer Handlung oder auch nur einem klaren Gedanken zu zwingen.

Ein Schrei ertönte.

Albert fuhr zusammen; im nächsten Augenblick sprang ein Steinzeitmensch ins Zimmer, schwarze Kriegsbemalung im Gesicht und in der erhobenen Hand eine Keule. Bei genauerem Hinsehen erkannte Albert im Fellgewand den Vorleger aus dem Kaminzimmer und in der Keule einen mit Stoff umwickelten Croquet-Schläger. Er musterte seinen Sohn eine Weile.

»Ich hatte gerade Besuch von Herrn Dr. Kranz.«

Albert glaubte zu erkennen, wie sein Sohn unter der Schminke erblasste.

»Was … was wollte er von dir?«

»Der Tausend wurde festgenommen.«

Gustav ließ die Keule sinken.

»Das kann nicht sein. Er ist gar nicht im Land. Er ist in Italien.«

»Sie haben ihn auf dem Brenner festgenommen. Angeblich war er in einen Unfall verwickelt und hat versehentlich einen italienischen Faschisten umgefahren.«

Vater und Sohn standen sich eine Weile stumm gegenüber.

»Wusstest du von den Vorwürfen?«, fragte der Vater schließlich, »von den Versammlungen, zu denen der Tausend nicht erschienen ist?«

»Er hat doch nichts verbrochen«, flüsterte Gustav.

»Mehrere Investoren glauben, dass er ein Scharlatan ist und kein Gold herstellen kann. Sie haben Anklage wegen Betrugs gegen ihn erstattet.«

Gustavs Körper krümmte sich langsam zusammen, als wäre er in Zeitlupe von einer tödlichen Kugel getroffen.

»Erzähl es bitte nicht der Mutter«, sagte Gustav so leise, dass es kaum zu hören war. Albert wollte seinen Sohn berühren, aber der wich zurück, drehte sich um und verließ das Zimmer, immer noch mit gekrümmtem Rücken.

Zum Abendessen erschien Gustav zwanzig Minuten verspätet, korrekt gekleidet, keine Spur von Kriegsbemalung. Albert hätte sich an Gustavs Wunsch gehalten, Ella vorerst nichts von der kritischen Situation zu berichten, in der sich die Gesellschaft 164 befand, jedoch waren die Zeitungen weniger diskret und stürzten sich lüstern auf die Festnahme des völkischen Alchemisten mit dem klangvollen Namen. Und so kam es, dass Ella ihn noch am selben Tag von selbst und voller Besorgnis auf die Schlagzeile in der *Bayerischen Staatszeitung* angesprochen und er ihr daraufhin alles erzählt hatte.

Gustav setzte sich wortlos an den Tisch, das Mädchen erschien mit der Suppe. Er starrte lange auf die Brühe und die Markklößchen darin, bis er schließlich den Blick hob.

»Ich hatte ein Pferd, das Fafner hieß«, sagte Gustav.

Die Eltern blickten sich an, ratlos, was ihnen Gustav damit sagen wollte.

»Wie der Riese aus der Nibelungensage, der zu einem Drachen wird. War das treuste Wesen, treuer, als ein Mensch es sein kann, hat mir mehr als ein Mal das Leben gerettet.«

Gustav nahm den Löffel in die Hand, begann jedoch nicht zu essen.

»War eigentlich eine recht ruhige Phase, hatten den Russen seit Tagen nicht mehr zu Gesicht bekommen. Ging über ein kleines Feld, nördlich von Czernowitz. Feindkontakt war an sich nicht zu erwarten, aber auf einmal Beschuss von allen Seiten. Paar Granaten gingen auch runter. Hatte der Russe sich clever ausgedacht, muss man schon sagen. Da hatten die meisten von uns ihre Pferde noch. Dann war da plötzlich ein Beben, und Fafner sackt unter mir zusammen. Er will wieder hoch, wiehert ohrenbetäubend, hab mir das kurz angeguckt, hinten die ganzen Hüftknochen: Brei. Riesiger Granatsplitter guckte da raus. Die Kugeln pfeifen uns um die Ohren, ein Kamerad zieht mich weg, haben uns eingegraben, notdürftig. Gefrorene Erde. Dann kam die Nacht. Konnte Fafner hören, er lag nicht einmal vierzig Meter von uns entfernt. Sein heiseres Wiehern, das immer schwächer wurde. Werd ich nie vergessen. Irgendwann hielt ich es nicht mehr aus, wollte ihm den Gnadenschuss verpassen, war ich ihm schuldig. Wenigstens das.«

Die Tür zum Speisezimmer öffnete sich, das Mädchen wollte die Suppenteller abräumen.

»Oh«, entfuhr es ihr leise, als sie bemerkte, dass keiner der drei die Suppe angerührt hatte. Eilig verließ sie das Zimmer wieder. Die Tür rutschte ihr beim Versuch, sie besonders leise zu schließen, aus der Hand und fiel krachend ins Schloss.

»Die Kameraden fesselten mich ans Bett. Wollten verhindern, dass ich mich heimlich losmache und das ganze Regiment gefährde. Dann höre ich die Wölfe heulen. Fafner fängt an zu schreien, wie ein Mensch. Todesangst. Die Kameraden hätten auch beinahe das Flennen angefangen, haben sich die Fäuste auf die Ohren gedrückt. Weiß nicht, ob ich das geträumt hab, aber ich konnte durch Fafners Augen sehen, wie die Wölfe mit gefletschten Zähnen näher kamen. Als kämen sie für mich, Schaum vor dem Mund. Irgendwann höre ich Fafner nur noch röcheln, dann Gemansche, Schmatzen, Knurren, Jaulen. Im Morgengrauen merken wir, dass der Russe nicht mehr da ist, war in der Nacht an uns vorbeimarschiert über den gefrorenen See, ohne dass wir's gemerkt haben. Hätte mit einer Leuchtreklame übers Feld marschieren können. Von Fafner war nur noch die Hälfte übrig. Eingeweide überall verstreut, die Rippen guckten schon raus. Kriege ich nicht mehr aus dem Kopf. Ob ihr's glaubt oder nicht, ich wach jeden Morgen davon auf. Jeden verfluchten Morgen.«

Gustav tauchte den Löffel in die Suppe und führte ihn zum Mund.

»Das bin ich jetzt. Ihr habt jetzt einen verkrüppelten Sohn, ganz und gar unversehrt.«

Die kommenden Wochen verbrachte Albert damit, seine gesellschaftlichen Verbindungen dergestalt einzusetzen, Gustav eine Anklage zu ersparen. Auch er selbst verzichtete darauf, sich an dem Prozess zu beteiligen, denn er ging davon aus, dass die Zeitungen die Gelegenheit, den *Geisterbaron* der Lächerlichkeit preiszugeben, nicht auslassen würden, und der Verlust seines Investments schien ihm gegen fortwährenden Hohn und Spott das kleinere Übel zu sein; die Staatsanwaltschaft hatte angekündigt, allein die Beweisaufnahme werde Jahre dauern.

Gustav wiederum ertrug die mitleidigen Blicke seiner Eltern

genau einen Abend lang. Noch in der Nacht nach dem Abendessen, bei dem er den Eltern zum ersten Mal vom Krieg erzählt hatte, verließ er heimlich das elterliche Palais, und sosehr sich die Eltern auch bemühten, sein Aufenthaltsort ließ sich nicht ausfindig machen.

GUSTAV

Mittlerweile waren seit dem Ende des Krieges fünf Jahre vergangen. Willi Schneider hatte sich als ideales Medium erwiesen, höflich und bescheiden im Umgang, absolut verlässlich in den paraphysikalischen Manifestationen. Albert veranstaltete mehrmals in der Woche Séancen, die sich schnell zu einem gesellschaftlichen Ereignis entwickelten. Sogar Thomas Mann besuchte gemeinsam mit seiner Frau Katia eine Sitzung und schrieb daraufhin nicht nur, dass bei den Experimenten *jede Möglichkeit eines mechanischen Betruges, taschenspielerischer Illusionierung nach menschlichem Ermessen ausgeschlossen war*, sondern auch von der atemberaubenden Schönheit des schwebenden Taschentuchs: *Ich will nichts weiter, als einmal noch das Taschentuch vor meinen Augen ins Rotlicht aufsteigen sehen. Noch einmal möchte ich, gereckten Halses, die Magennerven angerührt von Absurdität, das Unmögliche sehen, das dennoch geschieht.*

Es kam häufig vor, dass ihm die Gäste Hinweise gaben – auf eine Großtante, die über das zweite Gesicht verfüge, oder einen Nachbarn, der Gläser zum Zerspringen bringen könne, nur indem er sie ansah. Albert bedankte sich dann höflich und versprach, sich die Fähigkeiten bei Gelegenheit genau anzuschauen.

Einmal berichtete ein Arzt der Inneren Medizin ihm, er habe auf der karibischen Insel Hispaniola bei den Einheimischen ähnliche Zustände der somnambulen Entrückung gesehen wie bei Eusapia Palladino, allerdings seien diese Zustände dort meist durch ekstatisches Tanzen hervorgerufen worden.

»Sie sollten einmal eine Forschungsreise auf die Insel unternehmen«, sagte der Arzt, »das wäre interessant für Sie. Es würde Ihren Horizont weiten.«

Albert versprach, diese Reise bei Gelegenheit zu unternehmen.

Einige Tage später erhielt er einen Brief, in dem der Doktor sich noch einmal für die faszinierende Sitzung bedankte, die seinen Blick auf die Welt verändert habe. Für die bevorstehende Reise nach Hispaniola wünsche er alles Gute. Albert las den Brief mit belustigtem Stirnrunzeln weiter, der Doktor hatte seine höfliche Absage wohl etwas fehlgedeutet – er hatte sogar die Fotografie eines deutschen Kaufmanns namens Peters beigelegt, der anscheinend in Cap-Haïtien lebte – *dort ist er bekannt wie ein bunter Hund, jeder kennt ihn. Dieses Foto wird Ihnen jede Tür öffnen.* Albert legte den Brief in seinen Sekretär und hatte ihn bereits am Nachmittag vergessen.

Die politischen Wirren der Zeit nahm Albert nur aus der Entfernung wahr. Er hatte Politik immer als leicht vulgär empfunden, und wenn es ihm gelang, einen Artikel über die Zustände im Land zu Ende zu lesen, dann hätte er bereits am nächsten Tag den Inhalt nicht mehr wiedergeben können. Er war insofern nicht über die aktuelle politische Gemengelage informiert, als er an einem regnerischen Herbsttag im November in die Rosenheimer Straße einbog und vor dem Eingangstor des Bürgerbräukellers eine riesige Menschenansammlung sah. Durch Nachfrage fand er heraus, dass gerade eine Großveranstaltung stattfand, auf der Ritter von Kahr, der vor sechs Wochen zum bayerischen Generalstaatskommissar ernannt worden war, seine politischen Ziele darlegte. Nicht eben verlockend, fand Albert, zudem erwartete er für die Sitzung mit Willi Schneider später am Abend fünf Gäste.

Sein Blick streifte über die nach drinnen strömenden Menschen, und für einen kurzen Augenblick war er sich ganz sicher, in der Menge das Gesicht seines Sohnes ausgemacht zu haben, den er nun schon seit gut neun Monaten nicht mehr gesehen hatte. Eilig versuchte Albert, ihm zu folgen. Drinnen war die Luft rauchgeschwängert, er musste einen Hustenanfall unterdrücken. Es mochten wohl annähernd dreitausend Menschen im heillos überfüllten Saal versammelt sein, vorn auf dem Podium saßen neben Kahr noch einige weitere Mitglieder des bayerischen Kabinetts.

Schnell merkte Albert, dass es vollkommen aussichtslos war, Gustav hier finden zu wollen, und so kämpfte er sich zurück in Richtung Eingang. Kurz bevor er diesen jedoch erreichte, drängten dreißig Uniformierte in den ohnehin überfüllten Saal und rannten Albert einfach um. Auch einige andere Zuschauer stürzten, es wurde gerufen und geschrien. Kahr unterbrach seine Rede, um zu sehen, was am Eingang vor sich ging. Mühsam kam Albert wieder auf die Beine.

An allen Eingängen und auf der Galerie hatten sich unterdessen SA-Männer aufgebaut. Die dreißig Uniformierten drängten sich durch den überfüllten Raum zum Podium, dort sprang ihr Anführer, ein schmächtiger Mann mit schmalem Zweifingerbart, erst auf einen Stuhl, dann auf einen Tisch und schließlich auf das Podium. Kahr und seine Mitstreiter beobachteten dies konsterniert, griffen aber nicht ein. Der Mann, der einen Frack und eine gestreifte Hose sowie schwarze Lackschuhe trug, zog eine kleine Pistole der Marke Browning aus der Fracktasche und schoss damit in die Luft. Der Saal verstummte.

»Ruhe!«, brüllte der Mann, dem der Schweiß über das gerötete Gesicht lief, in die Stille hinein, was allerdings den gegenteiligen Effekt hatte, denn nun fing jedermann an zu schreien. Die Situation wurde unübersichtlich. Albert wandte sich instinktiv dem Ausgang zu, doch just in diesem Augenblick wurden die Türen zugeschlagen, und mit Gewehren bewaffnete Uniformierte positionierten sich davor.

»Die nationale Revolution ist ausgebrochen!«, schrie der Mann in den Tumult hinein. »Der Saal ist von sechshundert Schwerbewaffneten besetzt! Wenn nicht sofort Ruhe eintritt, kommt noch ein Maschinengewehr auf die Galerie!« Auf dem Podium erschienen weitere Aufständische, fuchtelten mit Pistolen in der Luft herum und eskortierten Kahr und seine Leute in ein Nebenzimmer; auch der Mann im Frack verschwand in das Zimmer, sodass ein eigentümliches Vakuum im Saal entstand. Nachdem sich die erste Aufregung gelegt hatte, trank man weiter Bier und aß Bratwürste.

Albert wandte sich an einen der SA-Männer, die finster in den Saal starrten und ihre Gewehre umklammerten. Er sei lediglich durch eine dumme Verwechslung hier im Saal und habe erstens mit der ganzen Sache, die sich nun ausbreite, rein gar nichts zu tun und zweitens einen dringenden Termin, man solle ihn doch bitte hinauslassen.

»Sind Sie etwa Jude oder Anhänger der Regierung aus Neu-Jerusalem?«, fragte der Mann. *Neu-Jerusalem* nannte man in der völkischen Bewegung gern die Reichshauptstadt Berlin.

»Ich wüsste nicht, was für eine Rolle die Antwort auf diese Frage bei meinem Anliegen spielt«, sagte Albert. Der Mann ging ihm auf die Nerven, er roch noch stärker nach Bier und Schweiß als der Rest des Saals.

»Hier ist ein Jude und ein Kommunist!«, rief der SA-Mann, wurde aber von seinem Nebenmann zurechtgewiesen.

»Quatsch, das ist doch der Geisterbaron.«

Albert schnappte nach Luft und musterte den, der ihn solcherart verleumdet hatte. Es handelte sich um einen etwas untersetzten Mann mit leicht beschlagener Nickelbrille, auf dessen lächelnden Lippen ein Spott lag, der keine Grenzen kennt.

»Warum nennen Sie mich so?«, fragte Albert den Mann.

»Ich habe Ihre Bücher gelesen«, antwortete dieser, »und bin ein großer Bewunderer Ihrer Arbeit. Und Ihres Mutes. Sie sind in Gebiete vorgedrungen, wo niemand vor Ihnen war.«

Albert schwieg.

»Es ist jetzt sicher nicht der richtige Moment«, fuhr der Uniformierte fort, »aber ich würde mich gern einmal länger mit Ihnen unterhalten. Die Bewegung braucht Menschen wie Sie, die den Mut haben, ins Jenseits zu schauen.«

»Ich schaue nicht ins Jenseits!«, rief Albert wütend. »Ich bin nicht der Geisterbaron! Warum beten Sie so einen Unsinn nach? Ich habe die okkulte Theorie kein einziges Mal unterstützt! In jedem Artikel grenze ich mich ab von diesem spekulativen Blödsinn! Es gibt keine Geister! Es hat nie welche gegeben! Es wird nie welche geben! Reicht Ihnen das jetzt?«

Der SA-Mann zuckte mit den Schultern.

»Ich bin hartnäckig«, sagte er dann, »das ist meine größte Stärke, und ich bin davon überzeugt, dass wir uns wiedersehen werden.«

»Ich hoffe inständig, dass Ihre Gabe zur Prophezeiung ebenso schlecht ist wie Ihre Interpretation meiner Arbeit! Lassen Sie mich jetzt endlich heraus?«

»Nein«, sagte der Uniformierte, »wir haben diesbezüglich leider sehr klare Befehle.«

Auf dem Podium erschien ein beleibter Mann in einem schwarzen Regenmantel aus Gummi. Er brüllte etwas, alle sprangen auf und sangen das Deutschlandlied. Albert betrachtete unverwandt die singenden Männer und Frauen, als sein Blick oben auf der Galerie hängenblieb. Er hatte sich nicht geirrt, als er draußen das Gesicht seines Sohnes gesehen hatte: Gustav trug wie die anderen jungen Männer, die ihn umgaben, einen Karabiner und die Uniform der Braunhemden.

Der dicke Mann im Regenmantel verließ die Bühne, und wieder entstand eine seltsam unbestimmte Atmosphäre. Gustav und die anderen Braunhemden lachten über etwas, einige Augenblicke später kam es aus irgendeinem Grund zu einem Handgemenge. Gustav stieß einem älteren Mann seinen Gewehrkolben an die Schläfe, sodass dieser wie ohnmächtig zu Boden sank. Mitten in der Auseinandersetzung aber, als würde er den Blick seines Vaters auf sich spüren, wandte Gustav den Kopf und sah Albert plötzlich direkt an. Albert glaubte im Gesicht seines Sohnes die Sehnsucht zu erkennen, den Karabiner beiseitezulegen und zu ihm zu kommen.

Dann aber schnaufte Gustav einmal und wandte sich ab. Er schrie eine hagere Frau an, die ihm zu nah gekommen war, die Frau wich ängstlich zurück und brach in Tränen aus. Gustav ließ sich davon nicht besänftigen, stattdessen stieß er ihr mit voller Wucht den Gewehrkolben vor das Brustbein. Fassungslos sah Albert diesem lüstern gewalttätigen Mann zu, in den sich sein Sohn verwandelt hatte. Kurz darauf wurde Gustav von der Menge verschluckt.

Es dauerte noch zwei Stunden, ehe Kahr und der kleine Mann mit der Browning-Pistole auf das Podium traten, jetzt erschien auch noch Ludendorff auf der Bühne, der anscheinend auch zu den Verschwörern gehörte. Kahr teilte mit, dass er die Leitung der Geschicke Bayerns übernehmen werde und sich als *Statthalter der Monarchie* bezeichnete; er war großer Anhänger des Wittelsbacher Königshauses. Der Saal applaudierte, was wohl auch mit der Aussicht zusammenhing, nun endlich die Toiletten besuchen zu dürfen, die sich außerhalb des Saales befanden.

»Was ist mit dir geschehen?«, rief Ella voll Sorge, als sie Albert in seinem verdreckten Anzug, gefurchte Verstörung im Gesicht, spät in der Nacht durch die Halle des Palais kommen sah. Sie setzten sich an den groben Küchentisch, was sie sonst nie taten, und dann berichtete Albert vom Putschversuch, in den er wider Willen hineingeraten war, von den seltsamen Gestalten auf der Bühne, von Ludendorff und den bewaffneten SA-Männern. Er erzählte von der entfesselten Gewalt, mit der auf wehrlose Besucher eingeschlagen worden war, jedoch verschwieg er Gustavs Beteiligung. Er rechtfertigte sein Schweigen vor sich selbst damit, dass er Ella nicht beunruhigen wolle, aber in Wirklichkeit hatte ihn Gustavs Anblick selbst so aufgewühlt, dass er nicht wusste, wie dieser in Worte zu fassen war.

Am nächsten Morgen mussten die völkischen Putschisten die bittere Entdeckung machen, dass Kahrs Unterstützung für die Revolution nur von kurzer Dauer war und alle bayerischen Armee- und Polizeieinheiten gegen sie in Stellung gebracht waren. Es kam zu einer Schießerei, vierzehn Putschisten starben, die nationale Revolution war vorerst beendet. Gustav war in den hinteren Reihen gewesen, wo die Schüsse zwar niemanden in Lebensgefahr gebracht, aber dennoch eine Panik ausgelöst hatten, die zu ungeordnetem Rückzug führte.

Ungefähr zur gleichen Zeit öffnete Albert die Schublade seines Sekretärs, in der er die Fotografien der Familie aufbewahrte. Auf sieben von ihnen war Gustav zu sehen. Albert betrachtete sie eingehend, in der Hoffnung, darin etwas zu erblicken, was ihm Gustavs Verhalten verständlich machen würde. Besonders lang blieb sein Blick an einem Bild hängen. Gustav war drei Jahre alt und saß auf Ellas Schoß, Albert stand neben dem gepolsterten Sessel. Gustav lächelte unbeholfen, dazu war sein Gesicht leicht verschwommen, da er sich anscheinend während der langen Belichtungszeit bewegt hatte. Man sah seinem kleinen Körper an, dass er sich bewegen wollte, statt still auf dem Schoß seiner Mutter zu sitzen. Albert blickte auf die körnige Fotografie, und je länger er sich in das verschwommene Gesicht versenkte, desto unverständlicher erschien ihm Gustavs Verhalten und desto düsterer und unüberwindbarer der Abgrund, der sich zwischen Vater und Sohn aufgetan hatte.

ÈLÄNG

Es war nicht schwer, dem Prozess gegen *Ludendorffs Goldmacher* Tausend zu folgen, denn in allen Zeitungen wurde ausführlich darüber berichtet. Albert war es gelungen, nicht nur das eigene finanzielle Engagement zu verschleiern, sondern auch Gustavs Beteiligung an der Gesellschaft 164, sodass der Name der Familie vom Schmutz des betrügerischen Alchemisten verschont blieb. Es stellte sich im Lauf des Prozesses allerdings heraus, dass auch Tausend in gewisser Hinsicht benutzt worden war: Lediglich ein Zwanzigstel der Einnahmen hatte er erhalten, drei Viertel waren von Ludendorff verwaltet und *für vaterländische Zwecke und zum Besten des deutschen Volkes* eingesetzt worden; etwa, um einer unprofitablen und kurz vor dem Bankrott stehenden Zeitung namens *Völkischer Beobachter* unter die Arme zu greifen und eine kleine Splitterpartei namens NSDAP zu unterstützen, für die Ludendorff bei der Reichspräsidentenwahl im Jahr 1925 angetreten, aber mit einem Ergebnis von 1,1 Prozent durchaus hinter den Erwartungen zurückgeblieben war.

Zur Überraschung aller gelang es dem Tausend im Laufe des Prozesses, unter peinlicher Beobachtung mehrerer Kriminalbeamter Gold aus Blei herzustellen; es handelte sich dabei zwar nur um den zehnten Teil eines Gramms, dennoch: nachweislich echtes, reines Gold. Einige Tage fragte sich Albert, ob vielleicht doch etwas an der Sache gewesen sei, dann tauchten Vermutungen auf, dass Tausend die Feder seines Füllers in den Tiegel geschmuggelt haben könnte, und einige Zeit später wurde er wegen Betrugs zu drei Jahren und acht Monaten Zuchthaus verurteilt.

Der Ausdruck in Gustavs Gesicht aber, die verzerrten Züge wollten Albert nicht mehr aus dem Kopf gehen, und eines Nachts, als er das Licht im Schlafzimmer bereits gelöscht hatte und neben Ella im Dunkeln lag, hielt er es plötzlich nicht mehr aus und erzählte ihr von seiner Begegnung mit Gustav im Bürgerbräukeller.

»Er kam mir vor wie ein Besessener«, sagte er am Ende.

Sie lagen eine Weile im Dunkeln.

»Wie sollen wir ihm nur helfen?«, fragte Ella.

»Ich weiß es nicht«, sagte Albert, »ich weiß es wirklich nicht.«

Schließlich stand Ella auf und drehte das Licht an. Sie setzte sich aufs Bett, sah traurig aus und müde, älter auch als sonst, ihr Blick ging in unbestimmte Ferne.

»Woran denkst du?«, fragte Albert.

»Ich erinnere mich daran, dass ich vor sehr langer Zeit eine Besessene gesehen habe. Auf dem Marktplatz von Cap-Haïtien.«

»Auf der Reise mit deinen Eltern?«

Ella nickte und band sich die Haare zusammen, die sie für gewöhnlich in der Nacht öffnete. Ihr Vater hatte sich damals in den Kopf gesetzt, Tropenhölzer zu importieren, und war hierzu mit seiner Familie auf die Antillen gereist.

»Die Reise war furchtbar beschwerlich, es war noch eine andere Zeit. Meine Mutter war lange krank, eine Art Tropenfieber. Wegen ihr mussten wir zwei Wochen auf der Insel Hispaniola bleiben, erst auf dem Anwesen eines Bekannten meines Vaters in den Bergen und dann in Cap-Haïtien. Ich fand es herrlich. Ich war klein und blond, in den Bergen hatten viele noch nie einen weißen Menschen gesehen. Es gab einen großen Markt in

Cap-Haïtien, über den ich manchmal gemeinsam mit meinem Vater spazierte. Es wurden Früchte verkauft, die ich noch nie gesehen hatte, und Hühner und Ziegenböcke, für mich war es wie im Märchen.«

Ella blickte auf die gemusterten Brokatvorhänge, jedoch ging ihr Blick eigentlich durch sie hindurch.

»Um eine Frau hatte sich eine Traube von Menschen gebildet, sie verkaufte selbst gemachte Limonade. Ihre Augen waren starr ins Leere gerichtet, und ihr Körper bewegte sich seltsam geschmeidig wie eine Schlange. Die Menschen um sie herum scherzten mit ihr. Die Frau war nicht bei Sinnen, der Speichel lief ihr aus den Mundwinkeln, und sie antwortete mit zischelnden Lauten und wurde aufbrausend – die Menschen lachten nur, als wäre sie ein Straßenkünstler. Plötzlich begann sie zu zittern, ein Stoß durchfuhr sie, dann war sie wieder ganz normal. Sie sah sich verwirrt um und schien sich an nichts zu erinnern. Sie beschimpfte die Leute, die um sie herumstanden; die lachten immer noch und verliefen sich dann schnell. Mein Vater wollte mir nicht sagen, was mit der Frau los war, er wollte mir keine Angst machen, aber später hörte ich, wie jemand ihm erzählte, die Frau sei vom Schlangengott besessen gewesen. *Der wilde Schlangengott hat sie geritten,* so wurde es ihm gesagt. Das passiere normalerweise nur während der rituellen Tänze, aber manchmal komme es auch vor, dass ein Gott ohne Vorwarnung in jemanden einfahre. Ich sehe das alles noch so genau vor mir. Und du kannst dir vorstellen, dass mich der wilde Schlangengott noch über Wochen und Monate in meinen Träumen verfolgte.«

Albert hatte sich während Ellas Erzählung aufgesetzt und sah sie an, das Kopfkissen in den Rücken geschoben.

»Möchtest du damit sagen, dass wir einen Dämon aus Gustavs Körper austreiben müssen?«

»Ich möchte sagen, dass wir nichts anderes tun können, als zu warten, dass Gustav von selbst wieder zur Vernunft kommt.«

Ella stand auf, ging zu den Vorhängen und schob sie zur Seite, um aus dem Fenster hinaus auf die von schwachen Gaslaternen beleuchtete Max-Joseph-Straße zu schauen.

»Packt dich nicht auch manchmal die Sehnsucht, weit weg zu sein?«

Albert schwieg. Er fürchtete, Ella könnte ihm eine Flugreise vorschlagen.

»Ich weiß manchmal nicht mehr, ob meine Erinnerungen an die Reise in die Antillen wahr sind oder meiner kindlichen Phantasie entwachsen. Ich sehe zum Beispiel vor meinem inneren Auge eine riesige Festung mitten im Dschungel, die wir besichtigt haben. Es hieß, dies sei das Schloss eines Königs, der vorher Sklave gewesen sei und sich mit einer silbernen Kugel erschossen habe, als das Volk revoltierte. Die Festung war verlassen, im Innenhof stand ein wunderschöner Orangenbaum, und neben den Kanonen waren Unmengen von Kanonenkugeln gestapelt.«

Sie schloss die Vorhänge, kam ins Bett und schmiegte sich an ihn. Er erzählte ihr, dass der Besucher einer Sitzung ihm die Adresse eines Mannes auf der Insel gegeben habe, der viele Verbindungen habe. Noch in derselben Nacht beschlossen sie, im nächsten Frühling zu den Antillen zu reisen; mit einem Dampfschiff, eine zweite Hochzeitsreise.

Als der Frühling gekommen war, erwachte Albert eines Morgens von einem so intensiven Gefühl der Sorge, dass er es in den ersten Augenblicken für eine Magenverstimmung hielt. Er sah sich um, Ella lag nicht mehr neben ihm. Er sprang auf und lief im Nachthemd aus dem Schlafzimmer. Schließlich fand er sie im Boudoir, wo sie gerade den dunkelgrünen Koffer packte.

»Gott sei Dank«, entfuhr es ihm, »du bist noch da.«

»Was ist denn los?«, fragte sie, ein gestreiftes Trikot in der Hand und im Begriff, es in den Koffer zu legen. Albert fiel ein, dass Ella zu einer hessischen Flugschule reisen wollte, die auf der Wasserkuppe lag.

»Nichts«, sagte Albert, »ich wollte nur sehen, ob du schon gefahren bist.«

»Nein«, sagte sie, »ich bin noch da.«

»Ja«, sagte er.

»Machst du dir Sorgen?«

»Nein, ich wollte dich nur noch etwas fragen.«

»Was wolltest du mich fragen?«

»Es ist jetzt nicht mehr wichtig, es hat sich schon erledigt.«

Die Stunden bis zu Ellas Abreise verliefen fürchterlich. Seine Eingeweide krampften, alle paar Minuten stiegen ihm die Tränen in die Augen. Er hielt die aufgeschlagene Zeitung vor sich und kämpfte sich Wort für Wort durch einen Artikel wie eine Armee im Häuserkampf.

Niemand bemerkte Alberts andauernde Nervosität während Ellas Abwesenheit. Das Personal behandelte ihn vollkommen normal, die Séancen verliefen geradezu aufreizend durchschnittlich. Lediglich der Kellner im Café Luitpold schien Notiz von seinem Ausnahmezustand zu nehmen, was sich darin äußerte, dass er Albert nach dem Frühstück ein kleines Glas mit klarem Schnaps brachte.

»Ich habe keinen Schnaps bestellt«, sagte er zum Kellner.

»Ich weiß«, sagte der Kellner, »aber es ist Teil meines Berufs zu erkennen, wann ein Gast einen Schnaps braucht, und ich sehe Ihnen an, dass Sie einen brauchen.«

Der Schnaps brannte Albert fürchterlich in der Kehle, gleichzeitig empfand er tiefe Dankbarkeit dafür, dass es wenigstens einen Menschen auf der Welt gab, dem er nichts vormachen konnte.

Während der Fahrer der Kraftdroschke später minutenlang in einem Lederbeutel nach dem Wechselgeld suchte, verspürte Albert den plötzlichen Impuls, sich nach seinem Palais umzusehen. Sein Herz machte einen Sprung der Erleichterung, denn durch die weiß und lila blühenden Rhododendren hindurch sah er Ella am Hauseingang stehen, neben ihr der grüne Lederkoffer und in ihrer Hand eine Hutschachtel. Erst wollte er nach ihr rufen, erfreute sich aber dann so sehr an der Beobachtung der sich unbeobachtet fühlenden Ella, dass er nur dastand und ihr zusah: Wie sie darauf wartete, eingelassen zu werden, wie sie nach oben in den Himmel sah, als wollte sie sichergehen, dass es nicht mehr regnen würde, wie sie mit der Hand ihren Rock glattstrich. Die Haustür öffnete sich, und Albert wunderte sich ein wenig, dass Ella selbst den Koffer nahm und er ihr nicht vom Mädchen abgenommen wurde.

»Es stimmt so«, sagte Albert schließlich, als er die quälend langsame Suche im Lederbeutel nicht mehr ertragen konnte, und merkte am Blick des Kutschers, dass dieser es genau darauf abgesehen hatte.

»Du bist schon zurück!«, rief Albert ins Haus, erhielt aber keine Antwort. Normalerweise war es Ellas Gewohnheit, sich nach einer Reise frisch zu machen, während das Mädchen den Koffer auspackte. Albert fand das Boudoir leer. Er rief noch einmal ihren Namen und lauschte, es empfing ihn jedoch nur die Stille des großen Hauses. Auch in den Bädern und im Schlafzimmer fand er weder Ella noch ihren Koffer.

Verwirrt rief er ein weiteres Mal ihren Namen.

In der Küche waren die Köchin und das Mädchen damit beschäftigt, eine Rinderbouillon einzukochen; neben einem großen Topf, dessen Deckel vom siedenden Wasser zitterte, lagen mehrere Markknochen, das Mädchen hackte auf dem großen Tisch Karotten. Sie hielten verwundert in ihren Verrichtungen inne, als sie Albert bemerkten, denn es geschah äußerst selten, dass er in der Küche erschien.

»Haben Sie meine Frau eingelassen?«

»Wie meinen der gnädige Herr?«

»Ob Sie meine Frau eingelassen haben? Gerade eben?«

»Wir erwarten Ihre Frau Gemahlin erst gegen Abend«, sagte das Mädchen.

»Ist sonst niemand im Haus? Der Gärtner vielleicht?«

Die beiden Frauen schüttelten den Kopf.

»Jemand muss sie eingelassen haben! Ich habe gesehen, wie sich die Tür geöffnet hat und sie hineingegangen ist.«

»Meinen Sie«, sagte das Mädchen, »es hat sich jemand ins Haus geschlichen und die gnädige Frau eingelassen?«

»Unsinn. Wer sollte sich denn ins Haus geschlichen haben, nur um meine Frau hereinzulassen?«

Als es klingelte, stürzte er zur Haustür, überzeugt, dass sich nun alles aufklären werde. Vor der Tür stand ein kleiner Bub, den seine Mütze als Botenjungen der Deutschen Reichspost auswies. Seine lederne Umhängetasche stand offen, und er hielt Albert einen Umschlag mit dem Adlerwappen der Reichspost entgegen.

»Gnädiger Herr«, sagte der Junge, »ich habe die Ehre, Ihnen dieses Telegramm überreichen zu dürfen.«

Seine Worte waren von übermäßiger Benutzung abgeschliffen und ineinandergeflossen. Der Junge hielt ihm einen Block und einen Stift hin. Albert bemerkte, dass der Hals des Jungen bis hoch zum Haaransatz gerötet war, vermutlich von einer starken allergischen Reaktion; ein wütendes, dunkelrotes Ekzem.

»Bitte hier quittieren.«

Der Junge überreichte ihm das Telegramm, tippte sich an die Stirn und wünschte mit seinen verwaschenen Silben einen angenehmen Tag.

Albert schloss die Tür, und aus dem Augenwinkel sah er, dass die Köchin und das Mädchen ans Ende des Korridors getreten waren, die Köchin wischte sich mit einem Küchenhandtuch die Hände trocken. *Was stehen sie hier so dramatisch*, dachte Albert und hätte sie am liebsten weggeschickt. Er riss den Umschlag auf und zerrte das widerspenstige Telegramm heraus. Er starrte es eine Weile an. Die beiden Frauen wichen unwillkürlich einige Schritte zurück, als er auf sie zukam und ihnen das Telegramm in die Hand drückte.

»Bitte packen Sie umgehend einen Koffer für mehrere Tage. Ich muss fahren, so schnell als möglich. Ich nehme den nächsten Zug.«

Er ging eilig die Treppe hinauf. Hinter sich hörte er den unterdrückten Schrei des Mädchens und wusste, dass sie das Telegramm gelesen hatte.

FLUGZEUG NICHT ZURÜCKGEKEHRT STOPP SUCHTRUPP AUFGEBROCHEN STOPP

Es kostete Albert beinahe einen ganzen Tag, um zur Flugschule auf der Wasserkuppe zu gelangen. Die Untätigkeit, zu der er auf der Fahrt verdammt war, brachte ihn beinahe um den Verstand. In Fulda war er gezwungen, eine ganze Stunde lang am Bahnhof auszuharren, um auf den Zug nach Gersfeld zu warten. Als er endlich in Gersfeld angekommen war, brauchte es eine weitere Stunde, um jemanden zu finden, der über ein Automobil verfügte und bereit war, ihn die letzten zehn Kilometer bis auf die Wasserkuppe zu fahren. Es handelte sich dabei um den Dorfschullehrer, der während der Fahrt ohne Unterlass Zigaretten rauchte. Sorge und Angst setzten sich in Alberts Brust fest wie ein fremdes Lebewesen.

Auf halber Strecke fuhren sie in eine Nebelbank, so dicht, dass man Schritt fahren musste. Es war, als hätte sich der Zigarettenrauch aus dem Automobil über die gesamte Landschaft verteilt. Der Nebel begleitete sie bis hinauf auf die Wasserkuppe; als das Automobil langsam die Steigung hinauffuhr, setzte bereits die Dunkelheit ein. Ohne die Tür des Automobils zu schließen, lief Albert zum mit dunklen Holzschindeln verkleideten Haus, über dessen Eingangstür eine Laterne trüb durch den Nebel schien. Innen wandten sich ihm etwa zwanzig Augenpaare erschöpfter Männer zu; dies waren die zurückgekehrten Suchtrupps.

»Ich bin der Ehemann!«, rief Albert. Eine junge Frau, die gerade erst die Volljährigkeit erreicht haben konnte, trat zu ihm.

»Es gibt noch keine Neuigkeiten«, sagte sie leise.

Ihr Haar war zu dünn für die beiden Zöpfe, die durch dunkelgrüne Schleifen gehalten wurden. Es stellte sich heraus, dass Ella und der Fluglehrer gemeinsam in dem vermissten Flugzeug geflogen waren.

»Wer ist verantwortlich für die Suche?«, fragte Albert.

Sie führte ihn zu einem alterslosen Mann, der ganz hinten neben dem großen gemauerten Ofen saß.

»Wir haben den ganzen Tag die Gegend durchkämmt, der Nebel hat es uns nicht leicht gemacht«, sagte der Mann, »es hat jetzt keinen Sinn, die Suche fortzusetzen, wir müssen unsere Kräfte sparen für morgen.«

Albert hatte sich fest vorgenommen, nicht zu fragen, ob es noch Hoffnung gäbe.

»Solange es keine Gewissheit gibt, gibt es Hoffnung«, sagte der Mann, nachdem Albert es doch getan hatte.

Die junge Frau, die wohl eine Art Schreibkraft war, führte

ihn zu dem Raum, in dem Ella übernachtet hatte. Weil auch der überwiegende Teil der Suchtrupps untergebracht werden musste, war dies das letzte freie Zimmer.

»Wir haben nichts angerührt, seit …«

Sie schloss die Tür auf, gab ihm den Schlüssel und konnte sich für kein weiteres Wort entscheiden. Ellas Geruch umfing ihn wie eine grausame Umarmung. Er schloss die Augen und ergab sich der Illusion, Ella befinde sich im selben Raum wie er selbst.

In der Nacht verweigerte sich ihm der Schlaf. Er zwang sich, im Bett zu bleiben, bis es dämmerte, dann zog er sich an, nur um festzustellen, dass außer ihm noch niemand wach war. Er trat nach draußen auf das Flugfeld; der Nebel stand darauf genauso dicht wie am vergangenen Abend.

Erst eine unerträgliche Stunde später versammelten sich verschiedene Piloten und Bedienstete der Flugschule auf der Startbahn. Einige der Flieger waren kurz davor, trotz der meteorologischen Bedingungen einfach loszufliegen. Man starrte in den Nebel, ob er sich nicht mit der Morgensonne auflösen wollte. Albert stand zwischen den debattierenden Männern, gelähmt von Vorahnung und Angst, Kind unter Erwachsenen.

Nach etwa zwanzig Minuten erschien am Ende der Rollbahn im diffusen Licht der Morgensonne ein Reiter. Das Geräusch der Hufe des rotbraunen Kaltblüters auf der betonierten Flugbahn schien allen Anwesenden unnatürlich laut. Hinter dem Sattel war etwas auf dem Rücken des Pferdes befestigt, was auf den ersten Blick wie ein zweiter Sattel aussah, sich aber bei genauerer Betrachtung als verformtes Wrackteil eines Flugzeugs erwies.

Alles stürmte auf den jungen Mann zu. Einige Männer zogen das Wrackteil vom Rücken des Tieres herunter, es wanderte von einer Hand zur anderen und wurde behutsam, beinahe zärtlich angefasst wie ein Relikt; widersinniger Gegensatz zu seiner brutalen Verformung und den Brandspuren am Metall.

Wegen seines breiten Dialekts, der anscheinend eine nordhessische Version des Rhöner Platt war, vermochte Albert nur einige der Worte zu verstehen, mit denen der Bauer vom Geschehenen berichtete; es waren die Worte *Knall* und *Feuer*, es waren die Worte *brennen* und immer wieder *Èläng;* Albert wusste aus irgendeinem Grund sofort, was dieses Wort bedeutete: *Elend.*

Kurz klammerte sich sein Geist an die Möglichkeit, dass Ella sich vielleicht nicht in dem Flugzeug befunden habe, dann bemerkte er, dass der Bauer in der geöffneten Hand einen Gegenstand hielt und den Umstehenden zeigte. Auf dem Rollfeld war nun ein Seufzen zu hören, so laut, dass es fast ein Rufen war. Der Bauer hob die Hand ein wenig, als sei Albert ein scheues Tier, das man überreden müsse, Nahrung zu sich zu nehmen. In der Hand hielt er den kleinen Josef von Copertino.

Albert nahm den Talisman und schloss die Faust um ihn. Dann drehte er sich um und ging, ohne ein Wort zu sagen und ohne jemanden anzusehen.

Wie synchron zur traurigen Gewissheit klarte es auf. Der Nebel verzog sich von der Wasserkuppe und gab binnen weniger Minuten den Blick auf die umliegende Rhönlandschaft frei, in der Ferne war das Rothaargebirge zu erahnen.

Albert wahrte die Fassung, bis er wieder allein im Zimmer stand. Ein weiteres Mal betrachtete er Ellas Kleidung, die sie nicht wieder anziehen, ihr Parfum, das sie nicht wieder auftragen, das Buch, das sie nicht beenden würde. All das ertrug er, ohne eine einzige Träne zu vergießen. Dann aber setzte er sich auf das Bett, und sein Blick traf auf die schmale Stelle neben dem Kopfkissen, wo ein Stück weißes Laken zu sehen war. Genau auf dieser Stelle lag, als hätte jemand es absichtsvoll für ihn dort hingelegt, ein einzelnes dunkles Haar. Die Länge ließ keinen anderen Schluss zu, als dass dies ein Haar von Ella war, und nun konnte Albert nicht mehr und gab sich seinen Tränen hin.

COGITO

Einen Monat nach Ellas Beerdigung erkrankte Albert schwer. Ein mysteriöser Infekt befiel ihn von einer Sekunde auf die nächste; eben noch hatte er mit dem Gärtner die Pflanzung einer Rotbuche vereinbart und dafür den genauen Ort bestimmt, im nächsten Moment taumelte er und klammerte sich ans Gartentor.

»Es geht mir gerade nicht sehr gut«, konnte er noch zwischen den erblassten Lippen hervorpressen, dann wurde es ihm schwarz vor Augen und der Boden unter seinen Füßen Butter. Das Letzte, was er sah, war der Gärtner in seiner dunkelgrünen Arbeitshose, der die Schaufel fallen ließ und herbeistürzte, um seinen Fall zu bremsen.

Kaum hatte man ihn in sein Bett gebracht, wurde er von Schüttelfrost-Attacken übermannt, gleichzeitig schwitzte er so sehr, dass man jede Stunde die durchnässten Laken wechseln musste. Das Fieberthermometer zeigte bei der ersten Messung 39,5, bis zum Abend stieg die Temperatur über 40 und überstieg in der Nacht gar 41 Grad. In den kurzen Momenten der Klarheit sprach er davon, dass auf seiner Haut ein Feuer brenne und sein Kopf in einen viel zu kleinen Schädel eingepfercht sei. Dann wieder glaubte er plötzliche Einblicke in ewige Wahrheiten zu haben, vollkommen logisch und in sich geschlossen tauchte ein Modell vor ihm auf, das buchstäblich *alles* erklärte.

Gustav wurde informiert. Bei Ellas Beerdigung waren sich Vater und Sohn wiederbegegnet, hatten aber selbst an ihrem Grab nicht mehr sagen können als das Nötige. Als sich Gustav an das Bett seines Vaters setzte, erkannte ihn dieser nicht. Keiner der zahlreichen konsultierten Ärzte konnte diagnostizieren, was in Alberts Körper geschah. Nicht Wadenwickel, nicht fiebersenkende Medikationen oder eine hoch dosierte Arsphenamin-Behandlung, eigentlich zur Syphilis-Bekämpfung eingesetzt, vermochten Alberts Zustand zu bessern.

Am zwölften Tage erreichte die Krankheit ihren Höhepunkt. Alberts Atem wurde flacher, sein Puls ging flatternd. Einige Male bäumte sich sein Körper auf, die eingefallenen Züge des Gesichts vom Schmerz verzerrt. Gustav ließ den Priester rufen.

Albert spürte, wie sein Wille zu leben schwächer wurde und er sich danach sehnte, es möge bald vorbei sein und die fortwährenden körperlichen Schmerzen ein Ende haben. Mit einem Mal aber löste der Schmerz sich in sich selbst auf. Wo es vorher gestürmt und gewütet hatte, war nun endlose Stille und tiefer Frieden.

Kurz darauf oder viel später sah er sich auf ein helles Licht zugehen, wobei er noch so weit bei Sinnen war, dass ihm die ganze Szene unerträglich kitschig vorkam und er sein eigenes Unbewusstes für dessen Mangel an Originalität und Tiefe tadelte.

Er zog die Möglichkeit in Betracht, er könnte tot sein. Wie er durch Logik zu kombinieren vermochte, lag dies jedoch nicht im Bereich des Möglichen, denn *dass* er dies gerade dachte, konnte nicht in Zweifel gezogen werden, und mit einem Gefühl großer Beruhigung, das sich fast wie das Licht am Ende eines Tunnels anfühlte, dachte er an Descartes und empfand es als Triumph, dessen berühmte Worte, Fundament westlicher Philosophie, nun ganz als Teil von sich zu begreifen:

Ich denke, also bin ich.

ZWEITER TEIL

CAP-HAÏTIEN

Als die *Graf Küster* nach dreieinhalb Wochen ungewöhnlich ruhiger Fahrt karibische Gewässer erreichte und sich die Passagiere an der Reling drängten, um die aus flüchtigen Nebeln auftauchende Küste der ehemaligen Sklaveninsel Santo Domingo zu bestaunen, war Albert wohl der einzige Passagier an Deck, der die Ankunft verpasste. Seit dem Zwischenstopp in New York redete man an Bord pausenlos über die sagenhafte Schönheit dieser Insel, den ersten Ort der *neuen Welt*, auf den Kolumbus seinen Fuß gesetzt hatte, doch schon seit das Dampfschiff in Bremerhaven abgelegt hatte, waren die Worte der Mitreisenden wie ein indifferenter Strom an Albert vorbeigeflossen.

Einzig zu einem der Stewards, der seinerseits kein weiteres Wort als das nötige verlor, war über die langen gleichförmigen Tage ein nichtsprachliches Band entstanden, denn auch wenn ihr Ausgestoßensein aus der Welt ganz unterschiedliche Ursachen hatte, erkannten sich die beiden instinktiv als Verbündete in einer Gesellschaft von Dazugehörigen.

Obschon er kaum sprach, unterhielt dieser Steward die Passagiere gern mit einigen verblüffenden Taschenspielereien. Vor allem verstand er sich in der Kunst, Gegenstände verschwinden zu lassen, um sie dann an den erstaunlichsten Orten wieder hervorzuzaubern. Als Höhepunkt jeder Darbietung ließ der Steward eine beliebige Münze verschwinden, die kurz darauf unter der Zunge eines Passagiers wiederauftauchte. Albert beobachtete diese Nummer einige Male und war überzeugt, dass eine geheime Absprache zwischen dem Steward und dem jeweiligen Passagier bestehen musste. Diese Ansicht änderte sich freilich an dem Tag, als er selbst plötzlich einen metallischen Geschmack unter der Zunge wahrnahm und realisierte, dass der Steward die Münze dieses Mal unter *seine* Zunge gezaubert hatte.

»Wie haben Sie das gemacht?«, fragte er den Steward, der jedoch nur mit einem melancholischen Lächeln antwortete.

Ein französischer Missionar, der in New York zugestiegen war, argwöhnte nun seinerseits, dass Albert mit dem Steward unter einer Decke stecke, und fragte ihn nach dem Zweck seiner Reise. Albert dachte eine Weile nach und musste sich zu seiner eigenen Überraschung eingestehen, dass er die Frage nicht beantworten konnte.

»Er ist auf einer Forschungsreise«, sagte schließlich eine andere Passagierin.

»Woher wissen Sie das?«, fragte Albert.

»Sie haben es mir selbst gesagt«, war die Antwort, und jetzt erinnerte er sich wieder. Er war auf ebenjener Forschungsreise, zu der ihm der Doktor der Inneren Medizin damals geraten hatte. In der Innentasche seines Jacketts befand sich ja auch die Fotografie des Kaufmanns Peters, die ihm in Cap-Haïtien gute Dienste leisten würde. Er empfand Erleichterung bei dem Gedanken, dass offenbar alles seine Richtigkeit hatte.

»Er ist noch nicht über den Tod seiner Frau hinweggekommen«, sagte die Passagierin leise zu dem Missionar.

»Habe ich Ihnen das auch gesagt?«, fragte Albert.

Die Frau nickte.

Nur drei Passagiere verließen in Cap-Haïtien die *Graf Küster*: ein Marshall der amerikanischen Armee, ein haitianischer Student, der in Boston an der medizinischen Fakultät sein Studium beendet hatte, und dazu Albert, der mit einem riesenhaften Überseekoffer reiste. Im letzten Augenblick gesellte sich auch der Steward zu den Aussteigenden.

»Ich wohne hier«, war seine schlichte Antwort auf Alberts verwirrten Blick.

Weil Ebbe herrschte, konnte das kleine Boot die vier Passagiere nicht ganz bis zum Pier bringen. Student und Steward sprangen behände ins knietiefe Wasser und wateten an Land; Albert und dem Marshall wurde von zwei kräftigen Männern bedeutet, auf ihren Rücken zu steigen. Während dieses kurzen Ritts machte Albert eine sonderbare Erfahrung:

Denn kaum hatte er auf dem breiten Rücken Platz genommen, empfand er, dass die Begrenzung zwischen dem fremden Körper und seinem eigenen, nun ja, verschwamm, vergleichbar mit zwei Flüssigkeiten, die sich miteinander verbinden.

Das ergibt keinen Sinn, dachte er weiter, während er sich nun wie eine Art verwachsener Fortsatz des anderen Körpers, ein unförmiges Körperteil, eine Art Buckel, fühlte. Nachdem er abgesetzt worden war, stand er noch eine Weile leicht benommen auf dem Pier neben seinem Koffer.

Inmitten des Gedränges aus Menschen, die Säcke trugen, Fische wogen, Karren schoben, Früchte stapelten und Körbe füllten, kurz: Absichten verfolgten, fühlte sich Albert wie in Harz gefangen, unfähig, sich zu einer Handlung durchzuringen. Zwei schwitzende amerikanische Marines in hellbraunen Uniformen schlenderten vorbei; dem einen steckte eine Zigarette im Mundwinkel, die jedoch nicht brannte. Albert merkte mit Erstaunen, dass ihm die tropische Hitze wenig ausmachte, ja, er musste sich bemühen, sie überhaupt wahrzunehmen.

Plötzlich stand eine Frau vor ihm. Ihr Kleid aus grobem Leinen zeigte einen Faltenwurf wie auf einem barocken Gemälde, Albert glaubte, ein sanftes Wesen in ihr zu erkennen.

»Brauchen Sie ein Zimmer?«, fragte sie in kantigem Französisch. Albert kramte das Bild des Kaufmanns Peters hervor und zeigte es der Frau.

»Wissen Sie, wo dieser Mann lebt?«

»Ich habe diesen Mann noch nie gesehen.«

»Hm.«

Vielleicht war es gut, ein Zimmer zu haben, vorübergehend, nur um den riesigen Koffer abzustellen. Sonderbarerweise ging die Sonne schon unter. Es dämmerte hier nicht gemächlich, wie Albert es gewohnt war; die Stadt verdunkelte sich vielmehr in einer Geschwindigkeit, als werfe jemand eine Decke darüber.

»Ich heiße Cécile Lamartinière«, sagte die Frau, »aber alle nennen mich Maman Cécile.«

Zwei Jungen schleppten das Ungetüm von Koffer durch die plötzlich nächtlichen Straßen; Frauen mit verbeulten 5-Gallonen-Kanistern verkauften mit lang gezogenen »Gaaas«-Rufen Kerosin für Fackeln. Dazu boten sie kleine Kerzen an, die hier *bougies* genannt wurden und mit ihrem eigenen Wachs, das stets weich blieb von der Tropenhitze, an Vorsprüngen und Fenstersimsen angebracht wurden und tausendfach die Straßen erhellten.

An der gekalkten Wand des Hotelzimmers hing ein Bildnis der schwarzen Maria, und statt eines Fensters aus Glas bildete ein dünnes Gitter die einzige Begrenzung zur Außenwelt. Als er sich ins Bett legte, wurde ihm kurz schwindlig; die wiegenden Bewegungen des Dampfers hatten sich so tief in seinen Körper eingeschrieben, dass sein Bett wie auf dem Meer zu schwanken schien.

Am Tag hatte sich Albert darüber gewundert, dass die neue Umgebung seine Sinne nicht stärker gereizt hatte, nun in der Nacht nahm er plötzlich die verschiedenen Gerüche mit solcher Klarheit und Plastizität wahr, als seien sie dreidimensionale Objekte: die diskrete Süße des Hibiskus, die kurzen salzigen Brisen vom Meer her, der Schweiß unterschiedlichster Geschöpfe, eine Spur Verwesung.

Am Morgen wusch er sich mit lauwarmem Wasser in dem dafür bereitstehenden Zuber, trank einen starken Kaffee, trat nach draußen in den Garten und sah erstaunt, dass der Steward der *Graf Küster* gerade den Gartenzaun des Hotels ausbesserte.

»Verfolgen Sie mich?«, fragte Albert.

»Verfolgen *Sie mich*?«, antwortete der Steward und machte sich daran, einen kleinen Nagel in eine Latte zu schlagen.

»Sie sahen aus wie jemand, der ein Zimmer gut gebrauchen könnte. Nun, und meine Tante kann Gäste gut gebrauchen, also habe ich ein unverbindliches Zusammentreffen arrangiert.«

»Wie ist Ihr Name?«

»Rudolphe«, antwortete der Steward, wobei er den Namen nicht auf der zweiten Silbe betonte, wie es die Franzosen tun, sondern auf der ersten, sodass Albert den deutschen Namen Rudolf zu erkennen glaubte.

»Rudolphe oder Rudolf?«

Der Steward sagte seinen Namen ein weiteres Mal, wobei die Betonung nun genau zwischen den beiden Varianten lag.

Ein Mann, den eine makellose weiße Uniform als Polizist auswies, musterte das Bild des Kaufmanns Peters und schüttelte den Kopf.

Er verwies Albert an die Gendarmerie. Diese war geschlossen, und als sie wieder öffnete, blickten die Gendarmen ebenso leer auf das Bild des Kaufmanns wie danach der Besitzer eines Kurzwarenladens, an den er von den Gendarmen verwiesen worden war. Albert verbrachte mehrere Tage damit, durch die

Stadt zu streifen und das Bild des Kaufmanns herumzuzeigen, doch die Aussage, es kenne ihn hier jeder, erwies sich insofern als unwahr, als das Gegenteil der Fall war: Es kannte ihn niemand.

Da Albert nichts einfiel, was er sonst tun konnte, ging er weiter durch die Stadt und zeigte Passanten das Bild. Er zwang sich dazu, niemals den gleichen Weg zu nehmen, wodurch er in immer entlegenere Gebiete geriet. Wie von Geisterhand endete aber jeder seiner langen Gänge an der immergleichen Veranda eines Hauses, auf der einige Stühle und Tische verteilt waren. In der Regel bestellte er eine Limonade aus Limetten, saß dann eine Weile da und rief schließlich, eher aus Gewohnheit als aus echtem Appetit, nach der Kellnerin. Meist wurde ihm dann *Diri ak Pwa*, Reis mit Bohnen, gebracht, manchmal auch gebratenes Ziegenfleisch, das hier *Tasso* genannt wurde.

Nach einiger Zeit bemerkte er, dass es hinter ihm zu wispern begann, wenn er auftauchte; es waren immer dieselben Worte, die ihm durch die Straßen nachwehten: *Nekimontre imeila.* Schließlich riefen es ihm gar die Kinder hinterher.

»Was hat es damit auf sich?«, fragte er Rudolphe.

»Es sind nicht zwei Worte, sondern fünf«, erwiderte Rudolphe, »*neg ki montre imaj la.* Es ist Kreol und bedeutet: Der Mann, der das Bild zeigt.«

»So heiße ich jetzt anscheinend«, sagte Albert.

Einmal bemerkte er erst am Abend, dass das Bild noch im Hotelzimmer lag. Er musste den ganzen Tag lang seine leere Hand herumgezeigt haben.

Die von den Einheimischen gesprochene Sprache, das haitianische Kreol, wurde ihm schnell vertraut. Er erklärte es sich damit, dass er nicht auf, sondern zwischen die Wörter hörte. So konnte er zumindest in Grundzügen den Gesprächen der anderen Gäste folgen; er hörte der Klage eines eifersüchtigen Mädchens über ihren promisken Geliebten zu und wohnte einer Diskussion über die Nutzung eines Segelboots zum Fischfang bei. An einem anderen Abend amüsierten sich zwei Männer in beigefarbenen Anzügen über den Aberglauben unter der Landbevölkerung, der nicht auszurotten sei, *ein Gott in jedem Baum, jedem Tümpel und jedem Stein*, während an einem anderen Tisch ein gebeugter Mensch, der bereits die dritte Flasche *Clairin* öffnete, laut die nun schon ins vierzehnte Jahr gehende Okkupation der amerikanischen Armee beklagte und immer wieder ankündigte, in die Berge zu gehen, um sich den *cacos*, den Rebellen, anzuschließen. Man solle nur den größten Baum Haitis für ihn finden, dann werde er eigenhändig die fünfhundert verbliebenen amerikanischen Marines daran aufknüpfen oder sie, falls sich kein Baum von dieser Größe finden lasse, zumindest aus dem Land jagen.

»Wir haben die napoleonischen Truppen besiegt! Hundert Jahre lang haben wir jeder Armee der Welt getrotzt!«

Daraufhin rollten ihm Tränen über die Wangen.

»Pierre Sully!«, rief er anklagend und sank in eine stumpfe, lethargische Melancholie. Albert hatte den Namen noch nie zuvor gehört, doch den meisten Haitianern war er geläufig, denn es handelte sich bei *Pierre Sully* um buchstäblich den einzigen haitianischen Soldaten, der sich vor vierzehn Jahren den amerikanischen Invasoren entgegengestellt hatte. Sie hatten ihn daraufhin erschossen.

Albert bemerkte, wie sein Wesen sich seit seiner schweren Krankheit immer mehr veränderte. Früher hatte er wie unbewusst in seinem Kopf für jeden Menschen, dem er begegnete, eine Krankenakte angelegt, hatte körperliche Merkmale und

Besonderheiten geradezu benennen *müssen.* Nun aber fiel es ihm zunehmend schwerer, die Menschen in seiner Umgebung überhaupt als voneinander getrennte Wesen zu erkennen; in manchen Momenten sah er lediglich ein bewegliches Geflecht von ineinanderfließenden Bewegungen und Molekülen, die zueinanderstrebten oder sich abstießen.

Mit dieser verwirrenden Verschiebung seiner äußeren Wahrnehmung ging auch eine innere Veränderung einher. Im gleichen Maße nämlich, in dem sich die Begrenzungen zwischen den Menschen auflösten, verblassten seine Empfindungen. Um manche von ihnen war es ihm nicht gram – der Hass etwa oder der Neid fehlten ihm kein bisschen, das Versiegen seines Geltungsbedürfnisses erleichterte ihn gar. Jedoch betraf die Erosion auch Gefühle, die er nicht missen wollte; etwa die Melancholie, die Sehnsucht oder die Liebe.

Alberts Liebe zu Ella war so tief in ihn eingeschrieben, so vielgestaltig mit seiner gesamten Existenz verknüpft, dass ihm die Vorstellung, es könnte ihn ohne diese Liebe geben, ganz und gar abwegig erschien. Er stemmte sich gegen den Verlust seiner Sehnsucht, wie sich ein im Treibsand Versinkender wehrt. Es gelang ihm, den Prozess zu verlangsamen, indem er sich regelmäßig an gemeinsame Erlebnisse erinnerte, an den Geruch ihrer Handgelenke und ihre Art, ihn am Morgen anzublicken; aufhalten konnte er das Verblassen nicht.

Albert führte seinen ungewohnten Zustand auf die tropische Hitze zurück, die den Geist ins Fließen brachte. Immerhin war ihm die Logik geblieben; so konnte er sich alles, was er nicht mehr intuitiv zu spüren vermochte, in analytischen Gedankenketten herleiten.

Es vergingen Tage, an denen er von niemandem bemerkt wurde, und es gab Tage, an denen er sich selbst nicht bemerkte.

»Dürfen wir uns setzen?«, fragte eines Abends eine raue Stimme in einer Art Französisch, als versuchte sich ein beleibter Mensch mit dicken Winterstiefeln im Ballett. Zwei Menschen standen vor ihm.

»Bitte«, sagte Albert, »natürlich ...«

Er versuchte, sich klar darüber zu werden, um welche Art Menschen es sich handelte. Für die eine Person schien Sitzen eine Qual zu sein, weil es sie stets an einen Ort zog, an dem sie nicht war. Die andere Person war jemand, der während eines Banküberfalls Schmiere stand. *Aber das ergibt ja gar keinen Sinn*, dachte Albert.

»Was können Sie empfehlen?«, fragte die Person, die an einem anderen Ort sein wollte.

»Ich ... ich habe meist Reis mit Bohnen gegessen.«

Die eine Person hatte Haare über der Lippe, trug einen Oberlippenbart, einen *Schnauzer,* so sagte man wohl, auch war die Stimme dieser Person tiefer; all diese Indizien brachten Albert zu der Schlussfolgerung, dass es sich wohl um eine männliche Person handeln musste, während das Haar der anderen Person lang war und zu einem vollen Zopf geflochten, auch trug sie hellroten Lippenstift, daher war wohl davon auszugehen, dass diese Person eine Frau war.

»Wir sind aus Holland.«

»Holland ...«, wiederholte Albert und ließ das Wort in seinem Mund nachwirken, als versuchte er, ein Gewürz herauszuschmecken.

»Bert«, sagte der Mann, und erst, als die Frau *Marijke* sagte, verstand Albert, dass das ihre Namen sein mussten.

»Verfügen Sie über ein Automobil?«, fragte der Mann.

»Ein Automobil?«

»Oder können Sie eines auftreiben?«

»Seit meiner Ankunft«, sagte Albert, »habe ich kaum ein Dutzend Automobile in der Stadt gesehen.«

»Wir wissen, dass es schwierig ist.«

»Wenn es leicht wäre, hätten wir Sie ja nicht gefragt.«

Albert dachte an seinen Horch. Der gute Horch. Er schloss die Augen und hörte unvermittelt präsent das beruhigende Brummen des 18/25er-Motors.

»Warum sprechen Sie gerade mich an?«, fragte Albert und öffnete die Augen.

»Haben Sie sich einmal umgeguckt? Sehen Sie außer uns dreien hier noch einen Weißen?«

»Es liegt wohl nahe, dass wir zusammenhalten müssen«, sagte die Frau. Albert nickte, als wüsste er genau, wovon die beiden sprachen. Aber erst als die Holländer nach längerem Gespräch längst wieder in der Nacht verschwunden waren, wurde ihm klar, dass Bert wohl die Farbe ihrer Haut meinte. Nun, als er darauf achtete, bemerkte auch er, dass die Hautfarbe aller anderen Menschen von dunklerer Färbung war, und er war erstaunt, dies nicht schon zuvor bemerkt zu haben.

Etwas Eigentümliches geht mit mir vor.

Auch bei Rudolphe und Maman Cécile, die im Garten des Hotels Bier tranken, bemerkte er im Licht einiger Lampions nun die dunkle Färbung ihrer Haut.

»Wissen Sie zufällig, wie man kurzfristig ein Automobil auftreiben könnte?«, fragte Albert.

»Wofür brauchen Sie ein Automobil?«

»Zwei Holländer fragten mich, ob ich wüsste, wo eines aufzutreiben sei. Sie sind Naturforscher und wollen ein Tier fangen, das es nur auf dieser Insel gibt.«

»Was für ein Tier?«

»Das haben sie nicht gesagt. Es lebt anscheinend im tiefen Unterholz der Wälder und soll schwieriger zu fangen sein als ein Gespenst.«

»Warum wollen Sie den Holländern dabei helfen?«

Albert dachte eine Weile nach. Er wusste nur, dass der eigentümliche Nebel, von dem sein Geist seit seiner Ankunft auf der Insel verhangen war, durch einen frischen Wind vertrieben wurde, seit er wieder eine Aufgabe hatte.

»Das Blut pulsiert in meinen Adern, seit ich ihnen begegnet bin«, sagte er schließlich. »Und mit dem Blut sind auch einige Empfindungen zurückgekehrt, die ich verloren glaubte.«

Rudolphe fragte ihn, was für Empfindungen er meinte.

»Etwa die Traurigkeit über den Tod meiner Frau.«

»Ist die Rückkehr dieser Empfindung etwas Gutes?«

»Ja«, antwortete Albert, »denn sonst weiß ich nicht mehr, woran ich mich überhaupt halten soll.«

Rudolphe nickte.

»Ich denke, ich weiß, wo wir ein Automobil finden können.«

Am nächsten Morgen führte Rudolphe ihn in eine Gegend, in die es ihn noch bei keiner seiner Wanderungen verschlagen hatte. In einer kleinen Gasse windschiefer Hütten wurde Rudolphe von einer Horde spielender Kinder freudig beim Namen gerufen.

»Sagt Faustin, dass ich ihn sprechen will und es nicht ums Geld geht«, sagte Rudolphe zu den Kindern.

Zwei Jungen stieben davon.

»Ist er ein Geist?«, fragte ein kleines Mädchen und schielte unauffällig zu Albert. Rudolphe lachte.

»Aber nein. Seine Haut ist nur von hellerer Farbe.«

Er wandte sich an Albert.

»Manche Menschen hier erzählen sich, dass nach dem Tod ihre Körper ausbleichen, deswegen denken die Kinder, dass Weiße lediglich verblasste Schwarze aus dem Totenreich sind.«

»Ich habe das Geld nicht!«, drang eine weinerliche Stimme aus einer Hütte.

»Vergiss das Geld und komm raus«, sagte Rudolphe, »es geht nicht ums Geld.«

Faustin trat aus der Hütte.

»Was gibt es?«, fragte er, nun ohne jede Erregung.

Rudolphe sprach mit ihm über ein *ansyen otomobil,* das ein armenischer Kaufmann bei Faustin eingelagert hatte, was jedoch schon so viele Jahre zurücklag, dass die Rückkunft des Armeniers höchst unwahrscheinlich schien. Faustin führte sie zu einem Schuppen, dessen rosafarbener Anstrich verblichen war. Innen war unter einem Meer von Säcken, Brettern und Farbeimern ein Automobil zu erahnen.

Gemeinsam begannen sie, es freizulegen wie eine antike Grabstätte. Schon nach kurzer Zeit hielten Albert und Rudolphe inne und sahen sich an.

»Ein Geist, um ein Gespenst zu fangen«, sagte Rudolphe mit einem kleinen Lächeln; offensichtlich hatten die beiden gleichzeitig erkannt, dass es sich bei dem Wagen um einen 1921 gebauten, ganz besonderen Rolls-Royce handelte. Albert kannte den *Silver Ghost* aus dem Münchner Automobilclub und war ihn bei einem Treffen sogar einmal kurz gefahren. Seinen Namen verdankte der Wagen seiner silbernen Lackierung sowie der Tatsache, dass für das Armaturenbrett Aluminium statt wie üblich Teakholz verwendet worden war. Beides verlieh dem Automobil eine futuristische Erscheinung; mit dem Zusatz *Ghost* sollte die ausgesprochen geringe Geräuschentwicklung des sechszylindrigen Ottomotors hervorgehoben werden.

Nun, geräuschlos wie ein Geist klang der Motor nicht gerade, als Albert die Zündung betätigte, das widerstrebende Röcheln und Husten hörte sich im Gegenteil äußerst weltlich an. Nachdem er jedoch einige Male das Gaspedal durchgedrückt hatte, schien sich der Wagen in sein Schicksal zu fügen und lief für die

Tatsache, dass er mehrere Jahre vor sich hin gerostet hatte, recht rund, was die aufgeregten Kinder in der Gasse mit Jubel quittierten.

SOLENODON PARADOXUS

Es war ganz natürlich geschehen, dass Albert sich in den Dienst fremder Absichten gestellt hatte. Sein ganzes Leben lang hatte er nichts anderes getan, als sich eine gesellschaftliche Position zu erarbeiten und dem eigenen Staunen zu folgen, aber als er nun im Dämmerlicht der ersten Morgenstunden am Steuer des Silver Ghost saß und die Ausläufer Cap-Haïtiens Raum machten für den Urwald, überkam ihn große Erleichterung, dass er bei dieser Expedition nicht Führender, sondern lediglich Ausführender war. Rudolphe hatte sich angeboten, die Gruppe als Ortskundiger zu begleiten, und saß nun neben Albert, auf dem Schoß die Abbildung eines Tieres, das aussah wie eine überdimensionierte stämmige Spitzmaus.

»Es ist weltweit das einzige Säugetier, das in der Lage ist, durch seine Vorderzähne Gift in Beutetiere zu injizieren. Kein anderes Wesen säugt seine Jungen *und* hat einen Giftzahn.«

»Deswegen der Name«, sagte Marijke, »weil das eigentlich paradox ist.«

In geschwungenen Buchstaben stand unter der Radierung: Dominikanischer Schlitzrüssler, lat. *Solenodon paradoxus,* Familie der *Solenodontidae.* Es sei wahrscheinlich, dass es sich um ein prähistorisches Tier handele, das schon zur Zeit der Dinosaurier gelebt habe.

»Ich habe ein solches Tier schon einmal gesehen«, sagte Rudolphe, »unweit der Gegend, in der ich aufgewachsen bin.

Diese Tiere sind scheu und schreckhaft. Es wird sehr schwer sein, eines zu fangen.«

»Das wissen wir«, sagte Bert, »es ist leichter, ein Gespenst zu fangen, heißt es. Aber wir haben es der Königin versprochen.«

»Sie haben es *der Königin* versprochen?«

»Wir haben es der Königlichen Zoologischen Gesellschaft versprochen«, sagte Marijke.

»Können Sie uns in die Gegend bringen, in der Sie es gesehen haben?«, fragte Bert.

»Ja«, sagte Rudolphe, »wir werden allerdings in unwegsames Gelände vordringen müssen, in dem es keine Straßen gibt.«

Darauf sei man eingestellt, ließ Bert ihn wissen, sie seien nicht das erste Mal auf einer Mission durch Gegenden, in die noch kein Mensch zuvor jemals einen Fuß gesetzt hat.

»Wir lieben die unberührte Natur.«

Wie es Rudolphe vorhergesagt hatte, war ihnen der Silver Ghost bereits nach wenigen Stunden keine Hilfe mehr, und nachdem man eine Weile in Schrittgeschwindigkeit über etwas geholpert war, was sich nur mit viel Phantasie noch Straße nennen ließ, einigten sie sich mit dem uralten Besitzer einer Hazienda darauf, das Automobil bei ihm für einige Zeit unterzustellen.

Eine steinige Ebene, auf der nur vereinzelt Bäume und Buschwerk standen, hatten sie schnell durchquert; mit einer leichten Steigung wurde auch die Vegetation dichter, sodass Rudolphe gezwungen war, mit der Machete einen Weg durch erste Schlingpflanzen und dorniges Gestrüpp zu schlagen. Und dann gerieten sie unvermittelt an eine natürliche Grenze, einer Wand ähnlich, hinter der das lag, was die Menschen den Urwald nennen.

Erdige Feuchtigkeit schlug ihnen entgegen; die Luft komprimierter, das Licht gedämpft, kräftiger und intensiver aber die Farben. Auch die Geräusche kamen Albert fremd vor, sie hatten nichts mit denen eines mitteleuropäischen Mischwalds gemein. Man glaubte hier in einem zwar sehr großen, doch geschlossenen Raum zu sein; ein Raum, in dem kein Geräusch verloren geht und jeder noch so entfernte Flügelschlag wahrzunehmen ist, wenn man nur genau genug hinhört.

Schon bei den ersten Schritten durch den Dschungel war eines nur schwer zu übersehen: Es mochte wohl sein, dass die beiden Holländer die unberührte Natur liebten, aber diese Liebe wurde von der unberührten Natur nicht erwidert. Der Urwald schien sich geradezu einen Spaß daraus zu machen, sie in allen erdenklichen Weisen zu malträtieren. Es begann damit, dass die Holländer sich fortwährend in Gestrüpp verhedderten und über Baumwurzeln stolperten. Dann wichen zwei zudringliche Libellen über eine halbe Stunde nicht von Berts Seite, sosehr er sie zu verscheuchen suchte. Kurz darauf flatterte ein Schwarm kleiner, grün schillernder Vögel mit rotem Schnabel aufgeregt zwitschernd direkt neben Marijke aus dem Gebüsch; sie erschrak darüber so sehr, dass sie sich setzen musste.

»*Todus subulatus*«, sagte sie mit zitternder Stimme, »eine der fünf Arten der Todis, der einzigen Gattung der Familie der *Todidae* in der Ordnung der Rackenvögel. Sie singen selten, stoßen aber häufig klagende Rufe aus.«

Von ferne waren wie zum Beweis ebenjene Rufe zu hören.

Kurz darauf beobachtete Albert, wie Berts Bein sich in einer Schlingpflanze verfing, er das Gleichgewicht verlor und gerade noch einen Ast zu fassen bekam. Dieser allerdings war morsch, er brach und erwies sich als die angestammte Heimat unzähliger Feuerameisen, die sich wie eine Dusche auf den armen Mann ergossen. Erst als er nur noch in der Unterhose vor ihnen stand und mit panischen Bewegungen alle Ameisen abgestreift hatte, kam der massige Körper des Holländers keuchend zur Ruhe, die weiße Haut mit roten Pusteln übersät.

Im Gegensatz zu herkömmlichen Ameisen, die nur bissen und dann Säure in die Wunde spritzten, erklärte ihnen der Naturforscher, immer noch stöhnend vor Schmerzen, bissen die *Solenopsis* sich lediglich fest, um eine gute Position für den Stich zu haben, mit dem sie ein alkaloides Gift namens *Solenopsin* injizierten, eine Verbindung aus der Klasse der *Piperidine,* die für den Menschen äußerst schmerzhaft sei und sich oft entzünde; bei ungünstiger Disposition führe eine allergische Reaktion manchmal gar zum Tod.

Als es dunkel wurde, schlugen sie auf einer kleinen Lichtung ihre Zelte auf und aßen schweigend einige Früchte sowie eine Suppe, die Rudolphe aus Palmenstängeln über dem Feuer kochte und die von erstaunlich feinem Geschmack war.

Am nächsten Tag zur Mittagszeit versank Albert auf dem Weg in den Anblick einiger Schnecken im feuchten Dunkelgrün eines bemoosten Baumes. Er glaubte plötzlich, ganz unmittelbar sinnlich nachvollziehen zu können, wie es sich anfühlen musste, einen weichen, wirbellosen Körper zu besitzen, der von Schleim umgeben war. Wie schön es sein musste, sich in bedächtigem Gleichmut über warmes feuchtes Moos emporzuziehen. Jede Hast in ihm verdunstete.

»*Liguus virgineus*«, sagte Bert im Vorbeigehen und schlug mit der Hand nach einem Insekt, das ihm im Nacken saß, »1684 zum ersten Mal erwähnt, die Färbung wird von Chromophoren erzeugt, die direkt unter der Schale sitzen.«

Als es auf den Nachmittag zuging, begann Bert fürchterlich zu schwitzen. Er konnte die Machete kaum noch in den Händen halten und ließ sie mehr auf das Gestrüpp fallen, als dass er danach schlug. Jedes Angebot der Hilfe oder vor der Zeit zu rasten wies er mit letzter zorniger Kraft zurück, und so schleppte er sich noch eine Stunde bis zu einer Ansiedlung einiger Hütten und brach dann auf einem Lager zusammen. Dort zuckte und zitterte er eine Viertelstunde lang wie epileptisch. Die Gesichter der Dorfbewohner zeigten Verstörung.

»Sie glauben, dass er besessen ist«, sagte Rudolphe leise zu Albert und übersetzte Bert ihr Angebot, ihn durch Anrufung der *Loa,* wie die Wesen aus der anderen Welt hier genannt wurden, von seiner Besessenheit zu befreien, was dieser mit tonloser Stimme ablehnte.

Marijke wachte die Nacht über an seinem Bett, und als am nächsten Morgen keine Besserung eingetreten war, wollte sie die Expedition aus Sorge um den Zustand ihres Mannes beenden. Bert jedoch war nicht schwach genug, um nicht zornig die unbedingte Fortsetzung der Mission zu fordern.

»Es geht mir schon viel besser, ich komme nach«, stieß er zwischen den geschlossenen Zähnen hervor, bevor er auf das von seinem Schweiß durchnässte Lager sank.

Von der Ansiedlung aus gelangte die nun auf drei Teilnehmer dezimierte Expedition auf einen ausgetretenen Bergpfad, auf dem das Fortkommen sogar Marijke leichter fiel. Nach einer Weile blieb Rudolphe plötzlich stehen und bedeutete den beiden anderen mit einer Handbewegung, es ihm gleichzutun.

»Ich werde Ihnen«, sagte er flüsternd zu Albert und Marijke, »einen Zaubertrick vorführen. Geben Sie acht!«

Er schlich langsam zu einem kleinen, von hellroten Blüten behangenen Busch, der kaum knöchelhoch am Rand des Weges wuchs, und ging vor ihm auf die Knie. Langsam und auf allen vieren näherte er sich der Pflanze, bis seine Nasenspitze sie beinahe berührte. Er öffnete den Mund und – hauchte den Busch sanft an. Es war daraufhin ein leichtes Schaudern in den Blättern wahrzunehmen, und tatsächlich wie von Zauberhand schlossen sich synchron alle Blüten. Die Blätter sanken spannungslos herunter wie nach dreiwöchiger Dürreperiode. Rudolphe verbeugte sich und deutete auf die Pflanze wie auf eine talentierte Assistentin.

»Warten Sie.«

Gemeinsam standen sie da und betrachteten die Pflanze, in der sich nicht mehr ein Fünkchen Leben regte. Aber plötzlich tat sich wie eine Vorhut eine einzelne Blüte auf, und als hätte sie ihren Kameraden bedeutet, dass die Luft – buchstäblich – wieder rein sei, öffneten sich nach und nach alle anderen Blüten. Das Leben kehrte in die Blätter zurück, und kurz darauf stand der kleine Busch wieder lebendig leuchtend am Wegesrand.

»Jetzt Sie!«, sagte Rudolphe, und ihm zum Gefallen schlich sich Albert ebenso vorsichtig an den Busch heran, wie es zuvor Rudolphe getan hatte. Er kniete nieder und hauchte die Pflanze an. Er hauchte ein zweites Mal. Weder die Blüten noch die Blätter reagierten. Er sah Rudolphe an, der über die ausbleibende Reaktion der Pflanze durchaus verwundert zu sein schien. Albert hauchte stärker, pustete und blies, doch der Busch blieb vollkommen unbeeindruckt.

»Hm«, sagte Rudolphe, »das habe ich noch nie erlebt. Die Pflanze reagiert auf den menschlichen Atem. Die einzige logische Erklärung wäre, dass Sie entweder kein Mensch sind oder aber nicht atmen. Gegen beides spricht die lebendige Anschauung.«

Marijke kam dazu, beugte sich zur Pflanze hinunter, und kaum, dass sie sie angehaucht hatte, schlossen sich sofort die Blüten, und die Blätter sanken müde herab. Nachdenklich betrachteten sie die geschlossenen Blüten, schließlich zuckte Rudolphe mit den Schultern, und sie setzten ihren Weg fort.

Nun schon am vierten Tag in Folge wurden sie am Nachmittag gegen halb fünf von einem Gewitter heimgesucht. Dies kündigte sich stets auf dieselbe Art und Weise an: Innerhalb weniger Minuten erstarben die Geräusche des Urwalds, das Schreien, Kreischen, Scharren, Rascheln, Flattern und Grunzen. Kaum schwieg der Urwald, verdunkelte sich der Himmel, und es setzte sturzbachartig Regen ein, der nach exakt fünf Minuten ebenso unvermittelt wieder endete. Es wurde hell, die Tierwelt kam erst zögerlich, dann mutig aus Löchern und Verstecken, kurz darauf war alles wie zuvor – mit dem einzigen Unterschied, dass die drei Entdeckungsreisenden bis auf die Haut durchnässt waren.

»Es wäre vielleicht angebracht, den morgigen Nachmittag zwischen vier und fünf an einem wettergeschützten Ort zu verbringen«, sagte Rudolphe, während er sein Hemd auswrang.

»Wir sollten den Tee in der Tat drinnen einnehmen«, sagte Marijke, einen britischen Akzent imitierend. Es war das erste Mal, dass sie einen Scherz versuchte.

Kurz darauf entdeckte Rudolphe die Spuren kleiner Tatzen im feuchten Boden. Schnell herrschte Einigkeit, dass dies die Abdrücke eines Solenodons sein mussten. Marijke beschäftigte sich mehrere Stunden mit dem Bau einer Falle, die aus einem mit Blättern bedeckten Netz, verschiedenen Seilen, einem großen Stein sowie einem Köder in Form einer getrockneten Eidechse bestand.

Sie könne sich den Aufwand sparen, sagte Rudolphe, dieses Tier lasse sich nur mit der bloßen Hand fangen, ein grober Sack sei alles, was man dazu brauche. Als es dunkel wurde, verschwand er im Wald und kehrte nach zweieinhalb Stunden verschwitzt und abgekämpft, jedoch ohne Solenodon zurück. Um ein Haar hätte er eines zu fassen bekommen, behauptete er, er habe die Umrisse im Mondlicht direkt vor sich gesehen.

Am Morgen war das Netz zwar hochgezogen, feuchte Blätter und einige kleine Zweige waren jedoch die einzige Beute. Man einigte sich darauf, noch tiefer in den Urwald vorzudringen.

Als trieben die meteorologischen Verhältnisse ein wissendes Spiel mit ihnen, setzte der Wetterumschwung am nächsten Tag nicht wie vereinbart um halb fünf, sondern schon am Mittag ein. Alarmiert vom abschwellenden Geräuschpegel, gelang es den drei Reisenden, in eine Felsspalte zu flüchten, wo sie zwar nicht vor Regen, wenigstens aber vor Wind geschützt zu sein hofften. Doch was dann über sie hereinbrach, war kein gewöhnliches tropisches Gewitter und endete auch nicht binnen fünf Minuten wieder. Der Himmel verwandelte sich in beunruhigender Geschwindigkeit in zornig wallende Tinte, der Regen fiel zunächst in eiskalten Tropfen, um dann von einem Moment auf den anderen in etwas umzuschlagen, was Albert noch nie zuvor erlebt hatte. Es war, als stünde man direkt unter einem gewaltigen Wasserfall.

Am Anfang hatte Albert noch aus alter Gewohnheit versucht, die Entfernung des Gewitters zu bestimmen, indem er bei jedem Blitz lautlos zu zählen begann, gab es aber auf, als sich die Donnerschläge zu einem andauernden ohrenbetäubenden Grollen vereinigten. Die drei kauerten sich aneinander wie verängstigte Tiere und sahen mit aufgerissenen Augen zu, wie der Wirbelsturm ohne Gnade durch die Landschaft fuhr. Die sonst friedvoll hängenden Lianen wirbelten wie geföhntes Frauenhaar nach oben, entwurzelte Bäume rauschten krachend durch den Urwald. Unter den Blitzeinschlägen bebte sogar der Fels, an den sie sich drückten.

Bis tief in die Nacht hinein tobte der Wirbelsturm, dann legte sich der Wind, während der Regen noch bis in die frühen Morgenstunden anhielt. Trotz ihrer durchnässten Kleidung fielen die drei erschöpft in einen unruhigen Dämmerzustand. Als Albert daraus erwachte, hörte er sowohl Marijke wie auch Rudolphe leise schnarchen. Die Sonne musste gerade aufgegangen sein, die Felsspalte lag noch im Schatten, neblige Feuchtigkeit stieg auf. Leise, um die anderen nicht zu wecken, stand er auf.

Er ging einige Schritte und betrachtete fasziniert das Ausmaß der Zerstörung. Er kroch unter abgeknickten Baumriesen hindurch, dahinter lag wie von einer Dampfwalze geplättet ein ebenes Feld, wo vormals riesenhafte Farne und mannshohe Gräser gestanden hatten. In allen Farben verstreut lagen die Blütenblätter zerfetzter Orchideen, Äste jeder Größe klagten mit ihren harzigen Bruchstellen die Gewalt des Sturms an.

Albert blieb stehen, ein winziges Wesen inmitten überwältigter Vegetation. Er hatte plötzlich keine Ahnung mehr, was er an diesem gott- und menschenverlassenen Ort der Erde eigentlich suchte. Er sollte nicht hier sein. Es gab für ihn hier nichts zu tun und nichts zu entdecken. Eine Weile stand er nur da und konnte sich nicht vorstellen, sich jemals wieder zu bewegen.

Aus dem Augenwinkel nahm er dann aber am Ende des gewalzten Feldes eine Bewegung wahr, und als er den Kopf wandte, sah er, wie ein Tier aus dem Nebel heraus auf ihn zugelaufen kam. Es hatte ungefähr die Größe eines Frischlings, der Gang war flink und erzeugte in Albert ein Gefühl von Mitleid, denn wegen der kurzen stämmigen Beinchen watschelte das Tier eher, als dass es lief. Wenige Meter vor ihm blieb es plötzlich stehen. Es reckte seinen kurzen Rüssel in die Luft und schien mit den winzigen schwarzen Augen die Umgebung abzusuchen, dazu gab es leise schnalzende Geräusche von sich. Dies musste das Tier sein, nach dem sie seit Tagen suchten – das Solenodon paradoxus.

Mit der Scheuheit dieses Tieres, die es Millionen von Jahre vor dem Aussterben gerettet hatte, war es anscheinend nicht allzu weit her. Albert ging mit langsamen Schritten auf das Solenodon zu. Das Tier rührte sich nicht von der Stelle, sondern bewegte nur mit leiser Hektik seinen Kopf. Er ging vor ihm auf die Knie und hörte geradezu durchdringend die immer schneller werdenden Klicklaute aus der Kehle des Solenodons. Es wollte ihm scheinen, als sei das Tier sich nicht ganz sicher, ob es Alberts Existenz anerkennen sollte oder nicht.

Der lange schuppige Schwanz des Solenodons bewegte sich langsam auf dem geriffelten Blatt eines Farnes hin und her. Albert streckte den Arm aus und umfasste ihn. Der Kopf des Solenodons zuckte kurz nervös, dann wandte es seinen Kopf in einer ungläubigen Bewegung nach hinten. Albert hob es am Schwanz hoch; das Tier war leichter als gedacht und fügte sich ohne Gegenwehr in sein Schicksal.

Rudolphe und Marijke waren damit beschäftigt, ihre Kleidung auszuwringen, als Albert mit dem friedlich baumelnden Solenodon zurück zur Felsspalte kam. Rudolphe war kurz verblüfft, lachte dann laut auf und konnte sich kaum wieder beruhigen, während Marijke neben ihm in Unglauben erstarrt war. Immer noch lachend kam Rudolphe mit dem Sack und einer Kordel auf ihn zu.

»Ich habe es ja gesagt«, sagte er, »ein Geist, um ein Gespenst zu fangen!« Albert stimmte in sein Gelächter ein, ohne den Grund dafür zu wissen. Rudolphe stülpte mit einer einzigen flüssigen Bewegung den Sack um das Solenodon, das nun, da Albert seinen Schwanz losgelassen hatte, einen quiekenden Schrei des Erschreckens ausstieß und kräftig zappelte.

Zurück im Dorf fanden sie Bert geheilt vom Fieber, dafür war sein Knöchel stark geschwollen und eine gewaltige Beule zierte seine Stirn.

Wie Rudolphe von den Dorfbewohnern erfuhr, war Bert tatsächlich schon am Tag, nachdem sie ihn zurückgelassen hatten, genesen und hatte sich in aller Herrgottsfrühe eilig bereit gemacht, zu den anderen aufzuschließen. Er habe es mit dieser Eile aber etwas übertrieben, denn am Mittag fanden Kinder ihn kaum zweihundert Meter vom Dorf entfernt bewusstlos auf einem Pfad liegend; anscheinend war er umgeknickt und hatte sich an einer Luftwurzel den Kopf gestoßen. Man habe ihn zurück ins Dorf geschafft und ohne sein Wissen in einer nächtlichen Zeremonie den Loa angerufen, der sich in Berts Körper eingenistet hatte, und ihn gebeten, Bert in Frieden zu lassen. Der Loa habe sich zunächst geweigert und sei sehr wütend geworden, was sich unter anderem in einem mächtigen Sturm geäußert hatte, schließlich aber habe er sich gefügt und sei stattdessen in eine Ziege eingefahren, die daraufhin so toll herumgesprungen sei, dass man sie habe schlachten müssen. Gestern Abend habe man sie verspeist, leider sei nichts mehr übrig.

BARON ZADERDAG

Das Dorf, in dem Rudolphe aufgewachsen war, lag auf der dominikanischen Seite des Grenzflusses Rio Massacre. Niemand wusste ganz genau, wie der Fluss zu seinem Namen gekommen war. Einige behaupteten, dass englische Truppen im Jahr 1674 ein Blutbad an den Bewohnern eines Kariben-Dorfs angerichtet hatten, andere sagten, dass im Jahr 1728 französische Freibeuter von spanischen Siedlern niedergemetzelt worden seien, beide Erzählungen endeten jedoch damit, dass sich der Fluss von all dem vergossenen Blut rot gefärbt hatte.

Es hatte sich ohne Worte verstanden, dass Albert Rudolphe in sein Dorf begleiten würde.

»Sie müssen aber wissen«, sagte Rudolphe in einer kurzen Anwandlung von Scham, »dass das Dorf wirklich sehr klein ist, die Bewohner unerträglich provinziell und abergläubisch und die hygienischen Standards katastrophal sind. Immerhin könnte es sein, dass Sie den eigentümlichen Dialekt verstehen, der dort gesprochen wird, denn anscheinend haben viele Wörter ihre Wurzeln in der deutschen Sprache.«

»Wie das?«

»Es gab hier immer wieder deutsche Siedler und Kaufleute, und die Deutschen waren lange Zeit sehr beliebt. Toussaint Louverture, der die Revolution der Sklaven gegen Napoleon angeführt hat, soll einen deutschen Finanzberater namens Idlinger gehabt haben, und als es 1804 zu den umfassenden Massakern gegen alle weißen Europäer kam, nahm der damalige Gouverneur Dessalines die Deutschen von diesen Übergriffen nicht nur ausdrücklich aus, sondern verlieh ihnen noch die haitianische Staatsbürgerschaft, sodass sie seit der Verfassung von 1805 gesetzlich als Schwarze galten. Ihnen wurde sozusagen als Anerkennung die schwarze Hautfarbe verliehen wie ein Orden.«

Rudolphe räusperte sich.

»Aber bevor Sie sich etwas auf Ihre Herkunft einbilden: In den letzten Jahrzehnten ist es den Deutschen in sehr kurzer Zeit gelungen, ihren guten Ruf umfassend zu zerstören. Spätestens seit einer an sich absolut läppischen Begebenheit mit einem deutschen Kaufmann namens Lüders, auf die statt mit diplomatischem Geschick mit der Entsendung von Kanonenbooten und dem Beschuss eines haitianischen Schiffs reagiert wurde, sind die Deutschen hier um keinen Deut beliebter als die Franzosen, die Spanier, die Engländer oder die Amerikaner.«

Nachdem sie bereits einige Stunden durch die Berge gegangen waren, gelangten sie zu einigen Häusern und einer Straße, die offensichtlich erst vor wenigen Jahren gebaut worden war.

»Ich kenne diese Straße nicht und weiß nicht, wo sie hinführt, sie muss unter den Amerikanern gebaut worden sein. Ich werde nach dem Weg fragen«, sagte Rudolphe und verschwand zwischen den Gebäuden.

Albert setzte sich auf einen Stein am Straßenrand. In einiger Entfernung schlief ein Hund und zuckte wie unter intensiven Träumen. In großer Entfernung glaubte er, eine Schulklasse zu hören, die im Chor auf Fragen des Lehrers antwortete.

Eine alte Frau kam in unvorstellbarer Langsamkeit die Straße entlang. Ihr Gang war nicht stockend, sondern flüssig und geschmeidig, nur eben sehr langsam. Eine Katze, die sich anschleicht, dachte Albert.

Die Alte wandte gelangweilt den Kopf in seine Richtung.

Dann geschah Erstaunliches: Sie riss die Augen auf, ihre Pupillen weiteten sich. Er glaubte zu bemerken, dass sie ein Gebet vor sich hinmurmelte, währenddessen bekreuzigte sie sich in ihrer bedächtigen Geschmeidigkeit und blieb stehen.

»Was ist mit Ihnen?«, fragte er die Frau auf Französisch, »was haben Sie denn? Wieso starren Sie mich an, als wären Sie dem Leibhaftigen begegnet?«

Die Frau schluckte.

»Es ist nur«, sagte sie dann mit belegter Stimme, »dass ich so etwas wie Sie noch niemals gesehen habe.«

»*Etwas wie mich?* Wie meinen Sie das?«

»Weil Sie doch ein *zonbi* sind. Ein Untoter. Ich habe schon oft gehört, dass es so etwas geben soll, aber noch nie einen gesehen.«

»Was soll das bedeuten?«, fragte Albert, und die zahnlose Frau antwortete:

»Sie gehören nicht mehr zu den Lebenden und noch nicht zu den Toten. In unserer Welt stehen Sie nur noch mit einem Fuß, aber mit dem anderen Fuß befinden Sie sich bereits auf der anderen Seite des Spiegels. Die Grenze zwischen den Welten läuft mitten durch Ihren Körper. Sie sind nur noch eine Hälfte, die andere Hälfte ist Ihr Spiegelbild.«

Albert überkam unvermittelt eine große Traurigkeit, weil er spürte, dass die Frau recht hatte, wenn auch natürlich nur in ihrer Bilderwelt, ihrem geistigen Kosmos.

»Sie haben wohl recht«, sagte er, »das ist wegen meiner Frau, ich habe ihren Tod nie überwunden.«

»Nein«, sagte die Frau, vehement den Kopf schüttelnd, »Sie haben Ihren *eigenen* Tod nie überwunden.«

»Meinen eigenen Tod? Aber wie meinen Sie das?«

»Das meine ich ganz so, wie ich es sage. Der Tod hat bei Ihnen angefragt, aber Sie haben *Nein* gesagt. Man darf diese

Frage aber nicht mit *Nein* beantworten. Es sei denn, man kann ein *Ja* dagegensetzen, aber das können Sie natürlich auch nicht, deswegen sind Sie weder das eine ganz noch das andere.«

»Angenommen, Sie haben recht. Was ließe sich dagegen tun? Was raten Sie mir?«

»Tragen Sie bunte Kleidung, das ist die beste Medizin für den Untoten. Der *matiseur* hat es mir so gesagt, aber das ist schon sehr lange her. Wie gesagt, Sie sind der erste Zonbi, dem ich begegne. Je mehr Farben, desto besser, aber meiden Sie auf jeden Fall Blau.«

»Warum?«

»Weil Blau eine Farbe ist, die nicht zu Ihren weißen Haaren und den dunklen Augen passt. Glauben Sie mir, meiden Sie Blau, und fragen Sie nicht bei allem nach, Sie verstehen ja doch kaum ein Viertel von dem, was wichtig ist.«

Die beiden sahen sich noch eine Weile in die Augen, dann nickte die Frau Albert zu, was dieser als Zeichen deutete, dass das Gespräch beendet sei.

»Eine Sache muss ich noch fragen.«

»Was denn noch?«

»Woran haben Sie gesehen, dass ich ein Untoter bin? Ich sehe doch ganz genauso aus wie alle anderen, ich stehe und gehe und atme und spreche.«

»Ihr Leuchten ist ganz, ganz schwach, kaum wahrzunehmen«, sagte die Frau, »eher ein Flackern. Kurz ist es aus, dann wieder an. Es ist wie der letzte Moment im Leben einer Kerze, der sich zu lange ausdehnt. Haben Sie das verstanden?«

»Nein«, sagte Albert, »aber das hatten Sie ja schon vermutet.«

»Sehen Sie? Sie können ruhig auf mich hören.«

Albert hörte Stimmen, Rudolphe kam mit einem Herrn in einem dunklen Nadelstreifenanzug und rosafarbener Krawatte.

»Wir sind auf dem richtigen Weg«, sagte er, als er näher kam,

»das ist der Dorflehrer. Wir sind nur ein bisschen zu sehr nach Norden geraten.«

Der Mann im Anzug begann zu fluchen, als er die alte Frau sah, und versuchte, sie mit Gesten und zischenden Geräuschen zu verscheuchen.

»Was hat sie zu Ihnen gesagt?«, fragte ihn der Lehrer. »Hat sie Sie belästigt? Sie hat in ihrem Leben so viel Clairin getrunken, dass sie nie wieder nüchtern werden kann.«

»Nein, nein«, sagte Albert, »sie ... sie hat mich nicht belästigt.«

Der Lehrer hörte ihm gar nicht zu, sondern stampfte heftig mit dem Fuß auf die staubige Erde.

»Verschwinde!«

Die Frau schürzte die Lippen, zuckte mit den Schultern, dann hob sie die Hände zu zwei imaginären Brüsten und tat, als würde sie die Warzen dieser Brüste zwischen Daumen und Zeigefinger zusammendrücken, drehte sich um und ging schneller, aber ebenso geschmeidig wie zuvor, davon.

»Was wollte sie uns mit dieser Geste sagen?«, fragte Albert den Lehrer.

»Was weiß denn ich? Wahrscheinlich, dass die Milch in ihren Brüsten vergiftet ist und sie uns zur Strafe für unsere Existenz damit bespritzt.«

Der Ort, in dem Rudolphe die ersten Jahre seines Lebens verbracht hatte, bestand aus etwa vierzig Häusern aus weiß gekalktem Lehm, die Dächer mit getrockneten Palmwedeln gedeckt. Rudolphe wurde im Dorf freudig begrüßt, bald standen fast alle Bewohner um die beiden unerwarteten Besucher herum.

Eine Frau in einem gemusterten Gewand umfasste Alberts Hand, ihre Finger fühlten sich angenehm trocken an. Rudolphe stellte ihm die Frau vor, wobei Albert nicht ganz sicher war, ob er ihren Namen richtig verstanden hatte.

»Maître Traugott?«

Seine Nachfrage löste große Heiterkeit aus, insbesondere bei der Frau selbst.

»*Nit dô Maître Traugott*«, sagte sie noch immer kichernd, »*min nam sân Maître Taugot*«, wobei sie ihren Namen bis auf das verlorene »r« genauso aussprach wie den Namen Traugott.

»Es klingt«, sagte Rudolphe, »für unsere Ohren sehr lustig, wie Sie den Namen aussprechen.«

»*D'où stammt er?*«, fragte Taugot.

»*Allemannia*«, antwortete Rudolphe.

»*Quel sân sin Beger? Pourquoi sin Reise weit?*«, fragte Taugot. Albert dachte eine Weile nach, während die Maître ihn mit schief gelegtem Kopf beobachtete, aber dann sagte er:

»Ich weiß es nicht. Ich kann es Ihnen nicht sagen.«

Die Maître nickte und sagte in dem eigentümlichen Kreol zu Rudolphe, dass dies zwar etwas dürftig sei, aber immer noch besser als die Motive praktisch jedes Europäers, der vor Albert auf die Insel gekommen sei.

In etwa einem Kilometer Entfernung waren mehrere verfallene Gebäude zu erahnen, die sich die tropische Natur fast vollständig zurückerobert hatte; dies war einmal, wie Rudolphe erklärte, eine Manufaktur zur Herstellung von Indigo gewesen. Der blaue Farbstoff der Pflanze *Indigofera tinctoria* war von hier in die ganze Welt exportiert worden, bevor ein kostengünstigeres synthetisches Verfahren die pflanzliche Produktion überflüssig gemacht hatte. Albert fiel auf, dass viele Menschen in Blau gekleidet waren, und er fragte sich, ob wohl die Indigoherstellung für den privaten Gebrauch im Dorf weiterging, was ihm später bestätigt wurde.

»Sie können vorerst im Haus meines Bruders wohnen«, sagte

eine Frau neben ihm, »er arbeitet im Hafen von Cap-Haïtien und wird so bald nicht zurückkehren, vielleicht niemals. Kommen Sie.«

Das Haus war klein und bestand lediglich aus einem einzigen Raum; festgetretene rötliche Erde bildete den Boden, darauf ein kunstvoll gewebter Perserteppich, wie Albert ihn eher in Marokko erwartet hätte. Über dem grob gezimmerten Bett hing ein zusammengeknotetes Netz gegen die Moskitos, die Kommode war äußerst fein aus dunklem Mahagoniholz gearbeitet, daneben eine weiße Schüssel und eine Kanne aus Emaille. Etwa dreißig Bücher standen auf einem Brett an der Wand. Die Frau nahm die Kanne, füllte sie draußen mit Wasser und kam damit zurück.

»Hilma«, sagte die Frau auf die Frage, wie ihr Name sei. Sie blieb noch eine Weile in dem kleinen Haus stehen, dann wandte sie sich ab und ging hinaus. Später erfuhr Albert, dass sie eigentlich Wilhelmina hieß, doch alle nannten sie Hilma.

Er sah sich um, und plötzlich wollte es ihm scheinen, als könnte die Möglichkeit bestehen, dass diese vier Lehmwände für eine längere Zeit sein Zuhause sein würden. Er verstaute seine bescheidenen Besitztümer, wusch sich das Gesicht und inspizierte aus Gewohnheit die Bücher auf dem Regal. Zum überwiegenden Teil handelte es sich um französische Romane: Balzac, Flaubert, Victor Hugo, Dumas natürlich, dazu eine Handvoll Bücher aus den Ingenieurwissenschaften, vorrangig den Bootsbau betreffend. Durch die drückende Feuchtigkeit in der Luft fühlten sich die Seiten der Bücher ganz anders an, als er es gewohnt war: Alle Festigkeit war aus ihnen gewichen, dünne Lagen Stoff eher als festes Papier.

Ganz am Ende des Regalbretts erweckte ein dunkel eingeschlagenes Büchlein sein Interesse. Er schlug es auf und stellte überrascht fest, dass es sich um ein *Missale Romanum* handelte, die liturgische Messordnung für einen katholischen Gottesdienst. Verschiedene vom Priester gesungene Gebete, dazu die lateinischen Texte des Kyrieeleisons, des Vaterunsers und des Agnus Dei. Am Rand fanden sich in roter Schrift präzise Beschreibungen der jeweiligen liturgischen Handlung – welches Gebet vor dem Altar gesprochen werden sollte und welches stehend zu den Gläubigen gewandt, wo die Altar- sowie die Osterkerze zu stehen hatten, der genaue Ablauf der heiligen Kommunion. Das Buch war laut Impressum im Jahr 1803 in Nürnberg gedruckt worden, und für einen Augenblick glaubte Albert, jede einzelne Hand zu sehen, durch die das Buch seit seiner Entstehung gegangen war.

Als es dunkel wurde, kehrte Hilma zurück und überreichte Albert frische Kleidung. Es sollte sich am Abend etwas ereignen, das die Bewohner des Dorfes *Dienstun* nannten; es handelte sich dabei um eine religiöse Zeremonie, und erst als Albert sich das Wort geschrieben vorstellte, kam er darauf, dass es damit zu tun haben musste, dass ein *Dienst getan* wurde.

»Die Gläubigen hier«, sagte Rudolphe, »sagen, dass sie unseren Göttern, die wir die Loa nennen, dienen. Hier zu sagen, dass man an die Loa *glaubt*, wäre nicht weniger seltsam, als wenn ein Butler in Amerika sagen würde: Ich glaube an die Rockefellers.«

»Wie heißt diese Religion?«, fragte Albert.

»Wir sagen meist nur, dass wir den *mysteryen* folgen. Oder wir nennen sie *Vodou.*«

Albert zog die dunkelblaue Hose und das etwas hellere kragenlose Hemd an. Die alte Frau und ihre Warnung vor der Farbe Blau kamen ihm in den Sinn. Hilma musterte ihn.

»*Indigo sân gôd mit sin*«, sagte sie und streckte ihm ihre Hand hin. »*Kôm.*«

Sie führte ihn durch das Dorf wie ein Sehender einen Blinden. Trotzdem es Nacht geworden war, drückte die Luft immer noch dumpf in die Dunkelheit. Drei Männer spielten auf unterschiedlich großen Trommeln, eine alte Frau stand zu dem einzigen Zweck daneben, ihnen den Schweiß aus dem Gesicht zu wischen. Maître Taugot trug ein rotes Gewand mit aufwändigen Stickereien, dazu einen großen Turban. Zahlreiche *Dienstuer* tanzten. Die große wellblechüberdachte Fläche nannten sie *Peristyl*, in der Mitte wurde das Dach von einem massiven farbig angemalten Stamm gehalten, der *Mittenstab* genannt wurde, Repräsentation für die Verbindung der Welt mit dem Reich der Loa auf der anderen Seite des Spiegels.

Auf einem Altar waren gebratene Hühnchen, Fleisch auf Spießen sowie dekorierte Kuchen angeordnet, dazu aufgeschnittene Früchte, Wein, Rum und Fruchtsaft. Dies seien Opfergaben für die Loa, die Sparsamkeit und Geiz nicht zu verzeihen bereit seien, erklärte Rudolphe. Die Maître Taugot streute mit Maismehl ein komplexes Zeichen auf den Boden, Symbol des *G'vatter Legba*, der als Herr über die Wegkreuzungen auch für den Übergang von der einen in die andere Welt verantwortlich war.

Dann begann die Maître zu singen, die Dienstuer stimmten ein.

G'vatter Legba, offer dân dor weit!
G'vatter Legba, wo sân dei Kindelein?
G'vatter Legba, nu sân âl her.
G'vatter Legba, offer dân dor weit to er passier!

Als schiene ein unsichtbares Licht auf ihn, erfasste einen jungen Mann etwas, das anders war als das, was alle anderen erfasst hatte. Er begann zu zittern, und von den Augen war nur noch das Weiße zu erkennen. Dies war der Zustand, in dem sich die

Ankunft eines Loa ankündigte. Dem jungen Mann lief der Schweiß herunter, sein Zittern steigerte sich in unwahrscheinliche Ausmaße, dann erstarrte er wie im Krampf gefangen. Sein Körper schien sich zu weiten. Albert musste unvermittelt an Eusapia denken. Doch während sie ohne weiteren Aufhebens von einer Welt in die andere getreten war, geschah hier der Übertritt wie ein gewaltiges Naturereignis.

Im Augenblick nachdrücklichster Erregung löste sich mit einem Mal alle Spannung aus dem Körper des Dienstuers, und ein feines Lächeln legte sich auf seine Lippen.

Mit der Anspannung aber war ihm auch seine Jugend aus dem Körper gewichen. Wie von der Gicht gezeichnet, humpelte der junge Mann nun um den Mittenstab herum, eilig wurde ihm eine hölzerne Krücke gegeben, die er dankbar annahm. Das linke Bein hing halb verdreht herunter, was Erstaunen in Albert auslöste, denn anatomisch gesehen ließ sich ein Bein nur in dieser Art verdrehen, wenn es gebrochen war. Ein Säckchen mit Hafer wurde dem Mann über die Schulter gehängt und eine glimmende Pfeife gereicht, dies waren die Requisiten des G'vatter Legba, der in den jungen Mann eingefahren war und ihn *chevalierte*, wie man hier sagte, ihn also ritt.

»Es wird gesagt«, erklärte Rudolphe, »dass ein Loa einen Menschen nur dann reiten kann, wenn vorher dessen *ti-bon-ange*, der kleine gute Engel, aus seinem Kopf herausgetreten ist. Es muss ein Vakuum im Menschenkopf entstehen, in das der Loa eintreten kann. Der ti-bon-ange ist die geistige Instanz, mit der der Mensch entscheiden kann, das Richtige zu tun oder das Falsche. Wenn ein Mensch stirbt, verlässt sein ti-bon-ange den Körper für immer und lebt auf der anderen Seite der Wasseroberfläche im Land Ginen mit den Loa. Der *gros-bon-ange* dagegen ist des Menschen unsterblicher Zwilling, sein metaphysischer Doppelgänger. Er steuert alle biologischen Funktionen, die Zirkulation des Blutes, den Atem, die Verdauung.«

Offer dân dor, wurde wieder gesungen.

»*Nu, nu*«, beruhigte Legba die Dienstuer, »*min dor sol ohnedem sân offen.*«

Einige Kinder tanzten unbeholfen mit, andere tollten durch die Beine der Erwachsenen wie Welpen. Über einem Feuer wurden Hähnchenschenkel gegrillt und Maniok in heißem Öl gegart; man aß, man trank, man plauderte.

Unvermittelt stöhnte neben Albert ein Mann auf und klammerte sich an seinen Arm. Die Umstehenden stützten ihn routiniert wie Krankenpfleger, die bereits alles gesehen haben. Die Augen des Mannes verdrehten sich, ein spasmischer Tremor wogte durch seinen Körper. Es richtete sich nun alle Aufmerksamkeit auf ihn, während in einer anderen Ecke des Peristyls der von G'vatter Legba Berittene aus der Trance erwachte und erstaunt die Pfeife in der einen und die Krücke in der anderen Hand betrachtete.

Der neu Berittene richtete sich auf und trat in die Mitte der Dienstuer. Er bewegte sich ganz zart und leicht, seine Hüfte schwang beim Gehen.

»*Erzulie!*«, wurde freudig von überall her gerufen, und unter diesen Rufen wurde der junge Mann ins Innere des *Ounfós* geführt, wie das Haus hinter dem Peristyl genannt wurde, dort würden mehrere Dienstuer die äußere Verwandlung des von der Göttin Erzulie Berittenen vornehmen.

»Diese Verwandlung kann«, sagte Rudolphe, während sich die Dienstuer wie Zuschauer zur Halbzeit eines Fußballspiels zerstreuten, »eine ganze Weile dauern, denn Erzulies Wünsche sind nicht leicht zu erfüllen.«

Die Trommeln klangen nun verträumter, ein paar Frauen sangen dazu in sanftem Alt das Lied der schönen Erzulie.

Ah und ah, hir sân Erzulie scheen,
sin Scheenhait sân
so scheen sân sin wie die Sônne hell.

Ohne verabredetes Zeichen änderte sich nach einer Weile der Rhythmus der Trommeln, die Dienstuer kehrten zurück, der Lobgesang auf Erzulie schwoll an. Im Eingang zum Ounfó erschien ein Wesen, das nichts mehr gemein hatte mit dem Mann, der sich an Alberts Arm geklammert hatte. Dort stand eine elegante Frau in einem seidenen Kleid, das halb transparente Spitzendekolleté bestickt mit weißen Perlen; das Gesicht, gerahmt von langem glattem Haar, war mit Puder aufgehellt, die Lippen fliederfarben wie ihr Kleid.

Die Göttin Erzulie verfügte im Dorf über eine Anzahl Jünger, erkennbar daran, dass sie eleganter gekleidet waren als die anderen Männer, auch bewegten sie sich exaltierter. Nun umgaben sie Erzulie wie eine Wolke und suchten sich im vornehmen Tanz zu überbieten. Wer sich lang genug bemühte, dem gewährte die Göttin eine Liebkosung, ein paar der Jünger durften sich gar für eine Weile an sie schmiegen. Die Frauen wiederum wussten, dass sie Erzulie auf keinen Fall zu nahe kommen durften, denn sie war eifersüchtig bis aufs Blut. Auch einige der Männer wurden immer wieder weggeschickt, dann rief Erzulie voller Ekel:

»*Sin teint sân finster, wie die nachten dûster!*«

Erzulie hatte, wie jeder wusste, eine Abneigung gegen einen allzu dunklen Teint; die Göttin selbst war, wie man hier sagte, eine *mulâtresse* mit heller Haut, die sie auf ihre besonders edle Abstammung zurückführte.

Der Boden des Peristyls erschien der Göttin eine Spur zu staubig, statt Wasser aber ließ sie sich das teuerste Parfum reichen und versprühte es verschwenderisch bis auf den letzten

Tropfen, um den Boden zu benetzen. Vom feinsten Gebäck kostete sie nur einen Bissen und ließ es dann achtlos fallen. Maßlosigkeit war dieser schönsten aller Frauen heilig, verschwenderisch in ihrer Liebe war sie wie mit allen materiellen Gütern, und die Dienstuer verehrten sie für diese Verschwendung.

Dann stand die schöne Erzulie mit einem Mal direkt vor Albert und ließ ihren Blick ohne Hast einmal über seinen ganzen Körper schweifen. Sie hob die Hand, strich ihm sanft über das Gesicht, legte ihren Kopf auf seine Brust und drückte sich an ihn, was zu Belustigung und Beifall unter den Zuschauern führte.

»*Sin teint sân lichtern scheen*«, sagte Erzulie verträumt, »*aber sin herzen pochen sân so blass. Wil sin herzen nit dô heeren kaum, wil er zum present sin herzen geben mir?*«

Albert wollte kein Spielverderber sein und sagte: »Aber natürlich will ich dir mein Herz schenken, schöne Erzulie.«

Ein Strahlen legte sich auf ihr Gesicht, sie wollte nun ihrerseits Albert etwas schenken, schnell lief sie zur Hose des Mannes, dessen Körper sie gerade ritt. Sie zog alle sich darin befindlichen Geldscheine heraus und drückte sie dem verdutzten Albert in die Hand.

»Nein, nein«, sagte Albert, »das ist nicht nötig, das …«

»*Han mag min present nit dô nemen?*«, fragte Erzulie erschüttert.

Ihre Augen füllten sich in atemberaubender Geschwindigkeit mit Tränen. Die Ausgelassenheit war dahin. Erzulie war die Zurückweisung Sinnbild dafür, dass man sie nicht liebte. Albert nahm das Geschenk eilig an, aber der Schaden war nicht mehr zu beheben. Die Verehrer stürzten herbei und beteuerten, dass sie sich irre, doch Erzulies Tränen waren nicht mehr zu bremsen.

Mitten in die Traurigkeit hinein entstand ein Tumult; jemand stolperte und fiel vornüber, ein heiseres Brüllen war zu hören. Eine Frau brach durch die Reihen und landete mit gesenktem Haupte schnaubend neben Erzulie, die über dieser vulgären Unterbrechung das Weinen vergaß. Erneutes Brüllen, die Augen der Frau traten vor ohnmächtiger Wut beinahe aus den Höhlen, sie drehte sich einmal, zweimal um sich selbst, und wohin sie sich wandte, sprang man auf, um sich in Sicherheit zu bringen. Nun wurde gesungen:

Stir-avec-Dreien, pourquoi din zornheit?
Waidland sân grûn, woter sân blau,
Pourquoi sân din Augen rôt?
Schrî! Schrî nur weter!
Stir-avec-Dreien, pourqoui din zornheit?

Mitten in das Chaos hinein war ein gellender Pfiff zu hören. Die tobsüchtige Frau hielt inne und sah sich nach der Maître Taugot um, die lächelnd und ruhig dastand, in der Hand ein großes Büschel Gras. Stir-avec-Dreien schnaufte und knurrte, Schaum vor dem Mund, dann trottete sie zur Maître, ging auf die Knie, ließ sich mit dem Gras füttern und den schweißnassen Hals tätscheln. Als sie erwachte, sah sie sich verwirrt um, spuckte angeekelt das Gras aus und reihte sich leicht verschämt wieder in die Dienstuer ein. Von Rudolphe erfuhr Albert später, dass mit *Stir-avec-Dreien* ein Stier mit drei Hoden gemeint war, ein wilder Loa, der eine ganze Feier sprengen und zu ernsthaften Verletzungen führen konnte, sofern man ihn nicht rechtzeitig mit einem Büschel Gras besänftigte.

Später wollte sich die Versammlung eigentlich bereits auflösen, die Trommler schienen zu ermüden, es wurde gegähnt und gelacht.

Aber dann lehnte plötzlich ein kleiner Mann am Türrahmen des Ounfós, der ein weißes Nachthemd trug und darüber einen schwarzen Frack; schief auf dem Kopf saß ein Zylinder, die Augen verschwanden hinter einer Brille mit geschwärzten Gläsern. In beiden Nasenlöchern steckten Wattebäusche und im Mund eine qualmende Zigarre. Die linke Hand lehnte lässig auf einem Spaten, in der rechten hielt der Mann eine noch halb gefüllte Flasche Clairin. Die Trommeln schwollen wieder an, Lieder wurden angestimmt zu Ehren des *Baron Zaderdag*, dem Herren der Friedhöfe und des Todes, und Albert bemerkte, dass der Baron Zaderdag niemand anderen ritt als die Frau, die Hilma genannt wurde.

»Lasst euch nicht stören«, sagte der Baron mit heiserer Stimme in elegantem Französisch, »macht euch wegen mir nur keine Umstände!«

Er setzte die Flasche an den Mund, trank sie in einem Schluck aus, warf sie achtlos weg und öffnete direkt eine neue, aus der er einen weiteren tiefen Schluck nahm.

»Nein, wirklich, ich war nur gerade in der Gegend, und da dachte ich, ich schau mal kurz vorbei.«

Man brachte ihm Fladenbrot, das er in riesigen Bissen mit noch mehr Clairin herunterspülte. Einige Frauen begannen, Akazienblätter aus dafür vorbereiteten Körben zu werfen, und riefen dazu *rûh duftig, Baron Zaderdag, rûh duftig.*

Der Baron nahm den Spaten zwischen seine Beine wie einen gewaltigen Phallus und erzählte zur großen Erheiterung des Publikums ausführlich davon, welche anderen Loa er mit ebenjenem Phallus beglückt habe. Es war allgemein bekannt, dass der sexuelle Appetit des Baron Zaderdag nur schwer zu stillen war. Wie ein Feldherr, der seine Truppen inspiziert, schritt er dann durch die Reihen der Dienstuer. Bei einzelnen blieb er stehen, sah sie eine Weile an und nickte nur wissend mit dem Kopf, anderen gab er Rat für Streitigkeiten in der Familie, einem jungen Mann riet er zur großen Belustigung der Umstehenden zu sexueller Mäßigung. Mehrmals passierte der Baron Zaderdag auch Albert, beachtete ihn aber nicht ein kleines bisschen. Noch einmal schwollen die Trommeln an, und der Baron Zaderdag begann, am ganzen Körper wie ein Epileptiker zu zittern; der Tod tanzte um sein Leben.

Über fünf Stunden dauerte nun schon das Dienstun; nach einer letzten Klimax verlangsamte sich endlich alles. Der Baron Zaderdag sprach eindringlich mit einem alten Mann, dann nahm er einen letzten Schluck Clairin, wischte sich mit dem Ärmel den Mund ab und taumelte ins Innere des Ounfós.

Im Türrahmen blieb er stehen. Alle waren im Aufbruch begriffen, niemand außer Albert schien das Innehalten überhaupt zu bemerken. Der Baron Zaderdag senkte den Kopf, als erinnerte er sich an etwas, dann drehte er sich um, und Albert erschrak, denn sein Blick ruhte ganz unzweifelhaft auf ihm. Er spürte, wie sein Puls sich beschleunigte. Der Baron kam direkt auf ihn zu, während nun schon alle die Stühle zusammenstellten. Als der Baron Zaderdag ganz nah vor ihm stand, nahm er die Brille ab und setzte sie Albert in einer fließenden und ganz selbstverständlichen Bewegung auf.

Albert bemerkte, dass es sich nicht um eine getönte Brille handelte, sondern dass die Brille so geschwärzt war, dass man nicht hindurchsehen konnte. Eine Weile stand er verwirrt und blind da, und als er schließlich die Brille abnahm, hatte sich das Peristyl bereits vollständig geleert. Er sah Hilma im Inneren des Ounfós sitzen.

»Oh«, sagte sie überrascht, als Albert ihr die Brille hinhielt, »ich habe sie bereits gesucht, wo hast du sie gefunden?«

»Du hast sie mir aufgesetzt«, sagte Albert.

»Ich habe sie dir aufgesetzt?«, fragte Hilma erstaunt.

»Ja, ganz am Ende, als es eigentlich schon vorbei war.«

»So, so«, sagte Hilma.

»Man kann durch die Brille nichts sehen«, sagte Albert.

Hilma setzte sich die Brille auf, drehte ihren Kopf in verschiedene Richtungen und nahm sie wieder ab.

»Stimmt«, sagte sie nur.

Albert fiel auf, dass Hilma kein bisschen betrunken war.

»Der Baron Zaderdag wird nie betrunken und niemals satt. Er kriegt nie genug, weil auch der Tod niemals genug kriegt«, erklärte sie; diese Erklärung jedoch vermochte Albert nicht zu befriedigen. Mindestens drei ganze Flaschen weißen Rum hatte die zierliche Hilma während ihrer Berittenheit geleert, aus medizinischer Sicht war dies ganz und gar unmöglich, weswegen er gegenüber Rudolphe die Vermutung äußerte, in den Clairin-Flaschen sei nur Wasser gewesen.

»Ich habe«, sagte Rudolphe darauf, »es mehrmals überprüft und weiß keine Erklärung, aber ich kann versichern, dass in den Flaschen wirklich Rum ist. Man sagt, dass der Alkohol von den Loa konsumiert wird und die Berittenen deswegen nicht betrunken werden.«

In der Nacht nach dem Dienstun begleitete Hilma Albert zu dem Haus ihres Bruders.

»Ich bin sehr müde«, sagte sie, »müde wie ein Pferd, das von seinem Reiter ohne Rücksicht und ohne Rast einen ganzen Tag und eine ganze Nacht geritten wurde.«

Dann ging sie ohne weitere Erklärung ins Haus, und Albert folgte ihr. Sie zog sich aus und legte sich in das schmale Bett, das Gesicht zur Wand. Albert kam das in diesem Moment weder seltsam noch erregend vor. Er entledigte sich ebenfalls seiner Kleidung und legte sich neben Hilma. Er hatte etwas Sorge, die Nacht könne aufgrund des schmalen Bettes unruhig werden, doch dies erwies sich als unbegründet, sie beide schliefen über zehn Stunden, ohne aufzuwachen.

Am nächsten Morgen war sowohl Albert wie auch Hilma klar, dass sie von nun an gemeinsam in diesem Haus wohnen würden. Sie redeten nicht darüber, aber nicht aus Verlegenheit, sondern weil die Eindeutigkeit des Gefühls keiner weiteren Worte bedurfte.

Im Dorf verstand man, dass die Anziehung der beiden auf anderen Kräften beruhte als denen, die für gewöhnlich Liebende zueinanderzog. Zwar entwickelte sich zwischen dem ungleichen Paar eine körperliche Nähe, in der Momente geschlechtlicher Liebe vorkamen, diese Momente waren aber nicht von unbedingtem Verlangen geprägt, eher waren sie den Spielen der Kinder ähnlich, wenn sie erwachsenes Verhalten nachahmen. Es war, als käme die sexuelle Erregung von außen über sie, wie wenn man von der Sonne in den Schatten tritt, und es geschah nicht selten, dass die Lust sich ebenso sanft wieder ins Nichts auflöste, wie sie von dort gekommen war.

Am Tag nach dem Dienstun versuchte Albert, dem von Erzulie berittenen jungen Mann das Geld zurückzugeben, was dieser vehement von sich wies.

»Erzulie hat es Ihnen gegeben, es ist nicht richtig, dass ich es zurückbekomme.«

Einige Tage später erfuhr Albert, wie verzweifelt der junge Mann war, denn es handelte sich bei dem Geld um einen guten Teil seiner Ersparnisse. Albert verfiel auf die Strategie, den Mann für kleine Reparaturen am Haus zu engagieren und fürstlich zu entlohnen, sodass er es bewerkstelligte, dem Mann binnen einer Woche sein gesamtes Geld zurückzuzahlen, ohne Erzulies Zorn auf ihn zu leiten.

Wegen seiner adeligen Herkunft und weil er an einem Sonntag angekommen war, nannte man Albert bald nur noch den Baron Zondag. Wenn er mit Hilma, die in regelmäßigen Abständen vom Baron Zaderdag geritten wurde, gemeinsam durch das Dorf ging, riefen die Bewohner scherzend, macht Platz für *les Altesses du Weekend* oder *Hoh lêb han Nobelleut von Wohenend.* Sie verbeugten sich vor ihnen, imitierten Hofknickse und fragten, ob im Chalet auch alles in Ordnung sei.

RETIRER D'EN BAS DE L'EAU

Es hatte sich im Dorf herumgesprochen, dass Alberts Frau ums Leben gekommen war, sodass ihm von verschiedener Seite empfohlen wurde, an einer Zeremonie teilzunehmen, die *retirer d'en bas de l'eau* genannt wurde und in deren Verlauf der gros-bon-ange eines Verstorbenen in einem Gefäß gebannt wurde, damit er nicht orientierungslos im Äther herumirrte und im schlimmsten Fall die Angehörigen verfolgte.

»Die Toten befinden sich nicht in einem weit entfernten Himmel«, erklärte Taugot. »Sie sind zwar auf der anderen Seite, aber uns doch ganz nah. Ihr Reich findet sich auf jeder dunklen Seite des Spiegels, unter der Oberfläche eines Wasserbeckens, besonders aber in den Tiefen des Ozeans.«

»Ich glaube nicht daran«, sagte Albert.

»Es wirkt trotzdem«, sagte Hilma.

»Und möchten Sie denn nicht«, fügte Rudolphe flüsternd hinzu, »in einer Welt leben, in der das Wunder wenigstens eine Möglichkeit ist?«

Am Abend der Zeremonie verspürte Albert einen Widerwillen gegen die Gesänge und die Tänze, das Zittern, das Schwitzen und die Trommeln. Er sah nur noch schlechte Verkleidungen und unbeholfenes Schauspiel. Die besessenen Dienstuer hinterließen in ihm rein gar nichts außer einem schalen Gefühl der Antipathie.

Statt in Hilma fuhr der Baron Zaderdag dieses Mal in einen

Mann mittleren Alters ein, dessen Darstellung Albert abgeschmackt und vulgär vorkam. Nach einer nicht enden wollenden Debatte, unter welchen Umständen der Baron Zaderdag bereit sei, die Rückführung der Seelen zu unterstützen, nach immer neuen Geschenken, mehr Rum, Beteuerungen und Versprechungen konnte die eigentliche Zeremonie endlich beginnen. Sie bestand darin, dass das nächststehende Familienmitglied ein tönernes Gefäß auf den Kopf gestellt bekam, in dem die Maître Taugot die Seele des Verstorbenen einfing und das sie dann mit einem Deckel verschloss.

Albert hoffte inständig, man möge ihn und Ella vergessen. Die gute Ella. Wie hatte er nur einwilligen können, sie zu einem Teil dieses lächerlichen Laienspiels zu machen? Er stellte sich vor, wie sie jetzt neben ihm stand, ihr spöttisches Lächeln, mit dem sie die ganze Veranstaltung betrachtet hätte. Ella hatte das seltene Kunststück beherrscht, ausschließlich zugeneigt zu spotten, und ihr Spott betraf niemals nur ihre Umwelt, sie selbst war in diesen Spott stets mit eingeschlossen.

Aus den Tiefen seines Geistes stieg eine Erinnerung empor, in einzelnen Bruchstücken erst, dann immer klarer; es war die Erinnerung an den Morgen nach der ersten Nacht, in der sie bei ihm geblieben war.

Ella hatte sich in aller Herrgottsfrühe, als es gerade zu dämmern begann, aus seiner kleinen Wohnung geschlichen, um kein Aufsehen zu erregen, und sie hatten sich konspirativ dazu verabredet, in zwei Stunden ganz unverfänglich das Frühstück miteinander einzunehmen. Albert hatte während dieser Zeit mit aufgerissenen Augen auf seinem Bett gelegen, wie paralysiert vor Glück, und als er dann wenige Minuten vor dem vereinbarten Treffen aus diesem Zustand erwachte und sich in fieberhafter Eile ankleidete, war er überzeugt, in den vergangenen zwei Stunden kein einziges Mal geblinzelt zu haben.

Er rannte durch das gerade erst erwachende München und verlangsamte seine Schritte erst, als er in die Amalienstraße bog. Es fügte sich wie schicksalhaft, dass Ella in genau demselben Augenblick auf der anderen Seite der Straße um die Ecke kam. Aus der Ferne lächelten sie sich an, gingen dann schlendernd aufeinander zu, und als sie sich vor der Eingangstür des Café Stefanie begegneten, genossen sie es, einem unsichtbaren Publikum zwei Menschen vorzuspielen, die sich nur flüchtig kannten.

»Freiherr«, sagte Ella mit der ihr größtmöglichen Förmlichkeit.

»Fräulein Siegle, meine Verehrung«, antwortete Albert.

Drinnen herrschte bereits Betriebsamkeit, die Kellner bereiteten das Café auf den Tag vor.

»Ich hoffe doch, Sie haben wohl geruht?«, fragte Ella.

»Ich kann nicht klagen, vielen Dank der Nachfrage. Ich hoffe, auch Ihre Nacht war angenehm?«

»Sie war ein wenig unruhig, wenn ich das so sagen darf, von sehr plastischen, nachgerade lebensechten Träumen begleitet.«

»Kein Albdruck, hoffe ich?«

»Die Erinnerung ist ein wenig verschwommen, wie dies ja bei Träumen nicht selten vorkommt, ich erinnere mich jedoch ganz deutlich daran, dass ich mit einem Lächeln erwacht bin. Und ich bin seither schlechterdings nicht in der Lage, es von meinen Lippen zu verscheuchen.«

Die zweiköpfige Geheimgesellschaft wurde an einen Tisch geführt. Der Duft der frisch gebackenen Brezen stieg Albert in die Nase und vermischte sich mit dem von Kaffee und der warmen Milch in dem kleinen Kännchen. Er vernahm einen kühlen Luftzug, wenn jemand von draußen eintrat, hörte das leise Klappern und Zischen aus der Küche und wie sich die einzelnen gesenkten Stimmen schließlich, als das Café sich füllte, zu einem einzigen Summen vereinten.

Vor allem aber sah er Ellas Gesicht, vergnügt und klar, und immer noch mit diesem spöttischen Zug um die Lippen, mit dem sie gleichsam ihre vor Aufregung geröteten Wangen zu kommentieren schien. Einmal lachte sie so laut, dass man sich im Café nach ihr umsah, und alle wurden von ihrer Heiterkeit angesteckt. Albert sah sie vor sich sitzen wie eine unglaubwürdige Erscheinung und zugleich wie die einzige wirklich existierende Person auf Erden.

Und während Ella redete und lachte und aß und trank und mit Albert bedeutungsvolle Blicke tauschte, die nur sie und er verstehen konnten, war er in seiner Erinnerung aus seinem Körper heraus und auf sie zugetreten, hatte sich mit geschlossenen Augen zu ihr hinabgebeugt und sein Gesicht auf ihre Haare gelegt, um sich in ihrem Geruch eine Weile auszuruhen. Es gab keine Eile mehr und keine Hast, man gestand ihm alle Zeit der Welt zu. Als wäre er eine unsichtbare Substanz, die sich um ihren Körper legte und einen exakten Abdruck von ihr anfertigte, betrachtete er jedes einzelne Haar und jede Pore ihrer Haut, ihr sich senkendes Augenlid, ihr Lächeln, das Runzeln ihrer Stirn. Er ließ nichts aus, kein einziger Teil ihres Körpers entging seinem aufmerksamen Blick, und langsam mischte sich in das überwältigende Glücksgefühl ein zunehmender Schleier Traurigkeit, denn er spürte, dass jeder Blick auch eine Verabschiedung war.

Als er aus seiner Erinnerung zurückkehrte ins Jetzt, war die Zeremonie zu seiner Überraschung bereits zu Ende gegangen. Mit großer Erleichterung stellte er fest, dass man ihn und Ella offensichtlich wirklich vergessen hatte. Seine Augen fühlten sich an, als hätte er geweint. Er lächelte Rudolphe an, der links von ihm stand, und er lächelte Hilma zu seiner Rechten an, und beide erwiderten sein Lächeln. Dann gingen sie gemeinsam durch das nächtliche Dorf.

Rudolphe verabschiedete sich von den *Altesses du Weekend,* die in ihrem winzigen Chalet verschwanden, dort noch eine Weile im Dunkeln am Tisch saßen und sich schweigend anblickten, ohne das Gesicht des anderen in der Dunkelheit ausmachen zu können. Dann gingen sie zu Bett und schliefen ein.

Weder Rudolphe noch Hilma noch einer der anderen Dorfbewohner hielten es für nötig, Albert darüber aufzuklären, dass man ihn und Ella keineswegs vergessen hatte. Es erzählte ihm niemand davon, wie der Geist der deutschen Industriellentochter Gabriele Siegle in den Körper des haitianischen Bauernsohnes Lecsinel Pierre-Louis eingefahren war, wie dessen durch jahrzehntelange Arbeit auf dem Felde verhärteter und von arthritischer Versteifung gezeichneter Körper plötzlich geschmeidig geworden war und sanft. Und es kam ebenfalls niemals zur Sprache, dass Albert zu zittern begonnen hatte, als er des veränderten Leibes Lecsinels ansichtig wurde, dass er auf ihn zugegangen war und leise in einer Sprache mit ihm geredet hatte, die niemand sonst verstehen konnte, dass Albert leise gelacht, dann geweint und Lecsinel immer wieder ungläubig über das Gesicht gestrichen hatte, über die kurz geschorenen Haare und die vollen Lippen, und schließlich gar seine eigenen Lippen auf dessen Augen gedrückt hatte.

Und Hilma berichtete ihm auch nicht, dass sie ein kleines tönernes Gefäß an sich genommen hatte und in ebenjenem tönernen Gefäß, das nun auf dem Bücherbrett direkt neben dem Nürnberger *Missale Romanum* stand, der gros-bon-ange seiner Frau gebannt war. Denn der Vodou kennt nur den praktischen Dienst an den Loa, nicht aber den missionarischen Eifer am Menschen.

MASSAKER

Viele Männer verließen am Morgen das Dorf noch vor Sonnenaufgang und kehrten erst im Dunkeln wieder zurück. Den ganzen Tag über arbeiteten sie auf den Zuckerrohrfeldern der Dominikanischen Republik, deren ökonomische Belange erheblich glücklicher standen als die der Nachbarrepublik Haiti auf der anderen Seite des Flusses.

Seit einem Staatsstreich im Jahr 1930 regierte in der Dominikanischen Republik ein Mann namens Rafael Trujillo, der sich *Wohltäter des Vaterlandes* und *Vater des Neuen Vaterlandes* nennen ließ oder aber einfach nur *Chef*. Er kam aus einfachen Verhältnissen, war in seiner Jugend vor allem als Viehdieb, Urkundenfälscher sowie Posträuber in Erscheinung getreten, verbrachte schließlich einige Monate im Gefängnis, bevor er eine Räuberbande namens *Die 42* gründete. In der Zeit der amerikanischen Okkupation hatte er die Seiten gewechselt, sich in der neu gegründeten Nationalgarde von US-Marines ausbilden lassen und eine steile Karriere im Militär gemacht. Nach seiner Machtübernahme wurde er durch Wahlen im Amt bestätigt, wobei angesichts der Tatsache, dass der Wohltäter mehr Stimmen erhielt, als es Wähler gab, gewisse Zweifel an der Legitimität der Wahlen angebracht scheinen.

Trujillo sah im Zustrom aus dem Nachbarland einen für die dominikanische Rasse schädlichen Einfluss afrikanischen Blutes, denn er hatte die etwas hellere Hautfarbe der Dominikaner als ideale Färbung ausgemacht. Am 2. Oktober 1937 hielt der

Diktator im Grenzort Dajabón eine Rede anlässlich von Feierlichkeiten, die zu seinen Ehren stattfanden. Er habe, sagte er in dieser Rede, in den letzten Monaten die Grenzregion ausgiebig bereist und die Bedürfnisse der dominikanischen Bevölkerung untersucht.

»Den Dominikanern, die sich über die Plünderungen beschwert haben, begangen von unter ihnen lebenden Haitianern, Dieben, die Vieh und Vorräte stehlen, und die so die Früchte ihrer Arbeit nicht in Frieden genießen können, habe ich gesagt: *Ich werde das in Ordnung bringen.* Und wir haben bereits begonnen, die Situation zu bereinigen. Dreihundert Haitianer sind jetzt tot in Bánica. Diese Bereinigung wird fortgesetzt.«

Auch ins Dorf drangen Gerüchte von Grausamkeiten und Verfolgungen. Ein Cousin von Rudolphe hatte gesehen, wie ein Haitianer, den man des Raubes einer Ziege bezichtigte, von einem wütenden und mit Macheten bewaffneten Mob verfolgt und zerstückelt worden war; Berichte dieser Art gab es allerdings seit Jahren, und man hatte sich in gewisser Weise daran gewöhnt.

In den nächsten Tagen jedoch war förmlich zu spüren, wie sich die Spannungen verschärften, wie die Blicke feindseliger wurden und es quasi aus dem Nichts geschehen konnte, dass die Dorfbewohner auf dem Weg zu den Zuckerrohrplantagen beleidigt, angespuckt oder sogar getreten wurden. Es war nun auch mehr Militär unterwegs, auf den Landstraßen sah man Lastwagen vorbeidonnern, auf deren Ladeflächen Soldaten aus anderen Landesteilen saßen, die sich Tücher gegen den Staub vor das Gesicht gebunden hatten.

Im Dorf herrschten unterschiedliche Ansichten darüber, wie ernst die Bedrohung zu nehmen sei. Bis tief in die Nacht wurde diese Frage im Peristyl diskutiert.

»Wir sind hier nicht mehr sicher«, sagte Rudolphe eindringlich, »es wird böse enden. Nutzen wir die Zeit, die wir noch haben, um uns in Sicherheit zu bringen. Fliehen wir auf die andere Seite des Flusses, wenigstens vorübergehend.«

»Du übertreibst«, sagten andere und bezeichneten ihn als unverbesserlichen Pessimisten. »Die Dominikaner sind unsere Brüder und Schwestern, in uns allen fließt afrikanisches Blut.«

Am Ende kam man überein, den nächsten Tag abzuwarten und am Abend eine Entscheidung zu treffen.

Gegen Nachmittag tauchte am Rand des Dorfes eine Gruppe von etwa zwanzig grölenden Soldaten auf, nachlässig in Uniformen der dominikanischen Armee gekleidet, bewaffnet mit Macheten, Messern und Gewehren. Maître Taugot trat der Schar entgegen, hob beschwichtigend die Arme und rief besänftigende Worte, wie man es mit einem durchgegangenen Pferd tut. Die Soldaten verlangsamten ihren Schritt nicht und lachten nur über die bunt angezogene alte Frau.

Noch im Gehen erhob der Anführer seine Machete und hieb der Maître Taugot mit aller Kraft in den Hals. Die Machete war so scharf, dass sie eine gute Handbreit ins Fleisch drang. Die Maître stieß einen erstaunten Seufzer aus, ging auf die Knie, und erst jetzt zog der Soldat seine Machete zurück. Der Turban fiel der Maître vom Kopf und rollte über die staubige Straße, der Soldat hielt ihren Körper an den Haaren aufrecht, aus dem tiefen Schnitt sickerte Blut wie aus einer Quelle.

Die Soldaten blieben stehen und verstummten, auch die Dorfbewohner erstarrten; widersinniger Moment des kollektiven Innehaltens. Der Anführer wollte der Maître, der gütigen Maître, die nie einem Wesen etwas zuleide getan hatte, mit einem sauberen Schlag den Kopf vom Rumpf trennen, doch der Hieb war nicht richtig ausgeführt, die Machete blieb auf halbem Wege ein weiteres Mal stecken, sodass der Anführer fluchend erneut zuschlagen musste, denn er hatte es sich in den Kopf gesetzt, die Maître nicht nur zu töten, es sollte ein unmissverständliches Zeichen sein, mit dem die Dorfbewohner in Panik versetzt würden, seine Soldaten aber in Mordlust.

Wie die anderen Bewohner des Dorfes stürzte auch Albert zunächst in eine zufällige Richtung. Der Planlosigkeit der Flucht stand der Plan der Soldaten gegenüber, es war der Plan, niemanden entkommen und niemanden am Leben zu lassen. Die Soldaten hatten den Befehl erhalten, Munition zu sparen, sie benutzten daher Messer, Macheten sowie Bajonette. Manche der Schlächter verströmten den säuerlichen Geruch Betrunkener, dies waren die Zartbesaiteten, die beim Befehl bereits die eigene Unfähigkeit erahnten, nüchtern zu morden.

Geschrei lag in der Luft und Panik, und über der Atemlosigkeit metaphysische Melancholie.

Einigen Bewohnern des Dorfes war es gelungen, im Schutz des Waldes zum Flussufer zu gelangen, doch auch hier hatten sich Soldaten positioniert, die weder gegen Alte noch gegen Frauen und Kinder Erbarmen kannten, und als wäre der Name des Flusses zugleich Erinnerung und Prophezeiung, färbte sich sein Wasser nun bereits zum dritten Mal von vergossenem Blut rot.

Das Grauen sah Albert aus den Augenwinkeln; Ungeheuerliches, Unaussprechliches geschah in solcher Taktzahl, dass es zu einem einzigen konturenlosen Schrecken wurde. Hilma und er liefen in das gemeinsame Haus. Drinnen blieben sie mit aufgerissenen Augen und gehetztem Atem voreinander stehen. Ihr Blick beruhigte ihn etwas, und seiner schien sie zu beruhigen. Sie ruhten sich in den vertrauten Augen des anderen aus.

Langsam wandte sich Hilma ab und nahm das kleine Gefäß aus Ton vom Bücherregal. Sie drückte es Albert in die Hand und öffnete den Mund, aber bevor sie ein Wort herausbringen konnte, war in obszöner Hektik ein Schatten in der Tür aufgetaucht.

Albert fragte sich, wie es jemand so eilig haben konnte.

Im selben Moment verspürte er eine sanfte Berührung an seinem Brustkorb. Er sah an sich herunter und erblickte mit Erstaunen eine Messerspitze. Es brauchte eine halbe Ewigkeit, um zu realisieren, dass ein langes Messer durch Hilmas Körper hindurchgefahren und zwischen ihren Rippen wieder hervorgetreten war. Das Messer hatte ihr indigoblaues Hemd zerrissen und berührte mit der Spitze Alberts Brust. Zu diesem Zeitpunkt allerdings hatte der Stoß bereits so an Durchschlagskraft verloren, dass sich die Berührung durch die Spitze des großen Messers geradezu zart anfühlte.

Es war ebendiese Zartheit, die Albert um den Verstand brachte; dass derselbe Stoß den einen Menschen zerstören konnte, während er den anderen nur sanft antippte.

Es war nicht die Brutalität. Nicht das Blut. Es war die Zartheit, die ihn um den Verstand brachte.

Wie Luft aus einem Reifen entwich die Festigkeit des Geistes. Diesem Entweichen hatte Albert nichts entgegenzusetzen, er konnte es nur betrachten wie ein Außenstehender. Er wusste nicht mehr, wessen Augen Hilma zu Boden sinken sahen und wessen Ohren ihr leises Röcheln wie aus weiter Ferne wahrnahmen. Der Schatten in der Tür verschwand, er blieb allein zurück, allein mit Hilma auf dem Boden, wie ein Unbeteiligter registrierte er ihren dünner werdenden Atem. Wenn er noch er selbst gewesen wäre, wäre er jetzt zu ihr gestürzt, hätte ihr die Faust auf die blutende Wunde gedrückt, ihren Kopf auf seine Knie gelegt, ihre schweißnasse Stirn gestreichelt.

Aber das, was er jetzt war, blickte nur unverwandt auf diesen sich am Boden windenden Körper, mit ebenso viel Anteilnahme, wie wir sie dem Versiegen einer Quelle schenken oder dem Vertrocknen von Gestrüpp. Ein Schwindel überkam ihn und ein Schaudern, es waren die letzten Widerstände des Früher, dann ging auch das vorbei. Er trat aus dem Haus und über eine Schwelle ins Freie; entleerte Existenz.

Niemand beachtete ihn, es gab keinerlei Interesse an seiner Ermordung, was an der Farbe seiner Haut liegen mochte oder daran, dass die Mörder ihn ohnehin für tot hielten. Das Geschehen um ihn herum versetzte ihn immer mehr in einen rauschhaften Zustand; er war ein passiv Mitgerissener. Er fühlte sich der Hand verbunden, die den Streich mit der Machete führte und die zugleich die Hand war aller Krieger, aller Mörder, aller Amokläufer und Wahnsinnigen, der Henker und Schlächter in allen Zeitaltern.

Er war die Panik in den Augen der Gejagten, ihrer selbst nicht mehr Herr und ohne Plan, leichte Beute für lachende Soldaten, denen sie direkt in die Arme und damit in die Bajonette, in die Messer liefen. Das Individuum konnte er nur noch als winziges Teil in einem Strudel sehen, und eines dieser Teile als besonders wertvoll anzusehen, nur weil man eine persönliche Beziehung zu ihm aufgebaut hatte, erschien ihm so drollig, dass er darüber in Gelächter ausbrach. Da stand er nun inmitten eines Massakers und lachte so laut, dass niemand ihn hören konnte.

Unvermittelt hatte das entgrenzte Morden ein Ende. Er hob den Blick und fand sich allein in einem Dorf voll verstümmelter, entstellter Leichen. Kein Stöhnen war zu hören, kein Keuchen, kein Weinen, nur atemlose Stille lag bleiern in der Luft.

Die Soldaten waren verschwunden.

Albert überkam Erschöpfung, die Beine knickten unter ihm zusammen, er sank mitten auf dem Dorfplatz auf den Boden.

Als er sich schließlich erhob, hatte er sich einen Tag und eine Nacht und einen weiteren Tag lang nicht gerührt, die Glieder und Gelenke waren ihm steif, und sein Körper war ihm fremd geworden. Das Beugen der Glieder seiner Finger empfand er bereits als so ungeheuerlich wie die tektonische Drift von Kontinentalplatten, der ohrenbetäubende Schlag seines Herzens eine Obszönität. Jede Kontraktion der Muskeln, jede Sehne, die sich spannte, und jeder aktivierte Nerv waren Albert Erinnerung an die um ihn herum verteilten Körper, aus denen alles Leben gewichen war. Er zwang seine Netzhaut dazu, jeden einzelnen der hundertvierundfünfzig verstümmelten Leiber anzublicken, und war voller Scham, dass er darüber nicht erblindete.

Als diese Buße nach Stunden zu einem Ende kam, blickte er ein letztes Mal auf das Dorf, das seine Heimat gewesen war, dann wandte er sich um und ging. Er hatte heimlich immer gefürchtet, er könnte tot sein und alle anderen Dorfbewohner am Leben. Dass es nun umgekehrt war, verstörte ihn zutiefst.

Etwas hatte sich verdreht.

Er ging, als hätte er ein Ziel, in Wirklichkeit war für ihn eine Richtung wie die andere; er wusste nur, dass er nicht mehr länger hier sein konnte.

ÜBERMENSCHEN

Obwohl der Wald immer dichter und undurchdringlicher wurde, fiel Albert die Fortbewegung leicht, denn die Pflanzen waren nicht gegen, sondern mit ihm; es war, als sei er eins geworden mit den Absichten der Natur. In früheren Zeiten hätte es Albert womöglich Freude bereitet, sich so im Einklang mit dem, was ihn umgab, fortzubewegen, doch seine Empfindungen waren abgestumpft, er bemerkte nicht einmal, dass er immer weitergehen musste. Sein einziger Besitz war nun das tönerne Gefäß, das ihm Hilma gegeben hatte.

Der erste Sinneseindruck schließlich, der Albert ins Bewusstsein drang wie das Kribbeln in ein eingeschlafenes Bein, war ein merkwürdiges Spannungsgefühl zwischen den Schulterblättern. Er blieb stehen, und als er sich umwandte, sah er ein großes Tier von grauer bis rostbrauner Färbung, das zitternd im Unterholz stand und ihn aus schwarzen Augen anblickte. Das Fell glänzte nass, von Schweiß vielleicht, es mochte auch Blut sein. Durch das dunkelgrüne Blätterdach des Urwalds drang die Sonne in kleinen Stichen wie von unzähligen Glühlampen.

Das Tier öffnete langsam das Maul und stieß ein heiseres Geräusch aus, dessen spezifischer Klang es Albert ermöglichte, im Geist das Wort »Esel« zu formen. Wackelig wie ein neugeborenes Fohlen kam das Tier langsam auf ihn zu. Als der Esel dicht vor ihm stand, senkte er sein Haupt und hob es gleich wieder, als würde er sich verbeugen, und weil Albert nicht unhöflich sein wollte, tat er es dem Tier nach. Damit war ein Pakt geschlossen.

Als es Abend wurde, fand sich eine winzige Lichtung, auf der sie sich niederließen und schnell in tiefen Schlaf sanken, wobei die Körperwärme des Esels Albert kurz vorm Einschlafen an eine Daunendecke denken ließ und ihn in einen Traum verfolgte, in dem riesige Federbetten eine gewichtige Rolle spielten.

In der Nacht wie auch am Tag wurde *der Graue,* wie Albert den Esel stumm getauft hatte, von einer Vielzahl Insekten geplagt; eine stete Wolke von Fliegen, Mücken und kleinen Käfern mit schillerndem Panzer schwirrte um das Fell des Tieres, während Albert merkwürdigerweise verschont blieb. Lediglich in der Nacht, wenn sie dicht nebeneinanderlagen, ließ sich manchmal ein Insekt auf Albert nieder, eher zufällig und wie aus Versehen, und wenn er es mit der Hand verscheuchte, kehrte es nicht zurück.

Das ungleiche Paar begegnete auf seinem Weg durch dichte Wälder und weite Ebenen keinen Spuren menschlicher Zivilisation, keinen sichtbaren Eingriffen in die ewigen Kreisläufe der Natur, und es erschien Albert zunehmend *unwahrscheinlich,* dass überhaupt noch andere Menschen existierten.

Nach einigen Tagen, in denen das Fehlen eines Ziels der steten Fortbewegung der beiden keinen Abbruch getan hatte, blieb Albert inmitten eines dichten Waldstücks stehen. Vor langer Zeit hatte hier ein Mensch die günstige Konstellation dreier Kalebassenbäume genutzt, um mit einer primitiven Astkonstruktion und trockenen Palmwedeln einen leidlich wetterfesten Unterschlupf zu konstruieren. Wie zuvor das Weitergehen außer Frage gestanden hatte, war nun das Verweilen ausgemacht.

Wenige Meter hinter dem Verschlag trat man wie aus einem Vorhang aus dem Wald heraus und fand sich zu Alberts Erstaunen auf dem weißen Sandstrand einer kleinen Meeresbucht wieder, an deren felsigem Rand ein dünnes Rinnsal trinkbares Wasser verschwenderisch dem Ozean zuführte.

Albert begann damit, den Unterstand bewohnbar zu machen. Fehlendes Werkzeug glich er durch gewissenhafte Auswahl der richtigen Äste und Zweige aus, die er mit Hilfe von Kokosfasern zu einer tragfähigen Konstruktion verband. An Material zur Verkleidung des Daches und der Seitenwände bestand kein Mangel, und in kaum drei Tagen, in denen er beginnend mit den ersten Sonnenstrahlen bis zum Einbruch der Dunkelheit gearbeitet hatte, stand Albert vor einer Hütte, die zwar über keinen einzigen rechten Winkel verfügte, aber passablen Schutz vor Wind und Regen bot.

Als es nichts mehr zu tun gab, begann er, ein Seil aus Kokosfasern zu flechten, das er dem Grauen um den Hals legen wollte, aber als es zur Hälfte fertig war, verlor er das Interesse. Der Graue wich ihm ohnehin nicht von der Seite. Und so setzte sich Albert in den Sand, schaute aufs Meer, und die Tage begannen absichtslos an ihm vorbeizuziehen wie die Wagons eines endlosen Güterzugs.

Er verspürte kaum noch Hunger. Alle paar Tage pflückte er eine Mango und entwickelte Freude daran, so lange an dem holzigen Kern zu lutschen, bis die letzte gelbe Faser sich gelöst hatte. Albert liebte die Konsistenz des Kerns, da er sie nicht verstehen konnte: Der Kern machte einen weichen Eindruck, war jedoch eigentlich hart, wo aber die Weichheit endete und die Härte begann, war nicht zu bestimmen.

An manchen Tagen entledigte sich Albert seiner ausgeblichenen Kleidung und ging mit langsamen Schritten den Strand hinunter. Das Meer hatte er sein Leben lang als ein meist etwas zu kaltes Gewässer gekannt. An der Nordsee war das Wasser ganz eigenes Element, es empfing den Badenden nicht, sondern konfrontierte ihn. Hier jedoch musste man sich darauf konzentrieren, den Unterschied zwischen der phlegmatischen

Diesigkeit der Luft und dem Wasser des Meeres überhaupt wahrzunehmen. Wie von warmer Seifenlauge wurde man umspült, weich und lasch, von Erfrischung konnte keine Rede sein, sogar für eine Brandung schien der Ozean zu lethargisch. An manchen Tagen überkam ihn Ekel vor dem lauen Wasser, wie einen der zu schwache Händedruck eines Menschen schaudern lässt.

Er gewöhnte es sich an, mit dem kleinen Tongefäß ins Meer zu gehen, denn er hatte festgestellt, dass es Wohlempfinden in ihm auslöste, wenn er das Meerwasser aus dem Gefäß heraus über seinen Kopf rinnen ließ.

Ein paar Wochen lang versuchte er, ein statistisches Muster in der Dünung der Wellen und der Länge der Wellenkämme zu erkennen. Mit einem kleinen, angespitzten Stöckchen zeichnete er Diagramme und Tabellen in den feuchten Sand, doch die Arbeit wurde dadurch erschwert, dass die Wellen den Sand am folgenden Tag meist wieder geebnet hatten.

An einem Tag wusste Albert plötzlich, dass seine Zeit nun gekommen war. Er legte den Arm um den Grauen und stand eine Weile neben ihm, um die gleichmäßigen Schläge der Halsschlagader unter dem Fell zu spüren. Ohne seine Kleidung abzulegen, ging er langsam auf den Ozean zu, dessen Ruf er zu hören glaubte. Als er bis zur Hüfte im Wasser stand, übergab er ihm zunächst das tönerne Gefäß. Er beobachtete, wie es eine Weile an der Wasseroberfläche schaukelte und dann langsam nach unten gezogen wurde. Er ließ den Blick ein letztes Mal über den Horizont streifen, um sich damit der Welt zu entledigen.

Endlich.

Albert hatte es verlernt, Menschen intuitiv wahrzunehmen, sodass sein Blick zunächst nicht an den drei Silhouetten hängenblieb, die sich im Gegenlicht auf dem Plateau abzeichneten, und erst als er noch einmal genauer hinschaute, sah er die drei Pferde und die Reiter auf ihnen. Sie verharrten regungslos auf dem Plateau und schienen auf ihn herunterzuschauen.

Eine Weile stand er unschlüssig im Ozean und empfand, da er seine Verrichtungen in der letzten Zeit ausschließlich den eigenen Bedürfnissen angepasst hatte, wachsende Unlust, seine Unternehmung abzubrechen, nur weil drei fremde Reiter ihre Pferde nun den steilen Pfad hinunter zum Strand dirigierten. Schließlich stieß er ein Geräusch aus, das halb Knurren und halb Seufzen war, drehte sich um und watete missmutig durch das seichte Wasser zurück zum Strand. Auch der Graue hatte die Fremden gewittert, er stand, zitternde Nüstern, aufmerksam in der Mitte des Strandes.

Der jüngste Reiter war ein Kind, das ließ sich nun eindeutig sagen. Ein Mädchen. Ein kleines Mädchen in einem weißen Kleid. Albert musste an eine Kaiserin nebst zwei ausgewachsenen Männern als Begleitschutz denken. Im weißen Anzug der eine, mit weißem Hemd dazu und dunkelbraun gemusterter Krawatte, auf dem Kopf ein Hut mit schmaler Krempe. Der andere Mann trug einen Tropenhelm auf dem Kopf, ein offenes kariertes Hemd und Knickerbocker in Fischgrätmuster, dazu schwarze Kniestrümpfe. Beide waren frisch rasiert und jedes Kleidungsstück von makelloser Reinheit. Das Kleid des Mädchens war kaum wahrnehmbar geblümt, in zartem Rosa, Gelb und Blau; gebunden um die Wade ein Verband von derart reinem Weiß, dass es Albert in den Augen schmerzte.

Die Pferde hielten, traten aber ungeduldig von einem Bein auf das andere, als geschähe es gegen ihren Willen. Einen langen Moment waren lediglich ihr Schnaufen sowie die sanfte

Brandung des Ozeans zu hören. Albert fühlte sich wie ein Kind unter Erwachsenen, wie ein Sterblicher unter Halbgöttern, ein Wilder unter Zivilisierten. Aus fernen Tiefen seines Geistes verfestigte sich ein Wort.

Herrenmenschen.

»*Hola!*«, rief der eine Reiter und hob die Hand zum Gruß, »*todo bien?*«

Trotz der ungeheuerlichen Luftfeuchtigkeit klebte Albert die Zunge am trockenen Gaumen.

»*I han lêben dan gebit in dan wald, mît dan Grauen … mît dan Esél, han I minen.*«

Die beiden Männer runzelten die Stirn.

»Was war das? War das Jiddisch? Ist er Jude?«, fragte der Mann im Anzug den anderen Reiter.

»Glaub ich nicht.« Sie sprachen Deutsch in einem Tonfall, der Albert bekannt vorkam.

»*Iz doz geven Jiddisch? Bist a Jid? Iz Jiddisch dei mame-loschn?*«

»Ich spreche kein Jiddisch. Ich bin Oldenburger, habe aber lange in München gelebt«, sagte Albert mit einem recht ausgeprägten norddeutschen Dialekt. Der mit den kurzen Hosen musste auflachen.

»Er sieht aus wie Moses«, sagte das Mädchen, »aber sein Körper ist so mager, er ist ja kaum noch da.«

Die Worte aus der vertrauten Sprache zogen ihn aus unbestimmter Tiefe zurück in die Welt, und als das Mädchen *Körper* sagte, merkte er, dass er noch einen hatte. Aus irgendeinem Grund konnte er seinen Blick nicht von ihrem weißen Verband nehmen.

»Ein entzündeter Stich«, sagte das Mädchen. »Von einem Moskito.« Dabei lächelte es in einer Weise, als wäre es wirklich eine Kaiserin und ihr Lächeln des Moskitos Begnadigung.

»Wohnen Sie … hier in der Gegend oder…?«, fragte nun der Mann im Anzug.

»Ja, ich … ich wohne da drüben …«

Er deutete auf den Wald.

»Allein? In einem Dorf?«

»Momentan wohne ich allein. Allein mit … mit dem Grauen.«

Wie zum Beweis strich er dem Esel über die Mähne.

»Was … was ist … mit Ihnen geschehen?«

»Vieles«, antwortete Albert. Er war bereit, alles zu erzählen, wenn man nachfragen würde, aber es fragte niemand. Das Mädchen gähnte und lehnte sich nach vorn in die blumengeschmückte Mähne ihres Pferdes.

»Und Sie?«, fragte Albert schließlich. »Wieso sind Sie hier? Was ist mit Ihnen geschehen?«

Die beiden Männer sahen sich an und grinsten, es war das Grinsen von dem Tode Entronnenen.

»Man könnte sagen: Ebenfalls vieles …«, sagte der eine.

»Ja, das könnte man wohl sagen …«, bekräftigte der andere.

»Ich bin Elie«, sagte der Mann im Anzug, »Elie Tropf. Und das ist Jupp.«

»Eigentlich Josef«, sagte Jupp, »Josef Wasservogel. Aber alle nennen mich Jupp. Und das ist …«

Er wollte gerade den Namen des Mädchens sagen, das sich jedoch abrupt aufrichtete und Josef mit einer herrischen Geste zum Schweigen brachte.

»Monica ist mein Name«, sagte das Mädchen.

Albert sagte nun seinen Namen mit allen adeligen Titeln und Zusätzen auf und störte sich nicht daran, dass dies ein Lächeln bei den beiden Männern hervorrief.

»Haben Sie Hunger, Freiherr? Wollen Sie vielleicht mit uns zu Abend essen? Wir feiern heute Erntedankfest. Es ist nicht weit, zwei, höchstens drei Kilometer nach Osten. Wir bauen da ein Dorf. Eine Ansiedlung. Sosúa. So heißt sie.«

»Sie müssen uns zum Essen begleiten. Wenigstens zum Essen. Es wird uns sonst niemand glauben, dass wir Ihnen begegnet sind.«

»Aber ich kann nicht lange bleiben. Ich habe nicht viel Zeit.«

»Nur zum Abendessen«, sagte Elie beruhigend.

»Der Graue kann mich tragen«, sagte Albert.

Der Aufstieg auf den Esel gestaltete sich erheblich leichter als gedacht, was daran liegen mochte, dass jedes noch so kleine Reservoir von Fett lange aufgebraucht war.

»Seltsam«, sagte Albert.

»Was denn?«

»Ihre Namen. Wo es hier ohnehin so feucht ist. Wasservogel und Tropf. Ein merkwürdiger Zufall.«

»So habe ich unsere Namen noch nie gesehen«, sagte Elie.

»Brauchen Sie noch etwas?«, fragte Jupp, während sie schon die Pferde wendeten, und deutete in Richtung des Waldstücks. Albert schüttelte den Kopf. Jupp nickte und spornte die Pferde mit einem Ruf aus der österreichischen Heimat, den Albert zuletzt im Jahr 1921 von einem Wiener Droschkenkutscher gehört hatte, zum Aufbruch an.

Oben auf dem grünen Plateau ließ Albert den Grauen anhalten und sah sich um. Er konnte gerade noch die Konturen des Eingangs in den Wald zur Hütte ausmachen, ein kleiner dunkler Fleck, und plötzlich wusste er, dass er nie hierher zurückkehren würde.

Niemand kam auf die Idee, die Pferde und den Esel anzutreiben, und so bewegten sich die vier im Schritt voran, als wären sie Teil einer Prozession. Albert stellte erstaunt fest, dass bereits in der übernächsten Bucht drei kleine Fischerhütten unweit des Strandes zu sehen waren sowie zwei einfache Boote, die in der sanften Dünung hin und her schaukelten. Vor den Hütten knüpften zwei alte Frauen Netze, sie nickten der vorbeischreitenden Prozession zu wie alten Bekannten; ein nackter Junge in der Tür einer der Hütten sah ihnen mit unbeteiligter Miene nach.

Schließlich öffnete sich vor ihnen die Bucht von Sosúa, darin gelegen das Versprechen einer Ansiedlung: Hinter provisorischen Baracken ragte eine Handvoll hölzerner Gerippe empor, aus denen bald Häuser werden würden; angelegte Wege führten zu mit Schnüren abgetrennten Grundstücken oder ins Nichts; der zukünftige Dorfplatz war zu erahnen.

Ein gutes Dutzend Männer war damit beschäftigt, mit langen Seilen die Vorderfront eines Hauses aufzurichten, an einer anderen Stelle befreiten sie mit Macheten ein Areal von Gestrüpp und dornigen Büschen; vor den Baracken schrubbten Frauen in einem großen Zuber weiße Wäsche, bereits umgeben von im Wind sich blähenden Laken, und am Strand jagten einander lautstark Jugendliche und vollführten akrobatische Figuren. Über den Geräuschen der Arbeiten war der Gesang der Waschfrauen zu hören, die zweistimmig *Kein schöner Land* sangen. In der Luft lag der Beginn von neuer Zeit.

Eine der Frauen am großen Zuber winkte den Reitern zu und rief:

»Wen habt ihr mitgebracht?«

»Er kommt aus München, ist ein Freiherr und unser Gast zum Abendessen«, rief Monica zurück. Die Frauen lachten fröhlich über den erwachsenen Gestus des Mädchens.

Ein junger Mann lud große blecherne Milchkannen von einem Wagen, auf dessen Rückseite die Buchstaben SS zu lesen waren.

»Wir haben uns einen kleinen Scherz erlaubt«, sagte Jupp.

Albert sah ihn verständnislos an.

»SS. Sosúa Settlement«, sagte Jupp und zeigte auf die Buchstaben; Albert verstand immer noch nicht.

»Na ja, wegen Schutzstaffel«, sagte Jupp.

»Was ist eine Schutzstaffel?«, fragte Albert, woraufhin Jupp ihn anblickte wie ein ausgestorben geglaubtes Tier.

»Wie lange haben Sie keine Zeitung mehr gelesen?«

Kurz nach seiner Ankunft auf der Insel hatte Albert einige Male in einer französischen Zeitung geblättert, aber wie lange mochte das her sein?

»Vielleicht zehn Jahre?«

»Und was haben Sie in der Zwischenzeit aus Deutschland gehört? Haben Sie *irgendwelche* Informationen, was dort geschehen ist?«

»Ich hörte, dass die Olympischen Spiele in Berlin ausgetragen wurden.«

»Das war vor vier Jahren.«

»Jemand erzählte mir auch, ein deutsches Luftschiff sei in Amerika in Flammen aufgegangen.«

»Und Adolf Hitler? Je gehört?«

»Moment mal«, murmelte Albert, »Adolf ... Adolf wie? Sagen Sie den Namen noch einmal!«

»Hitler.«

»Der kleine schreiende Mann ...«

»Der kleine schreiende Mann.«

»Aber das ist sehr lange her«, sagte Albert. »Das war in einem Brauhaus, einem großen Brauhaus ... in München ... vorn sprang dieser kleine Mann auf einen Stuhl, er schien sehr wütend zu sein, aber worüber genau, ist mir entfallen. Er fuchtelte mit einer Pistole, ein Schuss fiel, dann saßen wir lange fest, und ein vertrauter Mensch wurde mir fremd. Aber ich bin mir nicht mehr ganz sicher, ob all dies wirklich geschehen ist.«

»Sie sprechen vom gescheiterten Putschversuch im Jahr dreiundzwanzig. Und Sie waren damals im Bürgerbräukeller?«

»Bürgerbräukeller ... richtig ... ja, ich war dort.«

»Und das ist das Letzte, was Sie von Adolf Hitler gehört haben?«

»Es gab einen Prozess, er kam in irgendeine Festungshaft … und dann … habe ich nie wieder von ihm gehört.«

»Ich wünschte, der Rest der Welt könnte das Gleiche sagen. Sie werden viel nachzuholen haben …«

Der Speisesaal vibrierte vor Lebendigkeit und gemeinschaftlichem Geist.

»Was ist mit Ihnen? Haben Sie gar keinen Appetit?«, fragte Jupp.

»Es ist nur«, sagte Albert leise, »es ist nur … weil Sie alle mir so unwirklich vorkommen. So gesund. So jung und stark. Wie in einem Buch, das ich vor langer Zeit las.«

»Von was für einem Buch sprechen Sie?«, fragte er kauend.

»Der Autor des Buches hieß Friedrich Nietzsche. Haben Sie von ihm gehört?«

»Ob ich von Nietzsche gehört habe?«

»Sie sind mir wie … Sie wirken auf mich wie eine neue menschliche Rasse, wie die neuen Menschen. Wie von einem anderen Stamm. Von einem anderen Planeten … Außerirdische oder … ein *Typus höchster Wohlgeratenheit,* der zukünftige Mensch.«

Wasservogel und Tropf hatten aufgehört zu kauen.

»Wie Herrenmenschen. Übermenschen … ja, wie Übermenschen, wenn ich das so sagen darf.«

Tropf und Wasservogel lachten.

»Warum lachen Sie? Was ist daran so komisch?«

»Das Komische daran ist …«, sagte Wasservogel, »dass wir nur deswegen hier leben, weil wir Untermenschen sind.«

ALHOUANDRÀ

»Guten Morgen«, sagte Monica, die einen Kranz im Haar trug, geflochten aus Orchideen, Hibiskusblüten sowie einer Rosenart, die Albert noch nie gesehen hatte. »Ich soll Sie zum Barbier bringen, denn man ist allgemein der Ansicht, dass Ihnen die Haare geschnitten werden sollen.«

Ihre Handbewegungen waren sanft und aristokratisch, ihre Stimme mild und streng zugleich. Man hatte Albert am vorherigen Abend in einer Baracke untergebracht, in der sich mehrere Kammern befanden, die hier *Schwimmkabinen* genannt wurden. Der Graue lag wie ein treuer Hund vor dem Fenster im Schatten.

»Wenn ich dich ansehe«, sagte Albert, »sehe ich immer zwei Gestalten. Ein Mädchen und die Herrscherin über ein Weltreich.«

Monica kicherte.

»Ja, aber das ist schon eine Weile her. Jetzt gerade bin ich nur ein kleines Kind, das sein Spiel mit den anderen Kindern unterbrochen hat, um Sie zum Barbier zu führen.«

Das Mädchen streckte ihm die Hände entgegen.

»Schauen Sie auf meine Finger. Das wird Ihnen helfen, die Herrscherin zu vergessen.«

Albert sah dem Mädchen auf die kleinen Finger, sah den Dreck unter den unsauber geschnittenen Fingernägeln und einige Flecken an den Handknöcheln, die aussahen, als hätte sich auf klebrigem Fruchtsaft Staub gesammelt. Und wirklich, ganz wie das Mädchen es vorhergesagt hatte, war die Herrscherin, als er den Blick zu ihrem Gesicht hob, verschwunden.

»Ist das ein Zaubertrick?«, fragte Albert, und das Mädchen kicherte wieder und sagte:

»Nein, das ist nur der Nektar von Hibiskusblüten.«

Am vorangegangenen Abend hatten Wasservogel und Tropf von den Umständen berichtet, die sie an diesen unwahrscheinlichen Ort in der Karibik gespült hatten.

Sie sprachen von der faschistischen Splitterpartei, die nun die Macht in Deutschland errungen hatte, von den Verfolgungen, die Millionen Deutsche zu Flüchtlingen gemacht hatten, sowie vom amerikanischen Präsidenten Franklin D. Roosevelt, der im Jahre 1938 zweihundert Delegierte aus zweiunddreißig Nationen zu einer Konferenz in den französischen Badeort Évian-les-Bains eingeladen hatte, um darüber zu beraten, welche dieser Nationen bereit sei, jüdische Flüchtlinge aus Deutschland und Österreich aufzunehmen.

Sie sprachen davon, wie ein Diplomat nach dem anderen nach vorn vor die Delegierten und die Journalisten getreten war, zunächst die humanitäre Verantwortung der Weltgemeinschaft besungen und dann die Unmöglichkeit betrauert hatte, dass das eigene Land keinen Teil dieser Verantwortung tragen könne. Man wolle ja gern, *Ehrenwort,* aber leider, gerade jetzt … die heimische Wirtschaft, der angespannte Arbeitsmarkt, die Überfremdung.

Schließlich aber war der befrackte Bruder des dominikanischen Diktators Trujillo ans Pult getreten und hatte nicht allein daran erinnert, wie viele unschuldige Kinder unter den *nomades modernes* seien, er unterbreitete zur Verblüffung der Anwesenden zudem ein konkretes Hilfsangebot. Das dominikanische Volk sei bereit, bis zu zehntausend jüdischen Flüchtlingen eine neue Heimat zu bieten, zur Besiedelung biete sich eine Fläche von rund 27 000 Morgen inklusive fünfundzwanzig Häusern an, gelegen im nördlichen Teil der Dominikanischen Republik direkt am Meer, ein dünn besiedeltes Stück Land, am Ende der Welt zwar, jedoch von betörender Schönheit. Von den Einwohnern werde dieser vergessene Flecken *Sosúa* genannt.

Genau dort saß Albert nun in einem Friseurstuhl, hatte den Kopf zurückgelegt und bekam von einem steirischen Friseur, der eine abenteuerliche Flucht über die Pyrenäen hinter sich hatte, die schütteren Haare gewaschen. Die Veranda des Gemeinschaftshauses wurde tagsüber in einen Friseursalon verwandelt, wozu ein uralter Friseurstuhl sowie zwei Spiegel ausreichten, die an dünnen Ketten vom Wellblechdach der Veranda herunterhingen.

»Sie würden München nicht wiedererkennen«, sagte Elie etwas lauter, um den Regen zu übertönen, »alle Städte sind voller Flaggen. Das Hakenkreuz ist überall.«

»Das Hakenkreuz?«

»Das Hakenkreuz kennen Sie auch nicht?«

»Doch, ich kenne das Hakenkreuz. Die Swastika. Das in Bewegung geratene Kreuz. Ein Freund von mir hat es entworfen.«

»Ein Freund von Ihnen hat das Hakenkreuz erfunden?«

»Nicht erfunden, aber er war sehr vernarrt in die Swastika.«

»Es gibt riesige Umzüge. Gigantisch. Es wurden extra Plätze für diese Versammlungen gebaut.«

Die Vorstellung, dass das ganze Land das Sonnenrad von Alfred Schuler herumtrug, erfüllte Albert mit einigem Befremden.

Sie hörten ein Geräusch vom Wellblechdach der Veranda, schauten nach oben, und schon im nächsten Moment setzte ein gewaltiger Regenschauer ein. Dazu war es eigentümlicherweise vollkommen windstill, sodass keine Veranlassung bestand, im Haus Schutz zu suchen. Der dichte Regen umgab die Veranda wie ein exakt abschließender Vorhang. Der steirische Friseur verrieb eine nach Kampfer riechende Lotion in den Händen und massierte sie mit kreisenden Bewegungen in Alberts noch feuchtes Haar ein. Tropf blickte in den tropischen Regen.

»Wir haben nach und nach erfahren, dass Trujillos Angebot keineswegs auf altruistischer Nächstenliebe beruhte. Er will sein Land weißer machen, hat man uns gesagt, weil er den afrikanischen Einfluss in seinem Volk für schädlich hält.«

»Unsere Herkunft«, sagte Jupp, »hat uns bei dem einen Diktator zu Rechtlosen gemacht, und wegen der gleichen Herkunft rettet uns jetzt ein anderer Diktator. Irgendwie hebt sich das gegenseitig auf, oder etwa nicht?«

Der Friseur betrachtete Albert mit schief gelegtem Kopf und zupfte erst an der einen und dann an der anderen Seite einige widerspenstige Haare zurecht.

»Willkommen zurück«, sagte er schließlich, »im Kreise der Zivilisation.«

Er löste eine Bremse am Fuß des Stuhls und drehte ihn schwungvoll herum, damit Albert das Ergebnis im Spiegel betrachten konnte. Er war instinktiv darauf gefasst, ins Gesicht eines Fremden zu blicken, gefasst darauf, dass ihm seine körperliche Erscheinung nicht mehr geläufig wäre, jedoch das Gegenteil war der Fall. Er war sich auf durchaus angenehme Weise vertraut.

»Fühlen Sie sich wieder wie ein Mensch?«, fragte Elie lächelnd.

»Ja«, sagte Albert, »ich fühle mich wieder wie ein Mensch.«

Monica kam zurück, das nasse Kleid klebte ihr am Körper und die Haare am Kopf. Sie stieg die Stufen zur Veranda herauf, betrachtete Albert mit ähnlich zur Seite gelegtem Kopf wie zuvor der Friseur und sagte mit großzügiger Herrscherinnengeste:

»Herzlichen Glückwunsch.«

Am nächsten Tag ging er zu Elie und Jupp und teilte ihnen mit, dass er noch ein letztes Mal das Grab seiner Frau sehen wolle.

»Ihr habt mich zu einem Menschen gemacht«, sagte er, »zu einem Menschen aber gehört, dass er die Toten vermisst.«

Die beiden sahen Albert an, als sei er nicht recht bei Trost. »Deutschland ist kein wohnlicher Ort im Moment.«

»Wollen Sie nicht wenigstens warten, bis der Krieg vorüber ist?«

»Wie lange wird der Krieg dauern?«, fragte Albert, aber weder Elie noch Jupp wagten eine Antwort auf diese Frage.

Es hatte sich wie natürlich ergeben, dass Albert die Kinder beaufsichtigte, denn er war der einzige Erwachsene, der keine dringendere Aufgabe zu erfüllen hatte.

»Dies ist ein Haus«, sagte Monica und drückte eine kleine weiße Muschel in den Sand, und schon sah Albert ein Haus vor sich, sah es in allen Einzelheiten, sah den Putz an den Außenwänden, sah die drei Treppenstufen, die zur schweren Eingangstür führten, das schmiedeeiserne Geländer mit den gedrechselten Stäben, roch im Treppenhaus die Ausdünstungen der Bewohner, die unter den Wohnungstüren hervordrangen, konnte nicht nur die raue Struktur der gestrichenen Wände fühlen, sondern auch den Strom, der in diesen Wänden durch die Kabel kroch, und die Abwässer, die in den Fallrohren in die Tiefe stürzten; er wurde zu diesem Haus.

Und als Monica und die anderen Kinder noch mehr Muscheln sammelten und diese in eine Reihe drückten, sah Albert eine Straße entstehen, sah Trams und Automobile hindurchfahren, hörte fluchende Kutscher und kreischende Mädchen, wurde zum trockenen Staub, der sich im Sommer über das Kopfsteinpflaster legte, und zu Schneeflocken, die im Winter an die Hauswände trudelten.

»Wir bauen eine Stadt. Die Stadt liegt am Meer. Sie heißt Alhouandrà und ist voller Kanäle«, sagte Monica, und die anderen Kinder machten sich daran, mit ihren Händen und Schaufeln kleine Gräben auszuheben, in die das Meerwasser hineinfloss.

»In dieser Stadt wohnen sieben Millionen Menschen«, sagte Monica, und Albert konnte durch die Augen jedes Einzelnen zugleich sehen. Aus dem Nichts sah er die Stadt unversehens aufblühen, sah Brücken und Unterführungen und riesige Exerzierplätze, Opernhäuser und Kasernen, Kraftwerke und Parks, Vergnügungsviertel und Vororte, fühlte die Herzen von sieben Millionen Menschen schlagen, wurde tausendfach geboren und starb im selben Moment unzählige Tode. Alles war ihm nah, als wären die Menschen dieser ausgedachten Stadt Zellen seines eigenen Körpers.

Und wie eine um sich greifende Viruserkrankung, wie ein metastasierendes Krebsgeschwür konnte Albert die Vernichtung dieser Stadt fühlen, als sich erst das Meer zurückzog, wie um Kraft zu sammeln, als die Buchten trocken wurden und die Fische auf dem Sand verendeten, bevor das Wasser in nie für möglich gehaltenen Wellenformationen zurückkehrte und mit sich riss, was immer die Naivität besessen hatte, nicht das Weite zu suchen, oder hierzu nicht in der Lage gewesen war. Durch die Straßen rauschte das Wasser meterhoch, entwurzelt schwammen die Bäume der Prachtalleen neben den Automobilen der Bankdirektoren und Fabrikbesitzer, ganze Häuserfronten mussten sich der insistierenden Gewalt der Fluten schließlich hingeben.

Erst jetzt bemerkte Albert die aufgerissenen Kinderaugen, die an seinen Lippen hingen. Und mit der gleichen Hingabe, mit der die Kinder die Muschelstadt erbaut hatten, machten sie sich nun an deren Zerstörung, bei der kein Straßenzug verschont wurde.

Sieben Omnibusse hatten über hundert neue jüdische Bewohner nach Sosúa gebracht, sieben Omnibusse fuhren am Morgen darauf durch die weite Hochebene am Rande der *Cordillera Central* zurück nach Santo Domingo. Auf diesem Weg war Albert der einzige Fahrgast. Sein Fahrer trug einen imposanten Schnurrbart und sang immer wieder dasselbe Lied.

Compadre Pedro Juan …

Monica hatte ihm zum Abschied wie eine Kaiserin gewunken, die einen Feldherrn in eine große Schlacht verabschiedet, die freie Hand um den Grauen gelegt. Nach einer Weile verschwanden sie im aufgewirbelten Staub.

Der Krieg war nicht vorbei.

Die Überfahrt über den Atlantik erfolgte auf einem gespenstisch leeren Dampfer, auf dem sich neben der Crew kaum eine Handvoll Passagiere verlor. Man aß gemeinsam mit den Matrosen. Der Speisesaal wurde nicht einmal geöffnet, die wenigen Passagiere mieden sich.

Es war eine Reise, die man nicht unternahm.

DAS URKNÄUEL

Es war ganz so, wie Elie und Jupp gesagt hatten: Das Urknäuel, die Swastika, war so allgegenwärtig, dass Albert in den ersten Tagen nach seiner Ankunft ungläubig durch die Straßen lief – aus jedem Winkel Münchens schien ihn sein verstorbener Freund Schuler zu grüßen. Erstaunlich viele Menschen waren in Uniformen gekleidet, die ebenfalls mit dem Urknäuel verziert waren, sogar die Kinder. Albert hatte diese Uniformen noch nie zuvor in seinem Leben gesehen. Er erkannte die Stadt nicht wieder, er erkannte die Menschen nicht wieder, er erkannte sich selbst nicht wieder.

Es war, als würde man einen wildfremden Mann treffen, der unablässig behauptet, ein enger Freund zu sein.

Er musste wohl seinen Sohn kontaktiert haben, denn an einem Tag fand er sich am Kopf eines großen dunklen Eichentisches, an dem Menschen saßen, die ihm unbekannt waren. Der Tisch war gedeckt, in der Mitte stand eine große Suppenterrine, und Albert pustete gerade auf den Suppenlöffel, den er in der Hand hielt. Er betrachtete den Löffel genauer, es handelte sich um einen ganz leicht angelaufenen Silberlöffel mit einer geschwungenen Verzierung. Wie schön dieser Löffel ist, dachte Albert bei sich, wie kunstvoll diese Verzierung. Er führte den Löffel zum Mund und realisierte, dass es sich bei der Suppe um eine Rinderbouillon handelte.

Sein Blick fiel auf die Menschen, mit denen er die Tafel teilte. Da saßen drei Kinder, die beiden älteren trugen Uniformen und kleine schwarze Krawatten, dem kleinsten hatte man ein mit Silberknöpfen besetztes Schürzchen angelegt.

Ein Mann und eine Frau saßen auch dabei, die Frau hatte sehr lange Haare, die zu einem Dutt gebunden waren, das musste die Mutter sein. Sie trug einen Spitzenkragen und ein großes silbernes Medaillon. Der Mann fragte ihn etwas und nannte ihn Vater, so handelte es sich wohl um seinen Sohn. Er antwortete, anscheinend zur Zufriedenheit seines Sohnes, wie er an dessen Lächeln festzustellen glaubte. Man setzte ihm die Kinder auf den Schoß und hieß sie ihn küssen, aber Albert war diese plötzliche Intimität nicht minder unangenehm als den Kindern.

»Wann möchtest du das Grab besuchen?«, fragte ihn sein Sohn. Albert hatte ihm wohl von seinem Wunsch erzählt.

»Bald, wenn es möglich ist«, sagte Albert, »aber ich will keine Umstände machen.«

»Dann fahren wir am Wochenende, mit dem Zug.«

»Mit dem Zug?«

»Die Familiengruft ist doch in Stuttgart.«

»Das weiß ich«, sagte Albert.

Am nächsten Tag wurde ihm erklärt, heute sei *Tag der Hausmusik*. Das Mädchen lernte Akkordeon, der Junge erhielt Unterricht an der Trommel. Sie begannen, gemeinsam ein Lied zu spielen. Nach einer Weile glaubte Albert, eine Melodie zu erkennen, und nach einer weiteren Weile bemerkte er, dass es sich bei dieser Melodie um *Kein schöner Land* handelte. Zur Belohnung bekamen die Kinder ein Getränk, das aus Molke und Apfelresten hergestellt wurde und den Namen *Fanta* trug. Es sei eben erst in Essen erfunden worden, erklärte Gustav, als Ersatzprodukt für *Coca-Cola*.

»Der Krieg, der Rohstoffmangel, du verstehst.«

Der Name des Getränks war Albert Hinweis darauf, dass die Welt um ihn herum als Fantasma anzusehen war.

Zwei steinerne geflügelte Löwen bewachten das Grab der Familie Siegle auf dem Stuttgarter Fangelsbachfriedhof. Der Nieselregen war so schwach, dass er lustlos wirkte. Die Kinder lärmten aufgeregt und mussten von der Mutter zurechtgewiesen werden.

»Möchtest du vielleicht einen Moment mit Mama allein sein?«, fragte der Sohn.

»Ja«, sagte Albert.

Feine Nebelschwaden stiegen auf, Schwalben schossen in wiederkehrenden Formationen durch die Luft. In einiger Entfernung betrachtete seine Familie die Gräber fremder Verstorbener.

Alles schien zu warten, dass etwas in ihm geschah. Er suchte nach einer Empfindung, die dem Anlass angemessen wäre, aber es ließ sich keine finden.

Er war ganz leer.

Eine Gärtnerin ging vorbei. Den Kragen ihres grünen Hemdes hatte sie hochgeschlagen, Albert sah ihr hinterher. Aber dann, wie durch Alberts Blick hervorgerufen, fiel plötzlich der Kragen herunter, und bevor die Gärtnerin ihn wieder hochschlug, war kurz der Haaransatz an ihrem Hals zu sehen, und für einen Moment blickte Albert wieder von oben hinunter ins Parkett und fühlte die Sehnsucht, die er an diesem Abend in der Oper empfunden hatte.

Er wollte sich daran festhalten, aber plötzlich stand sein Sohn wieder neben ihm.

»Du kannst gern noch länger an Mamas Grab bleiben.«

»*Es han gut sin*«, antwortete Albert und schloss die Augen.

Undurchdringliches Grau.

Dieses Grau kennt keine Grenze, dachte Albert, es muss unendlich sein. Wenn man in diesem Grau versinkt, dann taucht man nie wieder auf.

»Was halten Sie in Ihrer Hand?«

Ein Mann in einer schwarzen Phantasieuniform saß vor ihm.

»Wie bitte?«

»Sehen Sie doch. Es ist ja bereits alles Blut aus Ihren Fingern gewichen.«

Albert bemerkte, dass seine linke Hand tatsächlich ganz weiß war, weil er sie so fest zusammenkniff, die Fingerknöchel stachen hervor. Er wusste plötzlich, was er da umklammerte, jedoch wollte er es um keinen Preis verraten.

»Ich glaube nicht, dass ein Geheimnis bei Ihnen gut aufgehoben wäre«, sagte er zu dem Mann, der daraufhin laut lachte.

»Fliegen wir?«, fragte Albert.

Der Mann lachte wieder.

»Das will ich doch hoffen!«

Jetzt erinnerte Albert sich: der Flughafen München-Riem, die unzähligen Uniformierten, sein Sohn.

»Willst du wirklich fliegen?«, hatte der Sohn gefragt.

»Natürlich.«

Albert hatte sich noch über den skeptischen Blick seines Sohnes gewundert.

In diesem Moment brach gleißendes Licht ins Fenster, und Albert hielt sich unwillkürlich die freie Hand vor die Augen. Der Mann in der Uniform lachte schon wieder.

Das Grau, das eben noch undurchdringlich gewirkt hatte, lag nun als eine weiße wattige Fläche unter ihnen.

Er erinnerte sich plötzlich. Lilienthal. Die Schwäne. Der Gnom. Das Pferd. Èläng. Das also war die andere Seite.

Ella.

DER SONDERZUG

Die Dämmerung war die Zeit des Tages, in der es Albert nun zunehmend schwerer fiel, die Begrenzungen der Körper auszumachen. Auf dem Flugfeld, wo er die kleine Treppe aus dem Flugzeug herunterstieg, wimmelte es von Menschen in den schwarzen Phantasieuniformen, sie verbanden sich in Alberts Augen zu einem wabernden schwarzen Tintenfleck.

»Wären denn der Herr Baron dann bereit?«, fragte ein schwarzer Tropfen in fränkischem Dialekt. Albert folgte ihm zu einem Automobil, das schwarz glänzte und sich so von den matten Körpern abhob.

»Um was für einen Wagen handelt es sich?«

»Ich fahre nur Admiral«, sagt der Franke.

»Das lob ich mir«, sagte Albert.

Nach kurzer Fahrt gelangten sie in ein kleines Dorf, an dessen Rand sich ein Sägewerk sowie das Stationshäuschen eines Verladebahnhofs befanden, davor hielt der *Admiral.* Auf einer Wiese spielten fünf Kinder, die sich mit einem langen Brett eine Wippe gebaut hatten. Albert wurde angewiesen, auf weitere Anordnung zu warten.

Es wurde dunkel, und die Kinder wurden zum Abendessen gerufen. Der Vorplatz war durch eine einzelne Laterne spärlich beleuchtet. Ein Lastwagen fuhr vor, uniformierte Männer luden große Holzkisten aus und schleppten sie in Richtung der Gleise.

Ein Mann erschien und öffnete die Autotür.

»Ich darf dann bitten, Herr Baron.«

Er führte Albert am kleinen Bahnhofsgebäude vorbei auf die Gleise. Menschen hasteten durch die Nacht. Auf dem Ladegleis neben der eigentlichen Bahnstrecke stand ein Zug, der neun Wagons umfasste.

»Es ist nur provisorisch«, sagte der Mann.

»Natürlich«, sagte Albert.

»Die richtigen Hauptquartiere sind noch im Bau. Wir räumen den Zug, sobald sie fertig sind.«

Alle Fenster des Zuges waren verhangen.

»Wegen der englischen Flieger.«

Er wurde zu einem Schlafwagenabteil geführt.

»Bitte schön«, sagte der Uniformierte und deutete auf das kleine Abteil und das schmale Bett, dessen Laken mit der Swastika bestickt war. Albert schloss die Tür und merkte, dass er immer noch seine linke Faust fest geschlossen hielt. Nun öffnete er sie, nahm die kleine Statue des fliegenden Mönchs heraus, die einen rötlichen Abdruck in seiner Handfläche hinterlassen hatte, und wickelte sie in einen dunkelgrünen Schal aus Flanell, den er in seinem Koffer fand. Er wusch sich an dem kleinen Waschbecken die Hände und das Gesicht, kämmte sich die Haare und fand im Spiegel, dass er bis auf einen etwas schiefen Krawattenknoten ordentlich aussah.

Am Morgen öffnete er die Vorhänge, die Sonne schien hinein. Er schaute auf einen dichten Fichtenwald, davor lag eine große Wiese, auf der Kornblumen und Klatschmohn blühten. Kinder pflückten Blumen, Albert glaubte sie von der Wippe her wiederzuerkennen.

Im Speisewagen wurde er von einem livrierten Kellner wie ein alter Bekannter begrüßt und an einen Tisch gebeten, auf dem ein Strauß mit frischen Wiesenblumen stand. Der Kellner verschwand in die kleine Küche und kehrte kurz darauf mit einer Tasse Bohnenkaffee, zwei Brötchen sowie Butter, Erdbeermarmelade und einem gekochten Ei zurück; es waren exakt die Dinge, die Albert bestellt hätte, wenn der Kellner ihn nach seinen Wünschen gefragt hätte.

Albert bemerkte, dass neben ihm auf einem kleinen Beistelltisch sieben Bücher lagen. Er las die Buchrücken und stellte fest, dass der Autor dieser Bücher er selbst war. Albert schlug das erste Buch auf. Es trug den Titel *Grundfragen der Parapsychologie*.

Mit zunehmender Begeisterung las er das gesamte Buch, dann begann er mit dem nächsten. Er las ohne Unterbrechung, bis er die letzte Seite des letzten Buches umschlug.

Jetzt ergab alles Sinn. Er hatte ein Werk geschaffen, ein wichtiges Werk, und man hatte dies erkannt und wollte ihm nun Ehrerbietung darbringen, endlich, zu guter Letzt.

Ein Offizier stürmte herein und verkündete, dass Antwerpen genommen sei. Diese Nachricht wurde mit Jubel und Applaus aufgenommen.

Am Abend erschien ein Mann in seinem Abteil.

»Folgen Sie mir bitte.«

Im hinteren Teil des Speisewagens befand sich ein großer gedeckter Tisch, auf dem eine dampfende Terrine stand. Fünf Männer saßen um den Tisch herum.

»So sind wir denn vollzählig«, sagte einer von ihnen. Er trug als Einziger Uniform und eine kleine Brille mit runden Gläsern. Obwohl sie aus Glas waren, kamen sie Albert undurchsichtig und irgendwie stumpf vor. Der Mann behauptete, er habe Albert vor langer Zeit schon einmal gesehen und damals vorhergesagt, dass sie sich wiederbegegnen würden.

»Wenn Sie es sagen«, sagte Albert.

»Nennen Sie mich Heinrich«, sagte der Mann, »wir sind ja unter uns. Ich mag keine Formalitäten.«

Eine Frau mit einem Notizblock setzte sich neben ihn, das war wohl Heinrichs Sekretärin. Das Rot ihrer Fingernägel war von durchdringender Intensität.

Der Mann namens Heinrich bat die Anwesenden, ihre jeweiligen Wissensgebiete vorzustellen. Ein älterer Herr in dunkelgrüner Trachtenjoppe redete daraufhin lang und ausgedehnt von Eis; fast alle Himmelskörper bestünden daraus. Er beschrieb berstende Monde und drei Sonnen, die in prähistorischer Zeit die Erde beschienen hätten, als diese noch von mythischen Wesen wie beispielsweise Zwergen und Riesen bevölkert gewesen sei. Albert hätte beinahe laut losgelacht, merkte aber überrascht, dass die Männer am Tisch andächtig zu den Ausführungen nickten.

Die Sekretärin hatte begonnen, wie mechanisch mit ihren roten Fingernägeln an der Innenseite der schwarzen Gabardinehose des bebrillten Mannes entlangzufahren, wobei ihre Fingerspitzen stets kurz vor seinem Schritt die Richtung wechselten. Außer Albert schien niemand diese Annäherung wahrzunehmen oder etwas daran zu finden.

Ein weiterer Mann mit gehörigem Körperumfang und riesigen Händen setzte sich zu der Runde. Er sei lediglich Massagetherapeut, sagte er leise, worauf Heinrich ihn einen Zauberer nannte und *meinen kleinen Buddha*, er sei der einzige Mensch, der seine furchtbaren Koliken zu lindern verstehe.

Ein Astrologe sprach über die Frage, ob ein neuer Mongolenzug komme, und dass eine seit Jahrhunderten prophezeite *Schlacht am Birkenbaume* unmittelbar bevorstehe; ein junger Mann berichtete von mittelalterlichen Hexenprozessen, mit denen die jüdisch-katholische Kirche nach seiner Überzeugung germanisches Heilwissen habe zerstören wollen. Nach der Markbrühe wurden Schweinekoteletts serviert und schließlich Apfelkuchen.

Heinrich zeigte große Begeisterung über das bisher Vorgetragene. Er sprach nun seinerseits über die Geflügelzucht, die er früher betrieben hatte, über seine Liebe zu den Hühnern und die Pflicht, eine Population nicht durch schädliche Verunreinigung von außen der Degeneration preiszugeben. Dann sprach er über seine Liebe zu den Menschen, über Anstand und Güte und über wahren Humanismus, der nicht davor zurückscheue, minderwertige Einflüsse zu vernichten. Seine Sekretärin streichelte während seiner Rede weiter über die Innenseite seiner schwarzen Hose.

»Wir sind unrettbar ineinander verliebt«, flüsterte die Sekretärin Albert zu, »aber Heinis Frau darf vorerst nichts davon erfahren.«

»Bei den Germanen war es gang und gäbe, dass die Häuptlinge mit mehreren Frauen Kinder zeugten«, sagte Heinrich. »Auf die Dauer muss auch die Sexualmoral dem völkischen Gedanken untergeordnet werden.«

»Hier geht es ja nicht um das Schicksal Einzelner, hier geht es um das Schicksal unseres Volkskörpers«, sagte die Sekretärin.

Albert war nun sicher, dass es sich bei den Anwesenden um Verrückte handelte. Er fragte sich, was um alles in der Welt er selbst in dieser Runde verloren hatte. Wie ein Blitz traf ihn das Offensichtliche: Irgendjemand – vermutlich Heinrich – fand, dass er ein natürliches Mitglied dieser Gruppe war.

Nach allem, was er geleistet hatte.

Heinrich wandte sich ihm zu und bat ihn, seine Forschungen für die Anwesenden kurz zusammenzufassen. Statt zu antworten brach Albert in Tränen aus. All die Kämpfe, die er ausgefochten hatte: umsonst; all seine Bemühungen: gescheitert. Die Worte, die er hätte sagen müssen, formten sich in seinem Geist, fanden jedoch nicht den Weg nach draußen. Er sprach nicht vom Ektoplasma, nicht von parapsychologischen Ausstülpungen, nicht von Materialisationsphänomenen, nicht von schwebenden Tischen und Berührungen durch unsichtbare Hände, nicht von seinem langen Streit mit Mathilde von Kemnitz. Er erzählte nicht von Eusapia Palladino, nicht von Willi Schneider, nicht von Stanislawa P.

Er sah durch tränende Augen in die Runde und bemerkte verwirrt, dass man ihm interessiert zuhörte; ganz so, als nehme man seinen Gefühlsausbruch gar nicht wahr, als hätten die Worte, die er nicht ausgesprochen hatte, trotzdem den Weg zu seinen Zuhörern gefunden. Die Sekretärin hatte nun ihre ganze Hand auf die schwarze Hose gelegt und das Streicheln vor lauter Interesse an seinen Ausführungen eingestellt.

Lediglich der estnische Masseur schien seinen Zustand wahrzunehmen, er hatte den Kopf schief gelegt und sah Albert mit echtem Mitleid in den Augen an; es schien sogar so, als seien ihm selbst die Augen feucht geworden und als müsse er den Impuls bekämpfen, Albert in den Arm zu nehmen.

DAT SWART MOOR

Albert erwachte in dem Gefühl, länger als gewöhnlich geschlafen zu haben. Ein schmaler Streifen Licht fiel am Rand des schweren dunkelroten Vorhangs ins Abteil. Das war wohl Sonnenlicht, so musste es Tag sein. Der Streifen zitterte und blinkte, als wolle jemand eine geheime Botschaft durch Morsezeichen übermitteln.

Er schob den Vorhang zur Seite und sah hinaus. Draußen raste ein von der Morgensonne beschienener Birkenhain dahin.

Der Zug fuhr.

Albert zog seinen Morgenmantel über den Pyjama, schob die Tür zu seinem Abteil zur Seite und sah den Gang hinunter. Es war keine Menschenseele zu erblicken. Der Zug fuhr schnell, zugleich beinahe frei von Erschütterungen. Die Türen zu allen Abteilen standen offen, die Vorhänge waren zur Seite gezogen, die Betten frisch gemacht. Im Speisewagen waren alle Tische gedeckt, es standen sogar frische Blumen in kleinen Vasen darauf.

Er ging durch alle Wagons, die der Dampflokomotive angehängt waren. Am Ende blickte er aus dem letzten Wagon hinaus auf die Gleise. Er wusste nicht, wohin der Zug fuhr und aus welchem Grund er der letzte Passagier war. Die einzige Person, die er dies hätte fragen können, war der Lokführer, aber es bestand keine Möglichkeit, während der Fahrt in die Lokomotive zu gelangen.

Der Kühlschrank in der Küche war leer, ebenso die Speisekammer. Albert verspürte keinen Hunger, jedoch ein gewisses

Gefühl der Verantwortung für seine körperliche Existenz. In einem Schränkchen fand er mehrere kleine Kartons, die mit trockenem Baiser gefüllt waren. Der gezuckerte und gebackene Eischnee schmeckte zu seinem eigenen Erstaunen vorzüglich. Er ging zurück in sein Abteil, legte sich aufs Bett und schaute in den Himmel, der nicht so furchtbar ungeduldig vorbeigaloppierte wie die Bäume, die Dörfer und die Felder. Aus der Ferne waren leise das Heulen der Sirenen, das Rattern der Flak und Detonationen zu hören.

Der Zug kam immer wieder zum Stehen, auf freier Strecke oder auf verlassenen Bahnhöfen. Albert bemerkte dies aber jedes Mal erst, wenn der Zug sich wieder in Bewegung setzte, sodass er seinen Plan, den Lokführer aufzusuchen, um diesen zu fragen, wohin sie fuhren, nicht in die Tat umsetzen konnte.

Dann war der Tag gekommen, an dem der Zug endgültig nicht mehr fuhr. Albert beschloss, nun endlich nach dem Lokführer zu suchen. Mit großer Sorgfalt wusch er sich mit einer frischen Seife, von der ihn wieder einmal sein alter Freund Schuler grüßte, und zog sich an. In dem kleinen Schrank seines Abteils hing sein Anzug gebügelt und das weiße Hemd gestärkt. Wie das nun wieder kam, war ihm lediglich ein weiteres Mysterium, über das er sich nicht weiter zu wundern entschloss.

Der winzige Bahnhof kam ihm bekannt vor. Ein paar Kinder spielten nahe den Gleisen Hochzeit, ein beladenes Fuhrwerk fuhr ruckelnd über den Bahnübergang und verlor dabei ein wenig Heu, das erst auf dem Gleisbett liegen blieb, um kurz darauf von einem Windstoß davongetragen zu werden.

Das Führerhäuschen der Lok war leer, nichts außer einer dunkelblauen, rußbeschmierten Schirmmütze, die an einem

Haken hing, deutete mehr auf die Anwesenheit eines Lokführers hin. Weil auch ein Schaffner nirgends zu erblicken war, lenkte Albert seine Schritte zu einem schiefen Haus, das sich an das eigentliche Gebäude des Bahnhofs lehnte. Aus den geöffneten Fenstern hörte er die verlegenen Etüden eines jungen Geigenschülers.

Gerade wollte Albert nach der Klingelschnur greifen, da wusste er plötzlich nicht mehr, was er eigentlich fragen wollte. Als er von innen Schritte und Geräusche hörte, ging er eilig davon.

Er gelangte auf die Straße und stand dort eine Weile lang nicht weniger unschlüssig als zuvor am Haus. Ein Fuhrwerk kam langsam heran, es mochte dasselbe sein, das er zuvor gesehen hatte, nur dass die Ladefläche nun leer war. Ein junger Bauer saß auf dem Bock und hielt die Zügel des Kaltblüters locker in einer Hand.

»Wollen Sie mit?«, rief er Albert zu, und dieser nickte, froh darum, ein Ziel zu haben. Da der Bock zu klein für zwei Personen war, kletterte er auf die Ladefläche und setzte sich auf deren hinteren Rand. Der Bauer schnalzte mit der Zunge, woraufhin das Fuhrwerk sich mit einem Ruck in Bewegung setzte.

Der Bahnhof wurde immer kleiner. Albert sah sich um und blickte über weites Marschland, auf dem es bis zum Horizont keinerlei Erhebung gab. Es schien ihm, als sehe es hier aus wie in der Gegend, in der er aufgewachsen war. Seine Beine baumelten herab, als Junge hatte er oft in dieser Art gesessen, wenn der Schulweg ihm zu lang geworden war und der Himmel ihm ein Fuhrwerk geschickt hatte.

»Wie nennt man diese Gegend, in der wir uns befinden?«, fragte Albert den Bauern.

»Oldenburger Land«, antwortete der Bauer, ohne sich über die Eigentümlichkeit der Frage zu wundern.

»Ich fahre links in Richtung Halenhorst«, rief der Bauer an einer Kreuzung nach hinten, ohne sich dabei zu Albert umzudrehen. »Wollen Sie weiter mit?«

»Vielen Dank«, rief Albert, während er die Schönheit der Schweißtropfen am Nacken des Bauern bemerkte, »aber hier steige ich ab.«

Der Bauer hob zwei gestreckte Finger zur Verabschiedung. Albert stieß sich mit den Armen ab und landete ganz wie damals, als er ein Junge gewesen war, federnd auf festem Boden.

Ebenso wenig wie er wusste, wohin der vor ihm liegende Waldweg führte, so sicher war er, dass er ihn zu gehen hatte. Der Weg kam ihm bekannt und unbekannt zugleich vor; es mochte daran liegen, dass es hier viele Wege dieser Art gab.

Er lief geradewegs ins Moor. Um welches Moor es sich handelte, vermochte Albert nicht zu sagen, aber er vermutete, dass es das Moor in der Gegend von Westerburg war, das die Menschen hier *dat swart Moor* nannten, das schwarze Moor. Er konnte sich noch gut daran erinnern, was die alten Torfstecher zu sagen pflegten, wenn die Rede darauf kam: *Dat swart Moor weet allens, aver dat seggt nix.*

Das schwarze Moor weiß alles, aber es sagt nichts.

Der Boden unter seinen Füßen wurde immer weicher und schließlich schlammig, sodass er an den Rand des Weges ausweichen musste, wo Grasbewuchs seine Füße trocken hielt. Dann endete der Weg, und von nun an kam man nur noch vorwärts, wenn man nah an den in Ähren wachsenden Büscheln der Hochmoorgräser ging.

Mitten in einem dieser Büschel erblickte er etwas Unerwartetes. Es handelte sich um einen kurzen Bleistift der Marke Faber-Castell. Albert bückte sich und sah sich den dunkelgrünen Stift genauer an. An seinem Ende waren ganz eindeutig Bissspuren zu erkennen, nervöse Zahnabdrücke seines früheren Besitzers. Kurz wollte er den Stift zurück ins Gras legen, dann steckte er ihn aber doch in die Außentasche seines Jacketts.

Er ging immer tiefer ins Moor, in die Gegend, wo die Stille lauter wird. Er sah die Besenheide und die roten Früchte der Moosbeere, die violett blühende Ährenheide mit ihren lang gezogenen Glockenkelchen, sah eine kleine Gruppe Bläulinge um einen morschen schwarzen Stamm herumflattern, der aus Erschöpfung vor langer Zeit ins Moor gesunken war. Er sah den Todeskampf einer Libelle, die in die klebrigen Tentakel des rundblättrigen Sonnentaus geraten war, der auch Bullenkraut oder Widdertod genannt wird.

Vor einem Moorloch blieb Albert stehen. Es gab unzählige dieser Moorlöcher in der Gegend, es war eines wie das andere, sie alle wussten dem Anblick nach alles und sagten nichts. *Dümpel* nannten sie die größeren Löcher hier, *Pütt* die kleineren. Albert trat an den Rand einer Ähre Pfeifengras und sah hinunter ins dunkle Wasser. Er musste sich nicht einmal fallen lassen. Er musste sich nur auf die andere Seite denken. Das war es schon.

Es fiel ihm nicht schwer, es ging wie von selbst und erinnerte ihn daran, wie morgens der erste Strahl der Sonne am Horizont erscheint und abends der letzte Strahl von einem Moment auf den anderen erlischt.

Er merkte, dass er sein Spiegelbild nicht mehr von außerhalb des Moores betrachtete, sondern dass er sich bereits im Moor selbst befand, umgeben von zähflüssiger Schwärze, und sich auf der anderen Seite der Oberfläche spiegelte. Die Dunkelheit hatte für ihn alle Bedrohlichkeit verloren. Er spürte, wie ihm die Welt immer mehr abhandenkam und wie Begriffe und Erinnerungen lautlos in sich zusammenfielen.

Das Wissen um den Bleistiftstummel in seiner Jacketttasche erzeugte in ihm ein überwältigendes, den ganzen Körper durchströmendes Glücksgefühl, Souvenir der materiellen Welt.

Befand er sich nun im Jenseits? Man konnte sich nicht im Jenseits befinden, wurde ihm bewusst, denn per Definition war das Jenseits ja nur die Seite, auf der man sich nicht befand. Insofern ließ sich nur sagen, dass er die Seiten gewechselt hatte.

Es ist keine große Sache, dachte er bei sich.